小爱见大爱
蒋鑫爱——著
天津出版传媒集团
百花文艺出版社

图书在版编目（CIP）数据

小爱见大爱 / 蒋鑫爱著. -- 天津 : 百花文艺出版社, 2025. 2. -- ISBN 978-7-5306-9051-2

Ⅰ. I267

中国国家版本馆CIP数据核字第2025MQ6352号

小爱见大爱

XIAOAI JIAN DAAI

蒋鑫爱 著

出 版 人：薛印胜

责任编辑：王 欣 **装帧设计**：云上雅集

出版发行：百花文艺出版社

地址：天津市和平区西康路35号 **邮编**：300051

电话传真：+86-22-23332651（发行部）

+86-22-23332656（总编室）

+86-22-23332478（邮购部）

网址：http : //www.baihuawenyi.com

印刷：长沙市精宏印务有限公司

开本：710毫米 × 1000毫米 1/16

字数：200千字

印张：16

版次：2025年2月第1版

印次：2025年2月第1次印刷

定价：79.50元

如有印装质量问题，请与长沙市精宏印务有限公司联系调换

地址：长沙市开福区德雅路1246号

电话：（0731）85817162

邮编：410023

序：真实记录我的人生

◎ 余三定

蒋鑫爱在她这部名为《小爱见大爱》散文集中的《出书花絮》一文中写道：“……只是我想出书的那颗心再也按捺不住了，毕竟我的文字全部都是真实记录我的人生。”阅读了蒋鑫爱这部散文集，我觉得，“真实记录我的人生”，就是蒋鑫爱的写作动力和写作追求，就是她散文的最大特质和特色。

“最美乡贤”一辑是写作者特别熟悉的乡贤，从题材上看似乎不是直接写“我的人生”，却是写与“我的人生”紧密相连，甚至可以说是已经融为一体的东西，所写人物都是有追求、有作为、有境界、有成就的作者家乡湘阴的“乡贤”。《冯良根默默耕耘在这片领域》一文，写在湘阴从事新闻采编工作三十年的冯良根，冯良根在新闻这片领域里辛勤耕耘，他认真研究新闻标题、新闻导语、新闻背景、新闻结构等方面的写作技巧；他注重研读报上重要的导向性文章，把握正确的政治观点和政治立场，终于不但在新闻报道方面取得了杰出成绩，而且在新闻理论、新闻技巧研究方面硕果累累。文中这样评析冯良根："在他的人生字典里，没有享乐，只有新闻；没有困难，只有兢兢业业的耕耘。"说明冯良根的成就和事业就是靠他"兢兢业业的耕耘"。《曹阿娣的文学路》一文写女作家曹阿娣的文学创作之路，特别揭示出曹阿娣的创作是真正来源于生活和人生体验，而非靠单纯的写作技巧。比如文中举出曹阿娣创作她的第二部长篇小说《不是因为爱情》的例子，描写道：此时曹阿娣的创作状态，几乎是一种无法遏止的激情爆发。曹阿娣感觉到，自己的状态一发不可收拾。有十三年知青生活和教学经历，再加上一直在教育战线工作，对底层民办教师的生活了如指掌，于是她立意写一部关于民办教师工作、生活和婚姻的书。因为主题明确，题材熟悉，很快就杀青出版。2003年，该作品获得了岳阳市"五个一工程"奖，是湘阴县第一部获得此奖项的作品。作者在此真正挖掘出了曹阿娣创作的内在原因和动力。《巴陵工匠黄厚仁用信念铸就灵魂》一文，写黄厚仁出生在湘阴县六塘乡的一个小山村，他拜过师，学过医；因病辍过学；当大队支书经历过风风雨雨；还有两次招干的失败……这些组成了他生命进程中各个极为重要的部分。这些经历在黄厚仁看来都是人生中微小的涟漪，他坚忍不拔，矢志不渝，终于在栽种茶叶的事业上取得了一个又一个成就，被评为"巴陵工匠"，并获得农业农村部"全国优秀乡镇企业家"称号。蒋鑫爱与她所写的各位乡贤有着共同的追求、相似的人生历程，因此更能理解这些乡贤，便写得特别真实和真切。

"行笔走读"一辑是作者的游记，这些游记既能写出对象的特色、佳处和妙处，又能写出融入了作者自身人生体验的独特观感和思索。《身无半亩，心忧天下——游左宗棠文化园有感》一文，对左宗棠纪念馆做了简练的描摹：其总面积2600平方米，内设七个展厅和一个3D情景剧场。纪念馆介绍了左公的祖籍、家境、生平、功绩等。纪念馆尤其浓墨重彩地详尽介绍了左宗棠收复新疆前兴办洋务、铸造西式枪炮、装备军队的史实；坚持“塞防论”，与李鸿章的“海防论”激烈争论；左宗棠与沙俄直接支持下的阿古柏交战，收复新疆的全过程，等等。这就给我们留下了一个全面、完整、立体、鲜活的左宗棠。《走读十三朝古都——西安》一文，写到古都西安的各个方面，尤其特别写了秦始皇兵马俑，赞美了古人的非凡智慧。《探秘洞庭湖上一座拒绝靠岸的小岛》一文，写湘阴县北部洞庭湖上的青山岛。青山岛距湘阴县城北20公里。全岛陆地面积11.2平方公里，内湖面积约4平方公里，岛形似一只巨大的龙虾，呈南北丘陵带状布局，南北长约10000米，东西宽约1000米，平均海拔38米，最高处杨幺头海拔50米。该文接下去对青山岛曾驻扎杨幺水军、抗日战争时期日军在此制造屠杀惨案、今天的状貌等方面做了完整的描写，给我们留下了系统、全面的印象。

“人生回眸”一辑写作者自己的人生经历和人生感悟，写得非常真切、生动，让人感同身受，情不自禁地进入其所描写的场景和情境。《那些年》一文，写作者小时候家里的贫穷，在那个物资极度匮乏的时期，全家八口人，这么多嘴巴要吃饭，就靠父亲当“教书匠”那点可怜的工资艰难度日。每顿用瓜、菜、萝卜、山芋填肚子，有红薯粥喝就不错了。那时候的冬天特别冷，肚里饥饿，身上衣服单薄。衣服基本是别人家给的，而且还是大的穿了小的穿，上面缝满了补丁。二哥受不起饿，到后山摘野果子吃，被毒果子带到了另一个世界；五哥因病无钱医治，撒手去了天堂。这种贫穷、苦难只有真正的经历者才能写得出来。《那些人》一文写了多位活生生的、有性格的人物，包括：母亲捡拾别人不要的棕叶回来，做成扫把卖出去赚钱，母亲的勤劳、肯吃苦跃然纸上；偶然的一个机会认识的与母亲同为湘潭乡友的胡雪梅阿姨和母亲“攀亲”，从而相互间获得温暖和温馨；“我”上初中后寄宿，要交柴给学校食堂，满哥就隔一段时间去挖树蔸帮“我”交柴，兄妹情深蕴含其中；母亲卖掉家里的大母鸡凑钱在大雪天到学校给“我”交学费，显示出母爱的伟大，等等；所写的这些人都是平凡的，又都是充满特别珍贵的淳朴真情的因而也是伟大的人物。《那些事》一文，写的是一些颇为尴尬、颇为有趣的事，如：刚学会骑单车时骑车外出，回来时搭上了张叔叔的女儿娜娜，结果快到家下坡时忘记了刹车，连人带车摔倒在地，自己的膝盖摔破了皮，娜娜则被吓哭了；第一次骑别人的摩托车，快速学会了启动摩托车，却不知道怎么慢慢停下来，结果被迫飙车，后来好不容易终于停下了车，可谓有惊无险；同父亲第一次到长沙去湖南大学拜见杨老师，坐公交车时先是坐过了站到了中南大学，往回坐时又坐过了站到了湖南师范大学，最后只好从湖南师范大学步行到湖南大学，真是让人忍俊不禁。这种尴尬和趣事可能许多人都遇到过，很有生活情趣，很能引起读者的联想和共鸣。

书中的第四辑“珍藏友情”和第五辑“红色文化”也都写得颇为生动、精彩，颇为生活化，颇有人情味，很能吸引读者，很能给人以回味和教益，限于序言的篇幅，只能就此打住。

2024年4月7日稿毕于岳阳市南湖畔

（余三定，湖南文艺评论家协会名誉主席，湖南理工学院教授、原院长，岳阳市文联主席，享受国务院政府特殊津贴）

目 录
CONTENTS

第一辑 最美乡贤

第二辑 行笔走读

第三辑 人生回眸

第四辑 珍藏友情

第五辑 红色文化

附录

第一辑

最美乡贤

Diyiji Zuimei Xiangxian

蔡世平：江山还要文心养

他，因为“蔡词”的艺术成就及其对当代诗词创作的影响，2006年被评为文学创作一级，2007年当选第三届湖南省岳阳市文学艺术界联合会主席，2011年调任到国务院参事室、中央文史研究馆，参与筹建国家首个诗词研究机构——中华诗词研究院，并出任常务副院长，主持全面工作。他，就是以“南园词”“蔡词”名世的当代词人蔡世平。

一、听君一席话，胜读十年书

六年前，当我初闻蔡世平的大名时，脑海中储存着两个关键词：“国务院参事室”及“会写词”。而身为湖南省湘阴县湘资垸一个爱好写作之人，我唯有默默敬仰，远观却不敢亲近。遇上参加活动，我一般喜欢坐在被人遗忘的角落里，如正面偶遇蔡世平时，我必问个好，至于我姓甚名谁，蔡世平不知，我也不多言。

最美人间四月天。一个周末，我来到蔡世平位于湘阴县高峰台的南园读书楼。当我到达时，蔡世平在院门前热情相迎，一脸慈祥的笑容让我感到温暖。他，高高的个子，身穿天蓝色衬衣、蓝色裤子，给人一种亲和力十足的感觉。当我接过热情好客的吕老师（蔡世平的妻子）精心煎泡的芝麻豆子茶后，我和蔡世平的聊天模式也随之开启。

和蔡世平交谈，仿佛是在和我家兄长唠家常。谈文学、谈人生、谈词、谈艺术，每个字从他嘴里出来都充满智慧和温暖。在他的眼中，每个人都是独一无二的存在，每一个故事都值得被倾听。聊天的过程中，我才知道蔡世平其实在写词之前，已有二十余年的散文创作经历。当我说到我写散文不会虚构这些话题时，蔡世平说："生活的真实与艺术的真实是两回事，生活的真实并不代表艺术的真实。作家与一般人不一样，他能够透过现象看到事物的本质。因此，不要用平常的眼光去看作家。每个人都有其存在的形式与理由，不要轻易否定别人。如果你说别人写的作品不好，那么你自己拿个好作品出来让大家看看，证明你说得对。当别人打击你的时候，你也要高兴，因为这表明你已经是他的对手，甚至可能威胁到他的存在……"他的谈话如同一场启迪心灵的盛宴，让我感受到了人生的深刻意义。他不仅是一代词人，更是一位开启认知智慧的导师和朋友。

当我要求蔡世平给些参考资料时，他坦然地说："那不能够给，更不能够看，你要去现场，写你的真实感受。"蔡世平说他以前写过一篇汨罗市"长乐故事会"的文章，后来别人写的长乐故事会都很难跳出他的观点。蔡世平写的那篇散文叫作《古镇人的行为艺术——长乐故事会初读》。因为解读得生动扎实，长乐故事会顺利通过湖南省非物质文化遗产项目和国家非物质文化遗产项目评审。蔡世平到实地采访、察看了两个多小时，吃了个便饭，回家就写成了。蔡世平说他写文章有个"怪毛病"，必须到实地走走看看，没有去实地心里就没有底。

休息片刻，随蔡世平上到读书楼二楼。二楼全是书，摆得整整齐齐，原木书架站得稳稳当当。第一个书架前挂着一个大相框，拍摄时间为2019年12月7日，是湘阴县作家协会部分会员和蔡世平的合影，我指着相框中站在蔡世平身后的我说："哈哈，我来过一次南园，这是我。"蔡世平回头看了我一眼，说："呵呵，还真是哦。"

上到三楼，除了书还是书，我仿佛走进了书海。我问蔡世平："这读书楼有多少本书呀？”他笑着摇摇头说：“多少本书，我也没有数。”我感叹着这里的藏书之丰富，仿佛可以满足所有的求知欲望。南园读书楼，一座古朴典雅的建筑，承载了后山樟木、榆木、杉木、栗木等树木的灵魂。它的每一根梁柱都是岁月的见证，每一块木板都是情感的延伸。在这里，蔡世平以文字为笔，书写时代的篇章；将自己的毕生所学倾囊相授，培育知识的花园；以文化活动为媒，传承传统文化的瑰宝。

我伫立在湘阴文学福地的南园读书楼，仿佛穿越时光，穿越历史。我感受到文字的魅力、知识的力量、思想的深度和智慧的结晶。每一本书都是一个思想的宝库，每一本书都是一次灵魂的交流，每一本书都是一座精神的灯塔，指引着前行的方向。

二、生命里有一段当兵的岁月

著名军旅作家周涛写过一首著名的诗《生命里有一段当兵的岁月》，我读后对军人一直心存敬佩。正因为蔡世平生命里有一段当兵的岁月，所以当兵的经历给他留下了深刻的印象，使他的生命中留下了永远不褪的绿色。当兵是一种特殊的经历，它不仅能够锻炼人的身体和意志力，还能够培养人的集体荣誉感和社会责任感。只要有过当兵经历的人才知道，当兵对于一个人的成长和发展有着多么重大的影响。

1973年元月，蔡世平高中毕业后回乡务农，内心却有一份浓厚的文学情怀，而且对唐诗情有独钟。然而，回乡之后，物资匮乏的年代使得他的心愿成为奢望。他孜孜不倦地寻觅，但唐诗踪迹难寻，就连一张报纸也珍贵异常。然而，即便如此，他心中的文学之火也从未熄灭，对美好的追求永不止步。

一年后，恰逢新疆部队来湖南征兵。十九岁的蔡世平，正值青春，意气风发。报名，体检，政审，入伍。终于可以脱下那套新三年旧三年缝缝补补又三年的棕黄色上衣、黑色裤子，里里外外换上了崭新的军装。

他参军了，开心了，戴了红花，放了鞭炮。新戎装，新起点。

一列周身漆黑、车身粗壮、内部昏暗的闷罐车，在不知疲惫的“哐当”声中，历经半月时长，把蔡世平和他的战友从湖南拉到了新疆。就这样，蔡世平开始了军旅生涯。

上中学的时候，蔡世平就很喜欢一些名家的现代诗，总觉得那些充满沧桑的文字让人读起来热血沸腾。1976年10月20日，诗，给了他这个战斗班的一位普通士兵一个职务：军械员兼文书。这个职务让蔡世平在军队中有了更多的机会和资源去写诗歌。

1976年，蔡世平以一首《绿入心上眉头》，诗记连队支农帮助地方插秧热火朝天的场景，在乌鲁木齐军区《战胜报》发表。文员这个职务，其实也是他在军队中的一次提升，让他在诗文创作的道路上更加得心应手。一首首诗文发表后，随之而来的就是提干。蔡世平由原来的1连调到3连任排长。当上了干部，穿4个兜的干部服，领67块零2毛一个月的工资，这让蔡世平感到自豪。蔡世平的工作和诗文也得到了领导和战友的认可和支持。

1979年秋，蔡世平又由连队调到军分区。随着职务一步步提升，他在更加努力工作的同时，也不断地创作出更好的作品，为军队和社会作出更多的贡献。1981年，他开始了创作散文，其散文处女作《母亲的微笑》获得《新疆青年》优秀作品奖和乌鲁木齐军区文学创作奖。在戍边新疆的日子里，蔡世平没有上过战场，这一直是他藏在心底的遗憾。

中国西部对每个人永远是一种吸引和向往，需要有心人来揭开它的神秘面纱。1989年，蔡世平转业谢绝领导的好意，没有选择到省会大机关工作，而是毅然选择了回岳阳。在岳阳，蔡世平以自传体散文集《大漠兵谣》在本地报纸连载，该书描绘了1975年至1989年间他军旅生涯中，百姓与军人水乳交融的岁月。《大漠兵谣》以真挚的情感和精湛的笔触，展现了戍边的豪迈与大漠的沧桑。2004年，由解放军出版社出版，发行，引发全国热烈反响。此书，既是历史的见证，也是心灵的呼唤。

2002年4月，正是南方的雨季。蔡世平出差到沅江，预示一代词人即将横空出世，一场倾盆大雨哗哗地下个不停。蔡世平待在宾馆，哪里也不能去。正好他随身带了一本《白香词谱》，百无聊赖之时，就试着填了两首词。感觉不错，于是又填写了几首，但并没有把它当回事，只是玩玩而已。当2003年的五一黄金周七天长假只剩下三天时间时，蔡世平决定开始填词。这个决定让他充满了期待和挑战。蔡世平投入了所有的精力和热情，最终竟填了十首词！这个成绩连他自己都感到十分吃惊。

他拿着这些填好的词找来了几位文学朋友，他们都对蔡世平的成绩感到十分惊讶。尤其是知名作家陈启文给予了充分肯定，称赞道："你的词即使现在不发表一首，将来也会被载入史册。"这样的赞誉让蔡世平感到特别顺畅、爽快，写词的灵感前所未有。

与写散文不同，填词让蔡世平找到了一种特别的写作节奏，一种特别的创作灵感。蔡世平认为自己可能就是一块写词的料。这次填词的经历让他更加坚定了自己的写作方向，也让他对未来充满了信心和期待。填词，让蔡世平感受到了一种全新的创作乐趣，也让他更加热爱文学创作。

当时，报纸上报道重庆有一位擦鞋匠，因擦鞋技艺出众而声名鹊起，甚至还成立了一家公司。蔡世平受此鼓励也决心"写出个什么名堂来"。就这样，蔡世平抱着擦鞋匠的精神，开始了真正的"南园词"创作。

1992年，蔡世平在岳阳的单位分房子，他幸运地得到一套独门独院的一套住房。其他的住房都是北向开门，唯有蔡世平这套住房房门向南开，故称南园。南园经营得很漂亮，山石池鱼、花草树木、蜂蝶鸟雀可谓应有尽有，故其词冠以"南园词""蔡词"。广义的南园，还包括蔡世平出生的故乡湖南湘阴土二门，乃至整个大江南和大西北。凡是有土的地方都是蔡世平的"南园"。蔡世平认为，是南园成就了南园词，是泥土成就了南园词。蔡世平来自乡村，对泥土有一种深深的眷恋之情。蔡世平写不出词的时候，就会去南园的院子里走走看看。泥土会给他灵感和智慧，所以蔡世平的许多词都有泥土的影子。

蔡世平在岳阳的“南园”和北京京东寓所的“南园”（别署“补月楼”）进行当代旧体词创作。2012年，中国青年出版社以《南园词》为书名出版其词。这之后蔡世平便把他的词称为“南园词”。南园词也被学界同时称为“蔡词”。

三、唯见精神，唯见风骨

午餐后，蔡世平领我去看他的又一件“作品”——卜居文化园。卜居文化园是蔡世平退休后，由京返乡，为纪念屈原、保留岳州窑文化遗存而建的一个公益性文化公园。

蔡世平的老家为湘阴人口中的“东乡”（湘江自南向北将湘阴分为以山地为主的东乡和以水为主的西乡），小山岭一座接一座。随着蔡世平的指点，车子行进在弯弯曲曲的田园水泥路上，通过两个水塘，爬上一个高坡，就到了卜居文化园的大门口“卜居岭”。蔡世平指着两个造型古朴高大的花岗岩石墩说，这就是卜居文化园的大门口，我惊叹可以称之为“湘阴第一门”了。

卜居文化园规划有“河流”与“山林”两大区域。入“卜居岭”石门楼进入“卜居岭河流区域”，入“里仁居”进入“卜居岭山林区域”。一眼望去，石门楼耸立，石墩看上去已准备好承载历史的沉淀，必将在这里守护着千年的记忆。东边的石墩上雕刻着三个鲜红色大字“卜居岭”，犹如诗意的符号。屈原流放汨罗是在公元前296年，其在汨罗居住了十七年。屈赋《卜居》作于公元前293年。正是因为《卜居》赋，才有了后来的“卜居岭”。

门头对面的亭子为“居然亭”，蔡世平有联曰“但见空无色，居然月有声”，故得此名。

门头与亭子之间是一处栽有橘子树和桂花树的小广场，也是一处生命的熔炉。小树们排列有序，各自站在属于自己的一方水土上，仿佛是砥砺前行的旅人，在光阴的编织中徐徐成长。门头和亭子遥相呼应，静静地注视这些小树逐渐成长。站在这里，仿佛能够穿越时空，感受到卜居岭的古老韵味和今后这里的欢声笑语。

卜居岭河流区域有七里冲与范家屋两处古船码头，有瓦塘坡岳州窑遗址，有唐宋时期“千仙寺”大庙遗址，还有蕴藏在乡民记忆深处，丰富沉厚的民间传说。其山地面积约五十亩，可利用范家坝河流面积数千亩。

“这里，就是通往卜居岭山林区域的路”，蔡世平边说边引着我走进公园。眼前的山岭与山坡，宛如连绵起伏的波浪，那是生命的旋律。年近古稀的蔡世平步伐轻盈灵活，我要小跑才能跟上。沿着一条小路走去，来到了一座水塘边。清澈的塘水倒映着蓝天和白云，如诗如画。虽然年前年后，湘阴经历了几次冰雪冻雨，花草树木均遭到不同程度的损害，然而眼前的树木，在春天的呵护下，嫩绿的叶片透出勃勃生机，坚韧不拔心向上的竹林摇曳着轻风，发出悦耳的响声。蓝天、白云、亭子、竹林、树木，就是一幅幅生命的画卷。

卜居岭山林区域就是“芈家湾”，面积约两百亩，分四个板块。第一板块：“三居”板块，“三居”即“卜居岭”“居然亭”“里仁居”。入“里仁居”进入“芈家湾”（因屈原为芈姓，有电视剧《芈月传》广为传播），卜居岭地区有“张家湾”“钟家湾”“柯家湾”“毛家湾”“神塘湾”等地名，故入乡从俗，取名“芈家湾”。

蔡世平边走边说，走这条路就是去第二个板块：烟香庭。这是卜居岭山林部分的核心部分。“烟香庭”是一座精巧别致的小四合院，其板块，包括“柴门”即芈家湾北门与“烟香庭”“饮风亭”“枫树塘”“耕读园”等景点。蔡世平说，“烟香庭”可同时容纳五十多人吟诗作赋。我仿佛看到他们的作品将挂满整个庭院，为后人述说着这片土地的故事。伫立在“饮风亭”，田园风光，尽收眼底。

之后来到第三个板块：岳州窑。这是卜居岭山林区域的重要组成部分。建筑有“岳州窑坑洞”“窑哥小屋”“芈娘橱窗”“南溪桥”。

蔡世平指着一口直径约一米的岳州窑坑洞说，这口窑洞有一百多米深，近两百年的历史。这个区间有五口这样的岳州窑坑洞。它们分别排列在半山腰，因近期雨水多，满洞的水，更显几分神秘感。

离窑坑洞不远的右前方就是“窑哥小屋”。蔡世平说，这个窑哥小屋由益阳籍画家许国良先生设计、捐建。老木大柱来自沅陵、常德，手工老瓦与地面青石板出自益阳，具有文物价值的六个雕花石磴为许先生收藏数十年的老物件。由益阳福民村八十岁老木匠王安康先生，先在益阳做成，再运到卜居岭由专业的工匠安装完成。

第四个板块：观乎堂。其建筑有“谈玄亭”（谈玄：湘阴方言，意为聊天、说话）、“观乎堂”、“鸟声湾”。

卜居文化园的规划设计，体现以人为本与农耕文化理念，板块相连而又自成体系，独具特色。把卜居岭建设成一个集诗词、书法、绘画等文化艺术于一体的园区，是蔡世平的家乡梦。卜居文化园设计新颖独特，是大自然与人类智慧的结合体。这里，是岁月的见证，是心灵的驿站。

两年多来，蔡世平和工人劳动在工地，他既是规划设计师，又是施工监管者，还是劳动工人。保持原生态，废物利用，一砖一瓦，一草一木，指点到位。

蔡世平边走边笑着说：“有人说我疯了。”我壮起胆子调侃道：“也许他们说得没错吧。2021年每百斤谷子卖110元，2022年卖120元，2023年130元。打一天工可得200元至300元工钱，可买两百斤左右稻谷，谁还想去种田。所以卜居岭地区不少田土都已抛荒，更何况这个荒山野岭。别人连想都不敢想，连梦都不敢做。”蔡世平说：“我想了，我做了，我感到快乐了。”

卜居岭，因蔡世平而成为地图上的一处文化景点。此时，我只能拱手虔诚地对蔡世平说一句：“唯见精神，唯见风骨。”

四、蔡世平，当代旧体词的复兴者

词发端于隋唐，完善于两宋。宋词是继唐诗后中国文学史上的又一座高峰，人们习惯称之为“唐诗宋词”。宋词后又出现了可与唐诗宋词比肩而立的“元曲”。

唐诗、宋词、元曲因有平仄格律的要求，人们习惯称呼的诗词曲创作主要是指格律诗词曲创作。“诗庄词媚曲俗”，是它们的艺术分野。诗和词因其高贵典雅而成为千百年来海内外华人最受欢迎的文体。

诗词至清代出现了一个中兴时期，其诗词家之众、诗词作品之多远超前朝，是当代诗词繁荣的自然延伸，亦是中华文脉的自然延伸。

五四新文化运动以后，西方文化的进入，白话文取代文言文，成为社会文字交流与文学叙述的主要语言形式，诗词亦被主流文学边缘化。但是以汉语言铸造而成的以音韵美、凝练美、意境美为主要美学特征的中华诗词，仍然是人们的至爱。20世纪80年代以来，随着国家改革开放，经济发展，民族文化自信也随之回归，中华诗词迎来新的发展复兴期。蔡世平正是在21世纪初始以“南园词”“蔡词”为标志的当代词人，“蔡词”产生于农耕文明向现代文明过渡的社会转型期。当代语境、当代精神、当代艺术表现手法的“蔡词”创作，是传统词的继承，更是传统词的发展，具有崭新的艺术气质与时代面貌。

“南园词”认识并把握社会的现代性与人的现代性，进入传统而又走出传统，融贯东西方文艺理论，突破种种艺术桎梏，大胆而又不失细腻地进行当代词的艺术实践。其语言尖新、想象奇特、建构新颖，而又质地纯净、思想深邃、意境幽远、格调高雅，形成了清澈见底而又深不可测的“清潭石影”般的艺术风格，赢得了读者的喜爱与学界的肯定。

中国词学研究会会长、著名词学家王兆鹏教授著文《词体复活的“标本”》，指出蔡词“为今后词的创作开辟了一个新的方向，建立起一种新的审美范式，提供了一个词体复活的成功样本，展现出词体艺术发展的乐观前景。”著名词学家杨景龙教授在《名作欣赏》著文《“破体”写作：建设新体与创生新美的有益尝试——以〈南园词〉对传统词学的承传与超越为例》，从“题材择取”“语言运用”“体式风格”三个方面论述《南园词》的创作过程，是“打破传统词学在题材内容、语词意象、体式风格方面的种种先在限制，既以词为词，又以诗为词，以曲为词，以骚赋为词，以志怪传奇为词，跨越各种文体间的畛域，拆除各种文体间的藩篱，践行‘当代词是放出来的’创作理念，并缘此产生出令人耳目一新的美感效果。”“不断地让词体与各种文体建立‘互文性’关系，不断地让词体与各种文体兼容互渗，不断地通过破体写作建设新体、创生新美，是《南园词》在当代词坛大获成功的奥秘所在。”

著名诗论家、散文家李元洛先生著文《诗性思维的奇葩异卉》；著名词学家、诗人周笃文先生著文《扩展着的词艺地平线》；著名作家陈启文在《中华诗词延续发展的一个可能性方向》中，分别从不同角度论述“蔡词”的艺术成就及其对当代诗词创作的影响。著名文艺评论家、北京师范大学教授王一川教授指出，蔡世平是“当代旧体词的复兴者。”

21世纪以来，评论、赏析“南园词”的专著有《南园词评论》（王兆鹏主编，中国青年出版社，2015年），《南园风景——蔡词赏析》（何文俊著，线装书局，2012年）。课题研究有湖南理工学院王雅平教授的《旧体词的当代突围——以蔡世平南园词为例》，广西玉林师范学院周于飞教授的《当代词史建构视域下的南园词研究》。

2002年创作南园词以来，蔡世平出版的南园词专著有《蔡世平词选》（中国青年出版社，2006年）、《古韵新风——蔡世平作品集》（线装书局，2010年）、《南园词》（中国青年出版社，2012年）、《南园词二百首》（中国青年出版社，2018年）、《南园词稿》（中国书籍出版社，2019年）。

南园词创作的同时，蔡世平即进行当代诗词的理论研究，在《人民日报·海外版》《光明日报》《文艺报》《诗刊》《新文学评论》等报刊发表诗词理论文章数十篇，出版当代诗词理论著作《中华诗词现代化散论》（华中师范大学出版社，2016年）、《南园词话》（国际文化出版公司，2023年）。近期，蔡世平还将出版两本约五十万字的评论集：《江山还要文心养——蔡世平序跋集》《柔软的石头——蔡世平文艺评论集》。

蔡世平的文学成就主要是词，同时散文、楹联、书法也有一定的成绩。散文集《大漠兵谣》（解放军出版社，2005年），楹联集《南园楹联》（中国青年出版社，2014年），深得读者好评。

著名作家李新文在《蔡世平词选》中说："就当代旧体诗词创作而言，可以用姓氏界定诗词特色的，恐怕是凤毛麟角、寥若晨星了。恕我直言，蔡世平的词，后无来者不敢断言，但至少是前无古人的。所以，用'蔡词'冠之，似乎并不过分。"

五、创作初心，坚定不移

清朝是诗词的中兴期，作品数量之多和诗人词人之多都是前朝不可比拟的。但是清朝的诗词高度与诗词影响力无法和唐诗宋词比肩。中华诗词经历了从"五四"以来相对沉寂，到新时期以后全面复苏这么一个比较长的历史阶段。"五四"以来，中华诗词创作虽然有高潮低潮，但从来没有间断过；中华诗词生死存亡与发展变化的理论争论，也从来没有间断过。而到了现代，由于被当代文学冲击，中华诗词甚至还可以说有点萎缩。

这些年以来，蔡世平一直有一个强烈的想法，或者说坚定的信念，就是进入新的时代、新的世纪后，中华诗词一定会有大起色、大发展，甚至会出现一个可与唐诗宋词比肩的高度。所以蔡世平在创作南园词的同时，即开始对诗词创作动态和诗词发展的密切关注与理性思考。他提出主流文学应当重视边缘化的旧体诗词创作，承认旧体诗词的现实存在，以宽广的胸怀、宽容的态度接纳旧体诗词，给旧体诗词一个合法的“当代文学身份”。

作为一种古老文体的中华诗词，在今天尤其需要被时代激活，只有不断注入新时代的血液才能保持中华诗词旺盛的生命力。蔡世平认为中华诗词是从华夏民族生存的土壤里生长出来的，是汉语言文字开出的花朵、结出的果实。蔡世平在创作“蔡词”时，借鉴了一些西方文学的表现手法，运用当代文学的手段，创造词的一种新的表达方式。蔡世平的关注点，或者说兴奋点，不在诗词中的一花一草、一枝一叶，而是宏观性的，甚至是方向性的。这凸显了一个作家、一个词人的创新意识与时代担当。可以说“蔡词”在传统词上有很大的贡献，让传统词有了新的面貌、新的发展。

“词是什么？词，是古人创造的既能通天入地，又能探幽访秘的文学‘秘籍’。词的神奇性在于，能以最精短的语言，实现人性的深度表达；又能以最快的速度，抵达人类遥远的精神故乡。那里有父亲的微笑、母亲的叮咛。”——摘自蔡世平《南园词话》。我一直以来不怎么读诗词（嘿嘿，其实是读不懂，所以敬而远之）。现在，我这个门外汉，竟然吃惊地读着蔡世平的《南园词》。如《水调歌头·春思》，最后三句是：“回到黄泥地里，扯把湿皮青草，软舍添春涎。一亩三分地，好种四时鲜。”这让我仿佛回到小时候，我在菜地里摘到一个香瓜，一口咬下去，香气四溢，清甜满口。那种滋味，至今仍念念不忘。读着蔡世平的词，就像那一口香瓜，让人回味无穷。

朴素的措辞，真挚的情感，没有空洞的抱怨，不但好懂还接地气，而且还有激励人心的力量。用词简练而富有创意，同时蕴含着深刻的人生哲理，给人留下了丰富的遐想和回味。

“江山还要文心养”出自南园词句。中国作为一个诗词大国，不仅有着悠久的诗词传统，更有着深厚的文化积淀。蔡世平南园词的创作初心依然坚定不移，不受外界干扰。蔡世平必将怀揣着这份初心，以“中华诗词延续与发展的一个可能性方向”为恒定目标，继续创作出更加优秀、深刻的作品，为文学世界增添璀璨的光彩。

我相信历史会记住蔡世平，记住“南园词”，记住他的“卜居文化园”。

2024年5月9日

杨霞：舞蹈“梅花”德艺双馨

2023年12月23日，纪念湖南省文学艺术界联合会成立七十周年座谈会在长沙举行。国家一级演员，湖南省文联副主席、湖南省舞蹈家协会主席，湖南省歌舞剧院有限责任公司党委书记、董事长，第十五届“梅花奖”获得者杨霞作为文艺家代表，以“深入生活、扎根人民是文艺创作的必然要求和根本方法”为题作交流发言。杨霞感慨道：“‘深入生活、扎根人民’不是一句简单的口号，而是文艺创作的永恒主题。”

一、用艺术搭建友谊桥梁

在湖南湘阴的碧水之畔，杨霞的童年如同一朵盛开在洞庭湖畔的莲花，自在而纯净。父母忙碌的背影，未能陪伴她成长，却是奶奶温暖的怀抱，让她在汨罗乡下度过了七年的无忧时光。那片丰饶的土地，那汪清澈的汨罗江水，润泽了她的心灵，孕育了她纯真的梦想。岁月流转，到了读书时节，杨霞被接至湘阴，与父母团聚。1978年，湖南省木偶皮影艺术团的演出，如同一束光，照进了十三岁杨霞的生命。老艺术家们的舞姿震撼了她幼小的心灵，唤醒了她内心深处对舞蹈的渴望。从此，她的生命里多了一份执着与追求。

她的成长，离不开洞庭湖水的润泽，也离不开艺术之光的照耀。

1979年，杨霞以优异的成绩考上湖南省艺术学校舞蹈科。行囊轻轻，心情沉重，杨霞独自来到长沙，再一次与父母分离，她知道这是成长的必经之路。她怀揣着父母的期望，踏上了独自闯荡的旅程。她渴望在陌生的城市里找到自己的位置，展现自己的风采。

在艺术学校的日子里，杨霞的身影如同一抹不灭的烛光，照亮了青春舞台的每一个角落。十三至十八岁，五年的时光里，除了夜晚的安眠，她几乎将自己埋在排练厅。为了与男孩们争抢那方舞台，她独辟蹊径，夜宿排练厅，让梦想在寂静中绽放。熄灯之后，排练厅的微弱灯光下，人影摇曳。几个胆大的男同学好奇探寻，只见杨霞点着蜡烛，身影在光影中舞动。那一刻，大家的惊愕与敬意交织，她的坚韧与执着，如同一曲无声的赞歌，回响在每个人的心间。

杨霞努力学习舞蹈技巧，不断提升自己的艺术修养。她用舞蹈表达自己内心的情感，用舞蹈展现自己的才华。每一次的舞台表演，她都尽情展现自己的舞姿和风采，赢得了观众的认可和赞赏。1984年，杨霞凭借自己过硬的基本功如愿以偿地进入了湖南省歌舞剧院，成为一名真正的舞蹈演员。

杨霞每日刻苦练功，心铸舞台灵魂。她曾在《黄河恋》中低吟浅唱，于《老人与鸟》中翩翩起舞，以《明天更美好》寄寓希望。她曾在《山风》《三湘杜鹃红》《长征颂》等大型剧目中担任领舞。舞者，用心塑造舞台人生。

1994年，湖南省歌舞剧院为创作舞蹈精品决定将沈从文先生的小说《边城》改编成舞剧并搬上舞台。杨霞出演其中的角色“翠翠”并一举成名。她深知“台上一分钟，台下十年功”，为了演好这个角色，她和主创人员一同前往湘西体验生活，记录了满满两大本的心得体会。

在1994年湖南省新剧目汇演中，舞剧《边城》获奖，杨霞因此荣获优秀表演奖。她演出《边城》舞剧长达八年，八年的时光里，杨霞以坚韧之姿，舞动璀璨之情。她的膝盖每次都会磨破皮，因为每场演出都需要真实跪下、爬行近三十米，所以舞台上她那条绿色的裤子已经重做了二十几次。那抹绿色，承载着无数次的跪拜与爬行，如诗如画，演绎着不朽的边城故事。

在演出的每一个瞬间，杨霞都在诠释着“翠翠”的坚强和细腻，用自己的表演打动着观众的心。“翠翠”不仅是一个舞台上的演出角色，更是杨霞在演出这个过程中的成长和蜕变。杨霞用自己的努力和执着，将沈从文笔下的“翠翠”活灵活现地展现在观众面前，赢得了观众的尊重和喝彩。

1996年，杨霞把《边城》“跳”到了北京，参加文化部主办的“文华大奖”评选。就是这次，杨霞为湖南获得中国舞台艺术的最高奖“文华大奖”，立下了汗马功劳。当时湖南的剧目还没有拿到过“文华大奖”，杨霞和她的团队刷新了这一项空白。杨霞在获得“文华表演奖”后，于1997年凭借“翠翠”在第五届中国戏剧节上又获“优秀主角表演奖”。1998年《边城》获第十五届“梅花奖”，更是为湖南填补了舞蹈“梅花奖”的空缺，为湖南省摘下了第一朵舞蹈“梅花”。

杨霞，作为一个著名舞蹈家，她的舞步跨越了二十多个国家和地区，她的舞蹈，如同一座无形的桥梁，跨越了国界，连接了心灵。艺术无国界，舞蹈便是那最真挚的友谊使者。无论走到哪里，杨霞的舞姿都受到热烈的欢迎。在异国他乡，她感受到了不同文化的碰撞与融合，但对中国舞蹈的欣赏与喜爱，却是跨越肤色、语言和习俗的共识。如古典舞《俏花旦》的灵动，古典舞《百花争妍》的绚烂，以及湖南省歌舞剧院的原创舞蹈《红苗伞》的深情，这些充满中国特色的舞蹈在国际舞台上大放异彩。杨霞的舞蹈，如同一缕春风，温暖了无数心灵。她用舞姿诠释着友谊，用艺术搭建着桥梁，让世界因舞蹈而更加美好，让无数国外的观众领略到了中国舞剧的魅力。随着《边城》引发轰动，风靡全球二十多个国家，被央视《新闻联播》称为“中国舞剧里程碑”，“翠翠”的名字也登上了国外许多媒体。

1997年，杨霞被评为湖南省“优秀妇女”；1999年又获“湖南省直十大杰出青年提名奖”，同年获“湖南省精神文明突出贡献奖”；2000年，文化部授予杨霞“优秀青年专家”称号，同年，共青团湖南省委和湖南省妇联评杨霞为“当代湖南青年女杰”。

2002年，雪花纷飞，莫斯科的冬夜寒冷而宁静。杨霞在莫斯科《边城》的舞台上，以翠翠的形象舞动心灵。一位俄罗斯老太太被她的舞姿深深打动，眼中满含疼惜。次日，老太太顶风冒雪，带着自制的小饼干来到剧场。她将饼干递给杨霞，只说了一句：“我非常喜欢你的舞蹈。”那一刻，杨霞心中涌起暖流，如春风拂面。这个场景，如同一朵雪花，轻轻飘落在杨霞的舞蹈生涯中。她知道，艺术的魅力跨越国界，真挚的情感无须言语。每当回忆起那个雪夜，杨霞都会感受到老太太满满的关爱，那是她舞蹈生涯中最难忘的温暖。

二、用生命热爱这方舞台

2003年，杨霞当选为全国第九届妇女代表，也是湖南省文艺界的唯一代表。舞台经验丰富的杨霞开始从台前逐步转战到了幕后。同年，杨霞开始担任湖南省歌舞剧院副院长职务，被湖南省文联授予“德艺双馨”文艺家称号；2005年3月入选湖南省新世纪121人才工程人才；2005年6月被省委组织部、宣传部评选为首届“五个一批”高层次人才；1996年和2006年，凭借突出表现，杨霞两次被评为湖南省文化系统先进个人并荣立一等功；2006年再次被评为“德艺双馨”文艺家；2008年被评为“全国三八红旗手”；2010年被湖南省文化厅评为“优秀共产党员”；2011年担任艺术总监，2015年9月15日，中宣部、人社部、中国文联授予包括杨霞在内的五十四位文艺工作者“第四届全国中青年德艺双馨文艺工作者”称号，舞蹈家杨霞是湖南省唯一的一名当选者。

2015年，由湖南省文联和湖南省演艺集团联合出品的音乐剧《袁隆平》，为了更精准地刻画人物编剧为省文联主席谭仲池，包括杨霞在内的主创团队一道拜访袁隆平老先生，并跟随他去水稻科研基地，和他一起下田，一起进实验室……音乐剧上演获得了观众包括袁老先生家人一致赞誉。该剧在全省巡演了四十多场，作为优秀剧目被抽调赴北京展演并大获好评，得到国家艺术基金最高额度资助，同时入围了文化部2018年度国家舞台艺术精品扶持工程。此外，杨霞作为项目第一负责人推出的舞剧《天山芙蓉》《温暖》《桃花源记》等都是遵循深入生活，扎根人民的创作理念，也都得到了相关部门的大力支持和宣传推广，《桃花源记》在全国十多个省进行了巡演，湖南卫视、中央电视台《朝闻天下》、《人民日报》都给予了深度报道，在国内掀起了一股“桃花”旋风。

杨霞是一位才华横溢的舞蹈演员，她在各种舞蹈作品中，塑造了许多生动感人的艺术形象。其代表作品有：大型舞剧《边城》中女主角“翠翠”，大型交响乐舞《长岛人歌》中女主角“杨开慧”等。每一个角色的背后，都是她无数个日日夜夜的苦练和钻研，才能有如此精彩的表现。

2017年，杨霞荣升湖南省歌舞剧院有限责任公司党委书记、董事长。杨霞，从院长助理到副院长，再到艺术总监，每一步都留下深深的脚印。她以匠心独运的才华，绘就一幅幅艺术画卷。岁月流转，她走到党委书记、董事长的位置。人生如戏，她用坚韧与智慧，书写了自己的辉煌篇章。身为湖南省歌舞剧院有限责任公司党委书记、董事长，杨霞初心未改，砥砺前行。岁月流转，她越发拼搏，如松柏般挺立于风雨中。她的脚步坚定而执着，只为守护那颗炽热的初心，照亮前行的路。她立志培养无数热爱舞蹈的年轻人，如同曾经的自己，肩负“出人出戏出效益”的责任。有人问她：“你已经获得了这么多的荣誉，为什么还这么拼？”杨霞说：“对湖南这片土地，我始终抱着感恩之心。”她深知，每一份荣誉都是对这片沃土的回馈。她的拼搏，是对湖南深深的眷恋与感激，她要用生命来热爱这方舞台。

“德，是文艺工作者立身处世之根。艺，是文艺工作者成就事业之本。德艺双馨应当成为文艺工作者一生的追求。”聚焦艺人艺德的杨霞说，“‘德之不存，行之不远’，作为文艺工作者，我们要以德养艺，以德养心，以德养人。同时，‘修身守正，立心铸魂’这八个字，我们要始终铭记于心、更要落实到实践中去。”杨霞表示，舞蹈演员必须耐得住寂寞，吃得了苦，面对现实诱惑，须有定力。

民族舞剧《热血当歌》是湖南省委宣传部、湖南省文化和旅游厅、湖南省文学艺术界联合会、湖南省演艺集团重点创作剧目，由湖南省歌舞剧院创排。该剧从2019年开始策划，由杨霞担任艺术总监。自2021年5月首演以来，广受好评，先后获得第七届湖南艺术节“田汉大奖”、湖南省第十五届精神文明建设“五个一工程”优秀作品奖、湖南省第二届“文学艺术奖”优秀作品奖等。2022年，该剧入围第十三届中国舞蹈“荷花奖”舞剧终评，是湖南省历年来首个入围中国舞协最高奖项终评的舞剧作品。2023年8月4日，第十三届中国舞蹈“荷花奖”舞剧奖获奖名单揭晓。《热血当歌》喜摘“荷花”，成为湖南首部获“荷花奖”作品，实现历史性突破。一朵“荷花”，千般荣耀。

《热血当歌》的主创和演员多为“八〇后”“九〇后”，甚至“〇〇后”。在他们身上，杨霞看到了一种积极热情、充满活力的精神。

杨霞说，舞剧必须是“美”的，而《热血当歌》正是这样一部作品。青春、热血、情怀、爱国、抗争——这是杨霞为《热血当歌》定义的关键词。正是这些关键词构成了该剧的灵魂。这是一部红色青春偶像剧，它的底色是红色，却是一种独特的红、青春的红。

这些年轻人，用他们的热情和才华，演绎着那个时代的青春与热血。他们用舞蹈和歌声，讲述着抗争与爱国的故事。杨霞希望，《热血当歌》能成为一部常演不衰的经典。当《义勇军进行曲》的旋律响起时，观众的心中涌动着深深的共鸣。那是青春的力量，是热血的呼唤。这部剧，不仅是历史的回响，更是青春的赞歌。热血当歌，青春不老。在这部舞剧中，观众能够看到自己的影子，感受到那个时代的激情。大家相信，无论岁月如何流转，青春的热血永远沸腾。

作为该剧艺术总监、湖南省歌舞剧院董事长杨霞认为："三年磨一剑，《热血当歌》在艺术表现、舞台叙事等方面越发成熟，已经形成了自己独特的面貌。"

杨霞策划监制的多部舞剧、音乐剧获得湖南省艺术节"田汉大奖"、中国艺术节"文华优秀剧目奖"、"荷花奖"舞剧奖等奖项入选文化和旅游部全国舞台艺术重点创作剧目、国家艺术基金资助项目。她还担任"桃李杯"、"荷花奖"、中国艺术节"文华大奖"评委。

杨霞曾从1979年穿上红舞鞋到2009年，杨霞在舞台上跳了三十年，排演的大小剧目达百余个，演出了两千五百多场次，观众达两百多万人次以上。杨霞通过她的舞蹈，向观众展示了不同角色的魅力和情感，让人们感受到舞台上的生动和动人。她的表演让人们看到了戏剧和舞蹈的魅力，也让人们感受到了艺术的力量和魅力。杨霞曾代表我国及湖南省出访过俄罗斯、波兰、奥地利、日本等国家，为把湖南的舞蹈艺术推向全国乃至世界，作出了突出的贡献。

在时光的长河中，杨霞如一位守望者，历任第八、九、十一、十二届的湖南省政协委员，见证了她对文化阵地的坚守。2018年湖南省"两会"期间，她以一颗赤子之心，为文艺界别发声。她提出："要推进文艺剧团演出场地建设，引进高精尖艺术人才，加强对老艺术家的保护和激励措施，让艺术家有尊严地活着。给文艺工作者一个舞台，他们就能够发光发热。"她的建议，如春风化雨，滋润着文艺的土壤，让艺术之花绽放光彩。杨霞满怀信心地说："要通过艺术舞台，把中华优秀传统文化的种子撒向全世界。"

生命不息，艺术永恒。正如杨霞所言，舞蹈是她生命的韵律。舞动间，灵魂得以飞翔，岁月静好，艺术永存。

2024年6月29日

冯根良：默默耕耘在这片领域

2023年4月20日，“冯根良先生新闻采编工作三十年座谈会”在湘阴县融媒体中心盛大举行。说起冯根良，在湘阴应该没有几个人不知道。冯根良退线退休就是不退岗，一直在新闻这片领域里继续发光发热，辛勤耕耘，默默奉献。

一、燃烧自己，奉献他人

毕业于湖南师范大学中文系的冯根良，走出大学校园后，走上三尺讲台，当起了一名高中老师。当冯根良第一次走上讲台，看到台下一双双纯洁的眼睛时，那些渴望求知的脸蛋，让他感到自己无比的神圣。他深知教师工作不是一门职业，而是一门事业。既然把教书当成一种事业，就必须不断学习，认真探索，才能不断提高自身的水平，满足孩子们的所需所求，才能不辜负“人类灵魂工程师”这个光荣称号。就这样，只要有空闲，他就捧起书本如饥似渴地学习。工作是学习，学习也是工作。用心血滋润，用汗水浇灌，用爱播种春天、播种理想、播种力量，在教师这个平凡的岗位上绽放出不平凡的光彩。冯根良这颗在工作岗位上兢兢业业的“螺丝钉”，1984年初又被调往湘阴县委党校任教。在党校给学员讲授新闻与写作课时，他不是一字一眼完全照搬教材中的内容，而是从报纸上找一些实例加以阐述，进行了大胆创新和灵活取舍。有这样一句话：“你不可能在一个战栗的心理上面写上平整的文字，正如你不能在一张震动的纸上写出平整的文字一样。”冯根良的教学方式既丰富了课堂的教学手段，又面向全体学员，使教学在张弛有致的和谐节奏中进行，既达到了教学目的，又让学生不感到枯燥无味。在愉快的教学中牵动学员的心，吸引学员的注意力，轻松活泼的课堂气氛获得学员们的好评。

也就是从这个时候起，冯根良开始了他热爱一生的新闻事业。他试着把自己关于研究新闻导语方面的讲稿进行阐发并进行综合归纳。他把总结新闻导语写作技巧的论文寄给几家刊物，居然很快发表出来了，有的新闻业务刊物给予连载，这给了他很大的鼓舞，也使他萌发了对新闻导语艺术进一步探讨的念头。从此，在教学之余，他一边博览新闻业务专著，一边研读新华社、《人民日报》、《湖南日报》等媒体上的新闻，从中反复揣摩，逐步感悟新闻导语的规律和表达技巧，先后摘录有关导语方面的资料达六十多万字。他像一叶帆舟，遨游在新闻导语的海域中。在浩如烟海的新闻作品中，他披沙拣金，分门别类梳理，条分缕析探究，不断地捕捉着思维的亮点，用系统的观点，日复一日地研读、领会、积淀，以丰富的学识为基础品味着导语的内涵。

冯根良认真研究新闻标题、新闻导语、新闻背景、新闻结构等方面的写作技巧。他注重研读媒体上重要的导向性文章，把握正确的政治观点和政治立场，他坚持写学习笔记。“好记性不如烂笔头”，他坚持边写作，边学习，每年作十多万字的笔记。冯根良通过多年的学习实践，积累了一套行之有效的学习方法。在研究中，他发现新闻标题和新闻导语是新闻写作的成败关键。怎样才能使新闻标题具有点睛传神的艺术魅力，使新闻导语具有开导、启发的作用？带着疑问，他在研究实践中，多次向中国人民大学新闻学院教授和新华社的一些知名记者请教，显示出一种求实的学术品格。他在钻研新闻写作时，共撰写了三百多篇论文，发表在全国多家新闻专业刊物上。

南非前总统曼德拉说过：“人最可怕的不是不知道自己的缺点是什么，而是不知道自己的潜能到底有多大。”其实人的潜能是巨大的，就像山崖上生长的小树，力量超乎想象。1995年至2005年，冯根良出版了六本新闻专著：《新闻导语艺术》《新闻标题艺术》《新闻语言艺术》《新闻标题荟萃》《新闻背景艺术》和《新闻撷美》（其中后三部与媒体记者合著）。其中他编著的《新闻导语艺术》，系统地阐述了新闻导语的写作，颇得专家和读者的好评。书中所引述的导语例子，既遵循导语一定的“规则”，又变化自如。出版社出版该书后，又两次重印，颇为畅销。上海复旦大学的有关刊物还专门对此书作了一千余字的评价，湖南理工学院教授余三定等在报纸上撰文对该书给予了高度评价。1996年，全市社科成果评奖中，该书排在获奖名单第一位。

2001年11月22日，《湖南日报》以《“笔杆子”摇出三部专著》为题，对他的新闻理论研究成果进行了专题报道，《新闻世界》《新闻采编》等五家媒体对他作了报道。复旦大学《修辞学习》刊物对其《新闻导语艺术》一书作了评价。冯根良多次被评为省、市优秀通讯员。近些年来，他被市县党校、省直有关部门、县内局级单位和乡镇聘请讲授新闻写作课，《湖南日报》编写《新闻知识500问》一书时，邀请他参与编辑工作。2012年，冯根良被评为全市“十佳党员学习明星”。

二、“撒”下两张“网”，收获七个“奖”

从冯根良的专著中，看新闻的标题，就知道冯根良博览群书并涉猎了大量的古典诗词和文学作品，才会表现出如此深厚文学功底。他的新闻写作，既注意运用新的写作方法，同时注意在与文艺理论等学科的交叉渗透中创新，使其新闻写作独树一帜，给人以新颖独到的感受。他在担任《湘阴报》社长时，就写出了不少有特色的标题。《湘阴周刊》上的一些新闻的标题，其中不少凝聚着他的心血。

冯根良的“低调做人，高调做事”的处世原则，应该就是他骨子里渗透出来的本性。在一些被邀请参加的活动中，总能见到冯根良静静地坐在自己的位置，默默地倾听。其实，从1993年以来，他共在《人民日报》《新华每日电讯》《光明日报》《湖南日报》《岳阳晚报》等三十多家报纸发表新闻稿件两千多篇，其中党报头版头条达一百多篇。其中《湘阴万千蜘蛛“织”出生态农业网》一稿，获得了中国新闻界的最高奖——中国新闻奖，《上“网”捕信息，下网捞螃蟹》一稿获得中国晚报新闻奖一等奖等五项奖励，《两个“油王”摆擂台，一个产业托起来》荣获湖南好新闻二等奖，十年间共有新闻作品二十多次获全国和省级的新闻奖。

他的“得意之作”，就是曾撒下两张“网”。第一张“网”网就是《湘阴万千蜘蛛“织”出生态农业网》。这篇消息，只有八百零三个字，在1999年6月23日《湖南日报》头版头条刊登后，获评第十届中国新闻奖消息三等奖，湖南好新闻三等奖。第二张“网”就是《上“网”捕信息，下网捞螃蟹》，这篇消息只有三百七十一个字，在2000年10月24日《岳阳晚报》一版刊登，后发表于《湖南日报》。此稿获湖南省市州报好新闻一等奖、中国晚报新闻奖一等奖、湖南好新闻三等奖、中国地市报新闻奖三等奖，发《湖南邮电报》后获全省专业报好新闻一等奖。

这两篇消息共同的特点就是从农业发展中抓住了一个代表方向性的问题，因而主题重大，关注度高，能够在众多新闻稿中脱颖而出。作为一名党报通讯员，他常常用“举头望明月，低头思故乡”这句话提醒自己。“举头望明月”就是要上接“天线”，领会党的方针政策；“低头思故乡”就是要下接“地气”，一个猛子扎下去，深入基层采访摸清情况，然后加以深入思考。1999年上半年，他根据自己掌握的情况，决定从生态农业方面写一篇稿子。湘阴县以蜘蛛治虫为重要手段的生物治虫方法一直得到联合国粮农组织和中央媒体的肯定与关注，结合湘阴当时的实际，农业部门提供的信息表明，全县二十八万亩水稻、五万亩蔬菜和一万亩茶园采用蜘蛛治虫，既节省了农药成本，又极大地减轻了环境污染，经济效益与生态效益相得益彰。于是，他围绕这一内容采写成一篇消息，送到湖南日报社农村部，当时的编辑程金美看了稿子后，也觉得这篇稿子抓住了一个有前瞻性的问题，他精心作了修改，很快就以头版头条刊发出来。之后，新华社发了，《光明日报》《新民晚报》等媒体也发了，分管农业的副省长还做了批示。中央电视台记者石伟民等专程来到湘阴，拍摄电视新闻并在中央台播出。更没有想到的是，推荐参评湖南好新闻后，又推荐参评中国新闻奖，当年获奖作品全国仅一百九十篇，这篇作品成为三十篇报纸消息获奖作品之一，获得三等奖，也是当年湖南日报报业集团唯一获奖的一篇消息。中国人民大学新闻学院刘保全教授在评论获奖作品时将其作为范例，认为《湘阴万千蜘蛛“织”出生态农业网》中的“织”字用得恰当、有特色。

《上“网”捕信息，下网捞螃蟹》是冯根良在鹤龙湖镇采访计划生育工作时偶尔听到的信息，职业敏感使他意识到值得一写，于是便作了深入采访。为了这个标题，他反复琢磨，这个标题上“网”与“下网”，一个“捕”一个“捞”，都形成对比，能够吸引读者眼球。编辑看到标题后也表示眼前一亮，决定上头版并配发了编者按。参加全省好新闻评奖的《岳阳晚报》总编后来告诉他，当年评选时有好几篇是报道农产品网上销售的，由于只能选一篇，冯根良这篇因标题更加引人注目而“出线”。由此，这篇消息共获得全国、全省五项新闻奖。

荣誉对于冯根良来说，是肯定，是认可，也是一种激励，激励他努力做到更好。如2002年6月10日发表在《人民日报》的新闻《鱼苗“贴”着商标卖》，东湖渔场当时繁育的鱼苗用真空塑料袋加水密封，外包装纸盒上“贴”有注册商标，销售到全国各地。新闻标题突出一个“贴”字，抓住了“新闻点”，因而能够登上人民日报。如2004年11月30日发表在湖南日报的《今日洞庭网箱中，明日都市餐桌上——160吨鳝鱼“溜”之大“集”》，这是对湘阴县白乌村养殖鳝鱼的报道，标题根据成语“溜之大吉”而改动一个字，突出了鳝鱼“溜”的特性和集贸市场“集”的特点。

如2004年12月14日发表在《岳阳晚报》的《洞庭水碧湘水清，政府朝朝暮暮情——湘阴着力保护水资源》，显示出政府对湘江、洞庭湖水资源加大保护力度的主旨。如今，天蓝地绿水清土净的美丽湘阴正成为省会周边休闲度假的最佳去处。如《"湘阴模式"驱动农业产业化巨轮》，2002年2月16日发表在《湖南日报》头版头条的这篇新闻系统报道了湘阴模式走向成熟的过程，一个个创新、创造，擦亮了湘阴开放的名片，其经验推广到了全省。这篇新闻还被最近出版的《湘阴县志》所收录。在湘阴发展史恢宏的乐章中，这只是其中几个跳跃的音符，却凝聚着每一个记录者的心血。

执着于新闻的冯根良，仍然在这片园地里默默耕耘。他既有过三更灯火五更鸡的疲惫；也有过绞尽脑汁、冥思苦想的字斟句酌……在他的人生字典里，没有享乐，只有新闻；没有困难，只有兢兢业业的耕耘。

三、文艺创作与新闻并驾齐驱

记得有一次全县业余文艺创作座谈会上，冯根良谈起了自己年轻时写过诗，在省市报刊上发表过。采访中，他还说起写的花鼓戏和曲艺作品都搬上过舞台。他创作的相声《明天回答你》在市级文艺刊物发表。1998年，他创作的诗歌《高建成之歌》经市电视台播音员在文艺晚会上朗诵后获得好评，被评为省广播电视文艺奖，诗歌还在两家省市级报纸发表。冯根良还创作了一些歌词，其中两首歌词经人谱曲后在省市演唱，《左公柳》还获得省级创作奖。近年来，他还有一些诗歌通过融媒体中心人员朗诵，制作成短视频播放。

作为多年在行政机关工作的人，冯根良参与了全县《走进湘阴》《奋进中的湘阴》《洞庭波涌》《湘江飞虹》《榜样》《委员风采》等书籍的策划编辑工作，以及县委、县政府一些重要文稿的写作，特别是电视专题片的解说词的撰稿。他还受邀创作和润色全县党建、教育、水利、科技等众多专题片的解说词，对全县大型图片展文案的创意与策划提出意见。在改革开放四十周年图片展上，他拿出的《风帆起洞庭》文案获得好评。

为配合湘阴举行的第十二届中国湘菜美食文化节暨2017湘阴湖鲜美食节，他应邀撰写电视专题片文案《共享美食飘“湘”》，文中写道：

湘阴作为一个美食之乡，其招牌菜之一的“左宗棠鸡”至今仍风靡美国的一道名菜。同时还有一批在饮食方面的创新“作品”，长沙臭豆腐、德园包子都是属于湘阴人的“专利”，它们身上深深地“烙”下了“湘阴印”。正因为湘阴美食文化在湖南乃至在中国美食文化发展进程中有那么多突出的贡献，湘阴才有本钱来谈美食，有地位来论美食。一方水土养一方人。湘阴坐镇鱼米之乡，蓄山水之灵秀，汲湖湘文化之精华，通过创新，逐渐形成了醇正、鲜嫩、细腻、典雅的菜品格局。这些菜品味道，体现在舌尖，也潜移默化地发生在心间。而厚重的美食文化，对今天的湘阴来说，如同一本厚书、一幅巨画、一台大戏，它流光溢彩，韵味深沉，散发着独特的芳香。可以说，美食文化已是湘阴参与全省整体竞争的优势资源和重要砝码。

这样写来，纵横捭阖，挥洒自如，作品能以其精湛的结构、富有气势的文字征服听众。从这些没有署名的作品中可以看出他的写作风格。冯根良一再声明，有的文案虽然是自己执笔，但凝聚了众多人的心血，是集体智慧的结晶。

冯根良退休后，先后在《湖南日报》、《湘阴周刊》（今日湘阴）担任编辑工作。除把握时政报道的导向外，他还根据多年来的积累，统筹策划介绍湘阴的人文历史，推出了大量介绍湘阴历史和当代科技、文化艺术人物和劳模的典型报道，传递出满满的正能量。

2022年10月30日

曹阿娣的文学路

“你看曹妈妈不声不响又出书了！其最新出版的作品《穿绿裙子的金鱼》被推荐为湖南省‘阅美湖湘三年级下全五册’指定书籍。”湘阴文学圈里有人在谈论。是的，曹阿娣去年刚出了一本四十万字的长篇小说《一张轻飘飘的铜版纸》。2023年，湖南少年儿童出版社又出版了她的《穿绿裙子的金鱼》一书。

“曹妈妈”，这是湘阴县文学圈里的年轻人对曹阿娣的爱称。因为他们读过曹老师的书，非常敬重她的人品，所以把世界上最崇高、最亲切的称呼献给了她。

一、与文学结缘

1966年，曹阿娣和许多年轻人一样，带着那份稚气和对未来的憧憬走出校园。此时，正赶上知识青年上山下乡的浪潮，曹阿娣成为全县第一届知青中的一员，来到白泥湖。是金子就努力要自己发光，喜欢读书的曹阿娣，被安排在白泥湖公社中学当老师。

学校教室就是用砖和稻草支撑着，窗户就用塑料薄膜蒙上。当寒风刮起的时候，塑料薄膜就哗哗响个不停，学生的课桌不是缺“胳膊”就是少“腿”。曹阿娣每月能领到六元钱，每个月却要为母亲治病负担七元钱。虽然入不敷出的日子很难过，但每当看到讲台下那一双双求知若渴的眼睛，条件再艰苦也阻挡不了曹阿娣心中的信念。为了能为孩子传道授业解惑，曹阿娣咬牙坚持，努力奋斗。

罗丹曾说过："生活中并不是缺少美，而是缺少发现美的眼睛。"虽然当知青是曹阿娣最苦最累的日子，但是知青的日子让她受益良多，磨砺了她的意志，使她不怕吃苦，不怕挫折。

1979年，改革开放的春风吹遍了祖国的大江南北，也吹到了湘阴，历时十三年，曹阿娣回到县城，似一束光照亮前进的道路。

回城后，曹阿娣再也不用为柴米油盐酱醋茶烦心，每天早上醒来又是崭新的一天。从集体宿舍到单位福利分房、从自行车到小汽车、从自制电风扇到空调、电冰箱……日子一天比一天好。十三年的知青生活让曹阿娣懂得了珍惜，1989年，曹阿娣进入县教育局工作，曹阿娣全身心投入自己工作中去，以回报来之不易的幸福生活。很庆幸，曹阿娣在内心深处的重要角落藏着的那个文学梦也随之在复苏、发芽、生长。

1993年，她儿子考上了大学。她有了富余的时间，开始从事文学创作。夜深人静的时候，就是她写作的静谧时光。她说，这个时候的她，心情最宁静，也最享受。她写作的目的不是为了升官，也不是发财，更不是为了讨好谁。她的写作就是要把自己心里的话说给别人听，让读者和她分享快乐和痛苦。她把自己认为值得弘扬的人和事表述出来，让大家向他们学习。

曹阿娣认为，她的这种写作是为社会服务，在写作过程中也实现自己的人生价值。所以，曹阿娣的文章里总是蕴含着凛凛的正气，经得起道德标准衡量，经得起岁月考验。1999年，曹阿娣的长篇小说《小镇上的女人》发表了，是湘阴县有史以来的第一部长篇小说。作品为了体现退伍军人张人杰的老实和善良，其中描写到了他和妻子梅香在新房的一些细节。当时社会风气保守，尚未开放，人们认为比较新鲜。小说发表之后，长沙一个书商专程找到曹阿娣，约曹阿娣为他们写一本尺度较大的情色小说，题目素材由他们提供。动笔之前先付一半稿费做定金，完稿之后，一手交钱，一手交稿。曹阿娣不加考虑就当面拒绝。她认为这样的作品不是文学，是精神垃圾。曹阿娣心想：不管他们出多少钱，自己决不能生产文化垃圾。

“深入生活，扎根人民”。此时曹阿娣的创作状态，几乎是一种无法遏止的激情爆发。她感觉到，自己的状态一发不可收。有十三年知青生活和教学经历，再加上一直在教育战线工作的曹阿娣，对底层民办教师的生活了如指掌，于是她立意写一部关于民办教师工作、生活和婚姻的书。

因为主题明确，题材熟悉，曹阿娣的第二部长篇小说《不是因为爱情》很快就杀青出版。2003年，该作品获得了岳阳市“五个一工程”奖，是湘阴县第一部获得此奖项的作品。

这两部长篇小说一经问世，便在湖南文学评论界激起浪花。她成了远近闻名的作家。湖南省作家协会和湖南教育电视台联合举办了“曹阿娣作品研讨会”，众多知名作家出席了这次研讨会，并作了讲话。湖南教育电视台拍摄了《曹阿娣的教师情结》专题电视片。在湖南省文联的刊物《理论与创作》中评论家李运抟写的《为乡村教师代言的真诚书写》、《湖南日报》中评论家龙长吟写的《为乡村教师讴歌》、《三湘都市报》中作家骆晓戈写的《一根红线》、《文坛艺苑》杂志中作家胡英写的《烛光忍泪照新人》，这些文章中都曾经积极评价过她的作品。

二、爱文学的真谛

小时候，曹阿娣喜欢安静，不太喜欢和别人交流。而曹阿娣家恰好住在县文化馆旁边，于是她一有空，就躲到文化馆的阅览室里去看书，从此，书成了她的“知心朋友”。直到现在曹阿娣的这个习惯几十年来不变，天天要看书，不然就像缺了什么，即使步入古稀之年，临睡前还要看几页书方能入睡。长期的阅读让她的阅读量非常大，促使她爱上了文学。曹阿娣认为爱文学就要为文学去奉献。曹阿娣写作纯粹是出于写作冲动，她认为应该写。她的写作不带一点功利色彩，可以说是为文学而写作。

文学给了她知识，垫高了她视觉的起点，洗涤了她的精神，净化了她的灵魂。曹阿娣认为爱文学就是要把自己认为真善美的东西告诉大家，让大家弘扬正义，信奉善良。把那些丑陋罪恶的东西揭露给大家看，让大家去批判，去杜绝。这样，才能让我们中华民族的优秀品质得到传承，才能建立和谐美好的精神社会。

曹阿娣2002年从湘阴县教育局退休后，她总想利用自己的长处为社会服务。每当她看到或者听到身边一些孩子叛逆的事例，比如，有的孩子打妈妈、打奶奶；有的孩子沉迷游戏、厌学、逃学……

曹阿娣忧虑地说，随着市场经济的发展，物质需求对青少年的冲击越来越大。近年来青少年犯罪率不断攀升，加强儿童的思想教育势在必行，而单靠学校的力量显得苍白无力。她担忧的同时扪心自问，自己身为一名共产党员、一名作家，有责任和家长、老师一起对孩子们进行心理健康教育，帮助孩子们形成健康的心理和健全的人格。曹阿娣心中对孩子的那份爱与生俱来，她将创作的目光投向儿童文学的领域，她告诉自己一定要尽自己最大的能力，把爱种进孩子们的心中。

2012年，曹阿娣的《一个不会笑的少年》《脾气不好的女孩》等十部儿童文学作品由北京燕山出版社出版，这套儿童文学作品通过一个个少年儿童的生活实例，展示出其成长路上的经验和教训，有现实的教育意义，对学生、家长、老师都具有一定的启迪。

这时，又有出版社找曹阿娣编教辅资料，当时教辅资料还没有人弄，而且利润很大，出版社给的稿酬比其他作品高很多。曹阿娣当时正在写少儿作品，她认为少儿犯罪率不断上升，拯救失足少年是社会的大事，意义大于教辅资料。于是她以手上的作品没有完稿为由，婉言谢绝了对方的邀请。

苏联作家高尔基认为儿童文学家的“基本品格应该首先是热爱儿童”，“谁不爱孩子，孩子就不爱他，只有爱孩子的人，才能教育孩子”。曹阿娣认为自己必须为孩子们做点什么。为了写好儿童书，曹阿娣百忙之中抽时间自学了《教育学》《儿童心理学》，把正确的教育观、人生观融入书中，希望让孩子们在快乐的阅读中接受正面教育。有位资深专家评价：曹阿娣的儿童作品里蕴含了教育学、心理学、社会学等理论，不但学生应该学习，就连家长和老师也应该学习。

为了让孩子们喜欢读自己的书，曹阿娣常深入学校，和孩子们零距离接触，聊天谈心，了解他们的内心世界和思维方式，研究他们的语言，然后想方设法形成受孩子们欢迎的文本和语言风格。所以她的书孩子们爱不释手，一书在手，不读完不想放下。由此，《小溪流》杂志社开展的“最受欢迎的作家”活动中曹阿娣荣获全国第二名。

只要孩子们想看她的书，她从不计较经济利益。如果有活动需要捐书，她总是点头答应。最多的一次捐书是湘阴县委宣传部组织的读书活动，曹阿娣拿出了她的书一千本。一千本书价格是一万多块钱，出版社按五折优惠，曹阿娣也花了七千多块钱，这对当时每月工资不到一千块钱的她来说，也是一笔大负担。她的朋友直言：“你这样做图什么？”曹阿娣说：“我写书是为了给孩子们看，孩子们爱看，我就达到了目的，至于钱，那是身外之物，只要有饭吃、有房子住就够了。”

三、爱文学就要为文学作贡献

翻看曹阿娣2021年出版的长篇小说《一张轻飘飘的铜版纸》，扉页上赫然写着：谨以此书献给勤劳、善良、自立、自强，正在为中华民族伟大复兴而团结奋斗的中国女性。寥寥数字，蕴含着直抵人心的力量。全书四十万字，由原湖南省理工学院院长、原湖南省文艺评论家协会主席、岳阳市文联主席余三定先生作序。该书记录了我国妇女从受压迫到现在站在改革开放前沿，成为国家栋梁的经历。后记中写道："人们常说：家庭是国家的细胞。国家是由一个个细胞组成的，所以家庭理所当然地担负着社会责任。我以为：一个和睦幸福的家庭背后，一定有一个通情达理的女主人，她和丈夫一起支撑着这个家庭，侍奉老人，抚育孩子，履行自己的职责。因而，女人的经历能折射出一个国家、一个时代的精神……字字透彻，句句触动心灵！

一位成功的作家创作必须有时代的记录和反映时代的精神。曹阿娣的《民办教师春秋》，就是一部为民办教师树碑立传的有历史意义的作品，它向后人展示了在20世纪的特定时代，乡村民办教师为我国的教育事业作出的巨大贡献和立下的不朽功勋。曹阿娣骨子里透露的就是爱文学就应该为它作出贡献。她要用自己的文字温暖感染人。她只希望人们读了她的书之后，内心真正有那么一点点喜欢她的书，认为她的书说的都是实话，对社会有一点点意义，那她就算累死也无憾。这是何等的坚持不懈；何等的精神存在；何等的对文学挚爱与真诚。所以她的文字都是以弘扬社会正气为目的，紧密结合社会现实，不仅质朴、接地气，而且蕴含了生活的哲理，顺着她的文字，能够触摸到生活的脉搏。

有人问她："你并没有因为写作而发财？"她说："我在写作时没有朝赚钱的方面去想，我考虑的是书的社会影响，能给社会带来什么样的思想效果。"

还有人问她："你天天写作，你从中得到了什么？"她说："现在国泰民安，我们吃得好，住得好，生活幸福安稳，我们非常知足。我们应该考虑如何去回报社会。现在，我尽力写作，歌颂美好的生活，播种善良正义，文章能得到读者的认可，能为社会主义精神文明建设付出自己的一份力量。这，就是我得到的最大满足和快乐。"

二十多年辛勤的写作，曹阿娣已经出版专著十九部，其中长篇小说作品四部，少儿作品十五部，共计三百余万字。她的先生调侃说，年过古稀的曹阿娣，还是位名副其实的“月光族”。

她说，今生今世，她注定和文学结下了不解的情缘。这一辈子估计就没有闲下来的时候，她一直在策划新作品，永远在赶写下一部作品。

2023年3月22日

巴陵工匠黄厚仁用信念铸就灵魂

鲁迅先生说过："我们自古以来，就有埋头苦干的人，有拼命硬干的人，有为民请命的人，有舍身求法的人……这就是中国的脊梁。"要想成为中国的脊梁，就要为人民服务，艰苦奋斗，创新发展。他，为了一片神奇的小小树叶，数十年如一日，唯见其风骨，唯见其精神。他，就是曾获得农业农村部"全国优秀乡镇企业家"称号的黄厚仁。

一、初见"草帽"企业家

5月，是刚诞生的夏天。2023年5月17日上午9时，不到半小时的车程，我来到位于湘阴县玉华乡的湖南省铁香茶业有限公司。乡村的5月，是劳动者的驿站。刚走进大门，一位身穿天蓝色长袖衬衣、黑色西裤，一脸慈祥的老人早已候在门口，他就是黄厚仁先生。他中等身材，头发微白，饱经风霜的脸上刻满了岁月留下的皱纹，那双温和的眼睛闪烁着慈祥的光芒，笑起来时眼里更是藏着满满的爱意。随着黄厚仁轻盈的脚步我走进他的办公室，摆在茶几上的有两杯茶，一杯红茶，一杯绿茶。后来才知道他给我泡了的两杯茶：一杯为四十多年没有喷过农药的湘阴新茗茶"鹅形山有机毛尖"绿茶；一杯为兰香馥郁、味带蜜甜的"一品难忘"的"铁香红"红茶。我像刘姥姥进了大观园，傻傻地扫视了一下他的办公室，只有我一个人，黄厚仁有自己的专用茶杯。我激动地对他说："两杯茶都是我的呀！"黄厚仁亲切地说："对！绿茶、红茶，请你喝双杯茶。"这是我人生第一次听说而且享受喝双杯茶的待遇。我和黄厚仁慢慢地交谈起来，谈茶叶、谈文学……时不时有人来找他。待他出去接待的空隙，我认真细读墙上的铁香茶文化简介。不看不知道，一看着实吓我一跳，每张照片都配有文字介绍，都是当时中央、省里、市里等各级领导来公司视察，黄厚仁伴随左右。恕我直言，在我电话联系黄厚仁之前，我真的从未曾见过或者注意过黄厚仁的事迹。现在只能够用"两耳不闻窗外事，一心只码我的文"来为我的孤陋寡闻找个美丽的借口。此时，惊呆的我，翘起舌头，久久不能放下，仿佛眼珠崩地就瞪出来了，下巴咣当砸在脚面上……

铁香茶有着神奇的来历，它是产学研相结合的成果，又是现代农业科学的结晶。巴陵工匠黄厚仁事茶四十二年，坚持走科技兴厂之路，创办的六塘茶厂为湖南省茶叶产业化龙头企业，有机茶生产新技术获省科技成果，常有国家和省、市领导视察和指导。他们聘请湖南农业大学朱教授创研的毛尖茶还荣获国际金奖。

1995年，中央领导来湘考察，在参观金奖农产品展览时，连声称赞该毛尖茶"不错、不错"。同年8月，时任省领导亲临该茶厂视察，10月，湖南农大陆教授听说湘阴出了一款好茶，连省领导都去视察，便专程前来考察，陆教授对黄厚仁说："老黄呀，你的毛尖茶好是好，要是带点兰花香就更好了，兰花香是茶叶中的最佳香气之一，建议你们研究研究。"

就这样黄老师遵照陆教授的指导，寻访五省茶山，搜集高山茶种。说来神奇，当黄老师站在一棵碗口粗的大茶树前，一阵大风吹落了三粒茶籽。他捡起，回家后请专家用高科技的多倍体育种方法育种。两年后，黄老师发现其中有一株生长特别茂盛的茶株，共有十六个分枝，采下鲜叶制茶，花香四溢。至2002年，在此基础上，黄厚仁与育种专家成功选育出带自然兰花香的茶树良种——铁香……

当黄厚仁再次走进办公室时，我感慨地说："失敬、失敬，只怪我短见薄识，连您这样一位大名鼎鼎的企业家我都不认识。"一阵寒暄之后，他邀我去茶园看看。老人家娴熟地从墙上拿起草帽戴在头上，我随他参观鹅形山两千亩良种茶园。他边走边指着绿油油的茶园说："十几年前这里是荒山野岭，杂树丛生……"

眼前的茶园焕发出生命的活力，美丽婉约之景跃然眼前。我用目光尽情地抚摸这些绿色的精灵，聆听嫩芽吐翠之声，仿佛真切感觉到嫩绿色茶芽的呼吸和生命的律动。我连忙蹦出两句网络诗："再看荒坡今亦娇，几条彩带绕山腰""茶女带来四海秀，饮客喝出五洲佳"。黄厚仁告诉我，昨天下雨，今天就是最好的采茶时机。我放眼望去，茶园里清一色的采茶女，她们将这绿色的茶园当成舞台，用灵巧的双手敏捷地从茶树上摘下一片片嫩芽……

二、与茶结下不解之缘

黄厚仁出生在湘阴县六塘乡（原六塘公社）的一个小山村，他拜过师，学过医；因病辍过学；当大队支书时经历过风风雨雨；两次招干失败……这些组成了他生命进程中各个极为重要的一部分。这些涟漪，注定穿透他的灵魂，在他心底筑起精神的基座。黄厚仁不管是当教师还是当大队支书，没有半点私心、私利、私欲，有的只是大公无私满满的为民情怀。

有一次，身为大队支书的黄厚仁对本队邵社员说："今年国家给困难户过冬棉袄，全大队只有四件，给了其他几个特困户，对不起，没有分给你。"邵社员生气地说："为什么不给我？我们大队难道还有比我更困难的吗？"黄厚仁耐心地和这位社员解释："确实队上那个王社员比你家更困难，今年给了王社员家，明年如果有一定给你。"此时，邵社员大声地说："我不管，我没有棉袄穿，我就要，我必须要，我一定要。"并且张开双臂站在路中间，大有不给棉袄就不让黄厚仁走的架势。看到眼前寒风呼呼中的这位大个子身上确实只穿了两件单衣，黄厚仁毫不犹豫地将自己身上还是八成新的棉袄，带着自己的体温脱给了他。邵社员毫不客气地接过棉袄立马穿在自己身上，成了他的棉袄。

20世纪70年代，农业仍处于“以粮为纲”的年代，粮食生产有没有搞上去是当时衡量农村工作好坏的标准，政府号召各部门都要重视和支持粮食生产。尤其县以下三级干部都要到最落后的生产队去蹲点办队，改变粮食生产上不去的问题。黄厚仁在上级领导的指派下，去一个群众口中称为“一鞭子拍到马屁股，也要跑半天的穷山恶水”的生产队去蹲点。黄厚仁知道要把粮食生产搞上去，主要在肥料上。黄厚仁组织社员把各家各户的草木灰、菜头泥、鸡粪、鸭粪、人畜粪等都收集起来，可是施给禾苗的肥料还远远不够。黄厚仁发誓上刀山入火海也要想办法去弄点化肥，就在用东方红拖拉机将株洲氨水化肥拖回生产队的途中，拖拉机无法爬上陡坡，黄厚仁同社员一起在后面推着，拖拉机爬过坡，车速加快后，黄厚仁没有来得及离开，被卷入拖拉机下，当社员们从拖拉机的三脚架下把黄厚仁拖出来时，不省人事的他已是满身泥巴和血，还好总算保住了一条命。

“人不一定使自己伟大，但一定可以使自己崇高。”黄厚仁知道自己作为大队书记，面对十三支生产队，近两千人口的大队，虽然无法让群众过上幸福的日子，但是最起码的吃饭、穿衣问题还要带领群众去解决。作为一位支部书记、基层党组织负责人连群众温饱问题都不能够有所改善，还有脸对得起群众、对得起“共产党员”这个称号吗？

时间是没有声音的锉刀，就在黄厚仁苦干加蛮干的时候，改革开放的春风一下吹遍了祖国的大江南北，吹绿了神州大地，历史的崭新一页就此掀开。黄厚仁多次有带领群众办茶场的想法，此时，他知道自己内心一股冲动已按捺不住了。他建议公社办茶厂，六塘公社六塘茶厂经过重重关卡、历尽种种磨难总算办成，黄厚仁任茶厂厂长。就这样，黄厚仁与茶结下了不解之缘。号称“黄霸蛮”的他，已全身心投入到了科学种茶上。1985年至1988年，由黄厚仁研创出来的茉莉花茶冷窨生产新技术受到省、市科技部门表彰。其“兰岭茉莉花茶”年销售四万多担，成为仅次于“猴王牌茉莉花茶”的全国第二品牌花茶。1995年5月，六塘茶厂有机茶园害虫空前严重。黄厚仁拨开茶树，看到茶尺蠖、茶毛虫刷刷地啃食茶树，就像咬着自己一样心疼。有专家建议局部使用农药，黄厚仁坚定地拒绝：“虫子把茶叶吃光了我不要你们负责，要是使用了农药，我就要你们负责到底。”他竟然当着茶场全体职工的面，再次郑重承诺：“茶树被啃光了也不准喷农药。”在没有找到有效的生态防治办法前，他组织一百多名职工清晨到茶园捉茶毛虫。茶毛虫卵块和茶毛灰沾到女职工手上、颈上，奇痒难忍，用手去抓，越抓越痒，越抓越痛，满身起了一个个的疙瘩，又红又肿，痒得痛得直哭，有的还去医院打吊针（输液）。

因为黄厚仁知道要想生产出有机茶，就必须严禁使用化学农药，连除草剂也不得使用，化学肥料同样也不准使用……这是他的宗旨，也是他的底线。在黄厚仁看来，茶既是食品，又高于食品。为了这片神奇的有机树叶，黄厚仁安排茶园职工插黏虫黄板、每亩茶园插二十七块；挖雷公藤切碎熬制成雷公藤液土农药，作为杀虫药；利用茶园害虫有趋光性的特点，按每三十亩茶园安装一个诱虫灯，扑杀蜜虫等，让它们无法繁育下一代，对付茶园杂草则采用最有效、最安全、成本最低、副作用为零、除草彻底的人工除草办法……

有位专家感叹说：“我从来没有见过这么严重的茶毛虫，也从来没有听说过像六塘茶厂一样，一丁点化学农药也不准使用。土办法一个接一个，黄厚仁和专家们找来有除虫作用的雷公藤、苦楝子、茶枯、蓖麻子等植物捣碎煮开，按不同比例配成多个配方，再把有茶毛虫的茶枝摘回来，在实验室一次又一次地试验。功夫不负有心人，六塘茶厂有机茶园科研团队在终于攻克了危害最大的茶毛虫、茶尺蠖的生物防治新技术之后，又相继研究出了早插黄板防治小绿叶蝉的技术；雷公藤配方液防治茶瘿螨的技术；科学使用诱虫灯等技术，形成了一整套生物防治茶园病虫草害的新技术。1996年7月，国家有关部门经过对大气、土壤、水质等严格检测后认定，兰岭毛尖、绿茶、花茶等四种产品被认证为“绿色食品”。1998年，黄厚仁主持的“平岗丘地有机茶病虫害防治技术”获“湖南省科技成果”。兰岭毛尖也先后获得湖南省农业厅授予省名优茶金奖第一名、第五届亚太国际贸易博览会金奖。黄厚仁也因此获得农业农村部全国优秀乡镇企业家称号。新华社记者曾以“农家茶博士”为题，对黄厚仁作了报道，引起茶叶界的关注。

老骥思千里，飞鸿阅九州。2002年，黄厚仁与育种专家合作采用多倍体高科技育种技术成功选育出带自然兰花香的茶树良种——铁香。为研制兰花香茶叶，黄厚仁用三粒茶籽采用多倍体高科技育种技术喜得一株带自然兰花香良种。他从一粒茶籽开始，进行了上千次试验，作了近三十万字的试验记录，研究出了一整套兰花香茶苗选育繁殖技术、兰花香茶叶有机增香栽培管理技术和兰花香绿茶、红茶加工新技术。巨型横幅“凡检举本茶园喷用化学农药者奖现金五万元”傲然屹立在茶园入口。茶园拒绝使用任何农药、化肥和生长激素，让茶回归本真、优雅、朴素，一口自然滋味的有机茶，就在湘阴县玉华镇鹅形山下的铁香茶业有限公司生产基地造就出来。黄厚仁四十年如一日地坚持，让中国第一个兰花香名茶终于在岳阳湘阴诞生。

三、累并快乐着

县城距离茶厂近十五公里，黄厚仁上下班都是坐班车。有一次在班车上看到某局局长，这位局长好奇地问：“黄董，你怎么也坐班车啊？”黄厚仁哈哈大笑地说：“老朋友，坐班车还是比坐班房好啊。”

“坐班车还是比坐班房好”——这是黄厚仁几十年来风风雨雨最深的感触。黄厚仁是一位十分清廉的人，从不被金钱所诱惑，当大队书记时，宁可用废纸换钱买盐买油也要把欠款还清，五年中仅欠大队二十八块钱，后来也用木料还清了。在乡镇茶厂当厂长二十六年，几千万元的公司，如果有挪用和贪污早已进了“班房”，所以他敢同县委书记打赌：“你明天就来查吧，我黄厚仁光明磊落，一身正气。”黄厚仁同时又是一个有爱民情怀的人，当耕读老师时，从五块钱一个月津贴中拿出一部分为困难学生交学费；当大队支书时将身上的棉衣脱给困难群众穿……

一天，一位大娘特意跑到茶厂找到黄厚仁激动地说：“黄老板，我要请你去我家喝芝麻豆子茶，感谢你和解了我和儿媳的关系。”黄厚仁被弄得一头雾水。后来才知道这位大娘以前连买芝麻、豆子的零花钱都要找儿媳要，要多了，儿媳就有意见，脸拉得老长老长。因此婆媳关系越来越紧张，婆媳表面静得像一潭死水，其实紧张得像绷着一根弦。随着大茶园的建成，婆婆每年采茶采得几千元钱，不但不找儿媳要钱，还可以为孙子孙女买些零食和学习用品，婆媳关系自然就和好如初。一旁的杨楚爹迫不及待抢着说：“是啊，其实我知道，黄专家除了爱茶叶、爱研究，还有一颗发展农村经济，帮农民致富的爱心。”

为了在玉华镇办厂，全家人坚决反对。钱不够，宁可不买小车，天天坐班车上班。把所有的积蓄都用到开茶山、建茶园、买设备、搞科研上了。杨楚爹是茶场附近一位德高望重的老人，六七十年代也是一名大队干部。这位老党员自从玉华镇建了茶厂、办了公司后，他目睹了昔日的荒山变成“摇钱树”，带活了地方经济，干出了过去自己想干而不敢干的利民事业。杨楚爹还在滔滔不绝地说：“下屋婆婆中风瘫痪在床，儿媳妇要照顾她，不能外出打工，家里很困难。儿媳这两年在茶厂上班，每年挣两万多块钱，家境好多了。古树屋贵老倌屋里一家两小，要人照顾，他的儿媳不能外出打工，被黄董安排在茶厂车间上班，现在还升为车间负责人了，每年也挣几万元，既照顾了七十多岁的贵老倌，又让两个细伢子安心读书，真是一举两得……”像这样的事例数不胜数，杨楚爹双手合十对着黄厚仁虔诚地说：“黄董，我代表我们附近几个村的群众感谢你！你是我们这个地方的财神爷啊，更是一位为人民着想的好党员。”此时，黄厚仁听了大娘和杨楚爹的话，感觉挺开心，自己晚年做一点小事，还能给群众办成好事，增加了农民收益，还得到群众的拥护，确为人生一大乐事。当年已近花甲之年的黄厚仁辞去六塘茶业公司董事长准备自己再开公司，遭全家人极力反对，导致他脑梗塞。幸好医院抢救及时让他捡回了一条命，而且脑梗部位不在要害处，经过一个月的治疗和休息，他基本康复。子女们因为强烈反对父亲创办茶业公司，把父亲急得中了风，此后再也不敢反对父亲了……

2012年主创的“兰花香型绿茶和红茶生产新技术”获湖南省科技成果，填补了我国茶叶加工领域无兰花香茶的技术空白，并成功研发出“兰花香铁香茗”绿茶、“铁香红”红茶、铁香黄茶，创产值五千多万元，销往欧美市场，“铁香红”红茶2016年获得湖南省茶博会金奖。2012年创制的“鹅形山芽如剑”绿茶以其形美、色绿、味鲜的特点成为湘阴高档名茶；2013年，“兰花香绿茶红茶加工新技术开发及产业化”获岳阳市科技进步奖一等奖；2019年，黄厚仁获得“巴陵工匠”荣誉称号；2021年，“一种兰花香生产新技术”获得国家发明专利……

海明威曾说：“生活总是让我们遍体鳞伤，但到后来，那些受伤的地方一定会变成我们最强壮的地方。”黄厚仁就是这样咬着牙一路走来，靠着一种顽强的意志，支撑着自己走过人生每一个最艰难的关隘。

从母亲因难产生下他，从拖拉机三脚架底下拖出来、在古丈县为了小小的一茶株掉下悬崖，到甲状腺癌，再到中风……一个又一个的磨难，磨难铸就勇气，磨难铸就坚韧，磨难铸就坚强，是磨难铸造了他崇高伟大的灵魂。纪伯伦说过：“人性是一条光河，从永久以前流向永久。”黄厚仁与茶叶结下了不解之缘，一辈子专注那片茶叶，用一个又一个“磨难”铸就了崇高灵魂。正如人生登山，要走很多冤枉路、崎岖路，才能最终走向山顶。其实世间哪有什么人生赢家，只是因为有一群人在经历苦难，在负重前行。黄厚仁患癌曾被医生诊断只能活三年，而他现在已经活了十四年。这位年过七旬的企业家，现在还一直在茶园基地孜孜不倦，集中所有的智慧、多年的经验、全部的精力，为造福社会不断创造新的发展奇迹，为湖南茶产业带来新的发展与辉煌！

后记

2023年认识黄厚仁先生时，正逢他的长篇小说《志士衫》完稿，该书共四十一章，五十二万字，由岳阳市文联余三定主席作序，2024年3月由湖南文艺出版社公开出版发行。当时我感叹高手在民间，并想把他的小说创作情况写进此文。

有智慧的人，总是内心平静，外表谦恭。黄厚仁先生就是这样的人。他不想让外人知道他在写作，希望我在文中不要涉及他的写作。《志士衫》的署名用的也是他的笔名：余实。2024年9月，又获悉他的第二部二十余万字的长篇小说《晚啦》已全部完稿，即将和读者见面。署名还是用的笔名：余实。该书主要讲述在那个不平凡的年代，因重男轻女的思想磨灭了当时的社会亲情关系，一个被遗弃的女孩和养父母及亲生父母之间纠缠不清的关系。随着社会的发展，物质生活的充裕，丁克成为很多年轻人越来越普遍的选择。该书无疑能给我们带来不少思索。

2024年9月20日

甘征文，岁月如歌文采风流

汨罗，简称罗城，是“中国龙舟名城”“中华诗词之乡”，被誉为“端午源头、龙舟故里、诗歌原乡”“蓝墨水的上游、文化人的圣地”。

一、如歌的岁月

2023年12月1日上午，由汨罗市委宣传部和岳阳市作家协会指导，由汨罗市文学艺术界联合会主办，汨罗市作家协会、汨罗市戏剧家协会承办的“岁月如歌——甘征文戏剧文学集和散文新集分享会”在汨罗落茀公益图书馆隆重举行。

“天道酬勤，厚德载物”。一分耕耘，一分收获，只要你付出了足够的努力，就一定会得到相应的回报。这不，昨天还是乌云密布寒风飕飕，今天却是阳光明媚。冬日的暖阳，从天而降。上午9点30分，落茀图书馆内，群英荟萃。分享会由岳阳市作协主席、汨罗市委二级调研员舒文治主持。

偌大的会场座无虚席，座位上整齐摆放有甘征文最新出版的四卷本《岁月如歌——甘征文戏剧文学集》共一百万字，收录甘征文从事戏剧文学创作六十多年的戏剧剧本十三部、电影剧本四部、电视连续剧剧本一部，散文新集《文坛岁月忆名家》全书约十八万字，主要介绍一些中国文艺界的名人名家和本土文学名家。我双手捧着沉甸甸的书籍，这可是甘征文毕生的心血啊！于我来说这是难得的精神食粮，我像是喝了清醇的酒，感觉此时连空气都是甜蜜蜜的，我无法控制住内心的激动和兴奋。这时，我听到主席台上甘征文激动地对大家说："首先我向大家的到来和祝贺表示衷心感谢，今天这个分享会主要是向大家汇报，我在这几十年的写作中努过力、发过狠，现在就是向大家交作业……"真挚的话语无不打动在座的每一位，会场上响起了雷鸣般的掌声。甘征文激动地说，他忘不了从事文艺创作以来汨罗市委、市政府及各级文联、作协、剧协，还有亲朋好友、家乡父老的关心和支持，这给了他创作的无穷动力。他将继续在文艺领域躬身笃行、扎根汨罗这方文化热土，发挥余热，做好传承，助力文艺事业发展。

一幅遒劲有力、飘逸清秀的"文采风流"，由汨罗市老领导彭千红题字赠予甘征文，彭千红开心地说："汨罗市委、市政府想赠甘征文几个字，想过'文以载道'，想过'德艺双馨'，只因甘征文活得潇洒，最后敲定'文采风流'这四字，这样更符合甘征文的气质。"

二、初识"八品官"

2022年5月10日，岳阳市作家协会第五次代表大会召开。在电梯门口，岳阳市作协舒文治主席挽着一位老人家的手臂，老人家脸上慈祥的笑容仿佛春风般温暖，满头华发，大红外衣配白色衬衫、黑色的裤子，精神矍铄，充满活力。舒主席连忙介绍："这是甘征文先生。"

"八品官"，当我添加先生微信时，看到这个名字，脑子里立马跳出个"九品芝麻官"，想当然八品官肯定就是比芝麻官大一点，印象中"九品芝麻官"好像是以前的生产队长，所以我估计这位"八品官"以前应该当过大队部书记。无论其是"八品官"还是"九品官"，与微信好友没有半毛钱关系。正当我左一个“甘嗲”右一个“甘嗲”时，朋友偷偷地告诉我，不要称呼甘嗲，甘嗲曾对采访的记者当面说过“喊我文哥，把我喊年轻点啊，我的子侄都是这么喊我的”。于是，“文哥”这个亲切而响亮的名字，不论年纪大小，已成了大家对甘征文的尊称。

2023年6月30日，我在湘阴县濠河镇参加送文化下乡活动，和几位戏迷嗲嗲聊着聊着，聊到了“哥们”，我说我有个哥们，语气中无不在显摆我的“哥们”年龄要大于所有在座的各位。他们说：“谁呀？看我们认识不？”我骄傲地说：“那你们肯定不认识，他不是湘阴人，是汨罗人。”谁知当我说出“甘征文”名字时，他们竟然异口同声：“啧啧……甘征文呀，就是那个出名的‘八品官’剧作家，那谁不认识啊！‘八品官’以及他写的戏剧我们都不知道看了多少遍呢。”

“文哥”有这么厉害吗？回家后我连忙查找文哥的资料。甘征文，十六岁开始文学创作，十七岁在县、省报刊发表诗歌、民歌、短篇小说、散文，现为中国作家协会会员、中国戏剧家协会理事、省劳动模范。曾为中共湖南省第六届党代会代表，湖南省第七、八届人大代表，岳阳市首届作协主席，汨罗市文化局副局长，岳阳市文联副主席，汨罗市文联主席。他创作的《八品官》获第一届全国优秀剧本奖。这是剧本文学奖中的全国大奖和最高奖。微信名“八品官”，原来如此。

三、捞刀河里捞菜饼

20世纪40年代初期，甘征文出生在汨罗市川山坪镇（原高家坊镇）六丰村甘家冲一个染匠之家。正逢中华人民共和国成立前后，中国农民的生活水平很低，在贫穷的小山村里，想天天上学，那是一种极大的奢望。甘征文家开了染坊，才得以勉强上了学。后来由于家庭穷困，小学只读了三年半还是辍学务农了。“我要读书！我要读书！”这是甘征文当时发自肺腑的一声声呐喊。甘征文天生就喜欢读书，不能够上学堂，他就到处找书读。在那个艰苦年代，为了求得那一书半纸，只要谁有书，他就用小小的身躯，用现在的话说“同时打三份工”。就这样，在草地上为父亲守布（父亲是染匠）还帮两位贪玩的小伙伴守布，以换到书读。十岁的甘征文躺在草地上，用破草帽遮住太阳，经年累月，读完了《三国演义》《水浒传》《西游记》《封神榜》《隋唐全传》及《七侠五义》《儿女英雄传》……

村里有位老中医家有部《石头记》，那时候家里有部《石头记》，估计不亚于现在家里有台劳斯莱斯豪华轿车，连想都不敢想去借。恰好甘征文和老中医的儿子要好，就与其约定：“你每天借我读一回《石头记》，我每天砍一捆柴送给你家。”一份友情加每天读一回换一捆柴，他顺利地和老中医的儿子成交。就这样，半个月后甘征文将《石头记》看完，也帮对方砍了整整十五捆柴。后来老中医知道这件事后，被甘征文求知若渴的精神打动了，竟然将《石头记》送给了甘征文，甘征文欣喜若狂，视为家珍，一直保存到现在。

长沙有名的捞刀河，相传河名与三国时关羽南下战长沙有关。关羽和部下侦查长沙敌军布防时，不小心将刀落入河中。属下周仓见状，将其从河中捞起。此后，这里的人们便将关公落刀之处叫落刀嘴，将周仓捞刀的这条河叫捞刀河。甘征文曾站在捞刀河边，望河兴叹，感慨地说：“传说关公在这儿捞过刀，这儿叫捞刀河，这个典故可靠不可靠，我不知道，但我当年在这儿实实在在下水捞过茶饼呢！”

那年，甘征文十二岁。有位长沙小贩要甘征文帮他将三十公斤茶饼挑到长沙去（那时候，火车上不许带茶饼），他出两块钱给甘征文买书。两块钱，对于当时的甘征文来说可是一笔“巨款”，能买好多书。甘征文大清早扒了几口饭，挑起担子就出发了。从甘家冲到长沙有三十多公里，当甘征文挑着担子，眼看走近长沙捞刀河时，右脚刚一伸到船头，一不小心身体失去重心，那三十公斤茶饼“呼呼”地连滚带爬钻进河水中。甘征文急得直跺脚，三十公斤茶饼用自己的小命也赔不起呀。甘征文不顾早春二月刺骨的寒冷，“扑通”一声跳进河中。同时在好心渡工的指教和帮助下，将一个个茶饼完好无损捞了上来，送到长沙。得到两块钱后，他立马去书店买了几本书和一本《人民文学》。

人生只要勤奋、认真地对待所做的事，就一定能做好。随着时间的流逝，小小年纪的甘征文时不时在报刊上发表文章，引起大队书记的关注。书记知道这可是本大队出的“秀才”，必须好好爱护。正逢修京广复线，每个大队都要出劳动力。甘征文个子瘦小，大队书记特意安排甘征文去县里正在筹办的大型养殖场，甘征文的父母见有这样的好事，马上要甘征文背起被子去养殖场报到。养殖场的主要任务是如何培养鲤鱼新品种，还可以出国。当天报告会上，甘征文毫不掩饰对场长和数十名青年坦然地说：“我的理想是写作，不是养鱼。”第二天清晨，甘征文背起行李不辞而别，直接来到京广复线的工地参加劳动。他虽然身材矮小，但迈出的步子却是坚定的。为了写作，他早已有了一名男子汉的担当，有了一种无坚不摧的坚韧力量。在工地上，他白天挑土，晚上坚持在工棚写作。

四、机会总是留给有准备的人

哲学家培根曾经说：“只有愚者才等待机会，而智者造就机会。”甘征文属于智者。20世纪60年代的农村生活，条件十分艰苦。交通闭塞，出门靠脚走，运输用肩挑。在生活举步维艰的条件下，甘征文竟然和五位知识青年成立了一个文学创作组。消息被传到省文联，引起了上级领导的重视。有关领导专程来到甘征文家召开创作小组会议，热情鼓励甘征文的一边劳动、一边读书创作的刻苦精神，并决定在甘征文所在的大队建立一个读书站。省文联负责将每期出版的《湖南文学》免费赠寄给他们创作组阅读，这对于嗜书为命的甘征文来说，简直是从天而降的好事。

此时的甘征文已在县报、省报发表过多篇诗歌、散文、小说等，

1963年正式加入湖南作家协会。1965年底，甘征文被推选出席全国青年文学业余作者积极分子大会，在北京人民大会堂作了《一手拿锄，一手拿笔》的典型发言，并荣幸地受到当时的党和国家领导人的接见并合影留念。第二天，《一手拿锄，一手拿笔》带着泥土清香的发言稿在《人民日报》全文刊载，后来，广州的《羊城晚报》又进行了转载。

1974年，岳阳文学界在岳阳1348工厂召开文学创作座谈会，规定每个人要做出创作计划。大家基本都是报散文、短篇小说，甘征文竟然报的一部长篇小说。主持人直呼："甘征文，你以为长篇小说那么容易写吗？连省文联、省作协很多老作者都不敢轻易动笔呢。"甘征文感觉一盆凉水从头顶浇下来，让满心欢喜胸有成竹的心一下子凉到谷底。难道真的是自己不知天高地厚？可是已经当着那么多人报上去了啊。

晚餐后，甘征文特意与未央老师一同去散步。甘征文问："未央老师，您认为我能写长篇吗？"未央沉默了一会儿，不紧不慢地说："写长篇得具备两个条件，一要有深厚的生活基础，二要有驾驭文字的能力，这段时间我看到你发表的短篇小说《老贡献》和《月夜》，而且你从小就是在农村长大的，我觉得你应该具备写长篇的条件。"甘征文一听，仿佛熄灭的火苗被重新点燃，暗暗下决心一定要把长篇小说写出来。

甘征文的爱人在郴州工作，甘征文带着三个孩子。白天劳作，回到家又当爹来又当妈，把三个孩子哄睡后，自己才开始写作。夜深人静的时候就是他最好的写作时间，热天被蚊子咬，便打了一桶水将双脚浸在水里。每晚都写到凌晨一两点，遇到状态好的时候更是通宵写作。功夫不负有心人，就这样用一年时间完成了长篇小说《九龙风云》，1974年由湖南人民出版社公开出版发行。甘征文第一时间就将新书给未央主席送去一本，感谢主席对他的鼓励。

一路走来，甘征文著有中长篇小说及报告文学八部，先后七次获得国家奖；大型戏剧剧本二十多部，其中多部被拍成电影、电视剧，其大型现代戏《八品官》曾获1982年第一届全国优秀剧本奖；大型现代戏《拆不散的冤家》曾获1990年文华大奖剧目提名奖；1999年，他精心创作了《乡长本姓赵》剧本，省领导看过戏后，深情地对甘征文说："看这个戏，我三次激动，两次流泪，一定要把这个戏改好，让它走向全国。"甘征文不负众望，《乡长本姓赵》于2001年9月参加由文化部举办的第六届中国"映山红"民间戏剧节，赢得了个"满堂红"，所有奖项全部拿第一。

2010年，大型现代戏《乡长本姓赵》曾获中国第十四届曹禺剧本奖，后拍摄成戏曲电影，于2011年获中宣部"五个一工程"奖，电影获此殊荣，这在当时汨罗乃至岳阳市还是第一次；大型现代戏《平民领袖》获湖南省田汉大奖，选为赴京为党的十八大献礼的优秀作品，在2012年参加全国艺术节获"文华剧目奖"；大型现代戏《甜酒谣》获2017年度国家艺术基金资助；大型歌剧《高建成》获"2017年湖南省剧本奖"。其作品分别收入《当代十大喜集》《中国新文艺大系》《金曲集》《曹禺剧本获奖集》等，其中《八品官》一剧载入《中国当代文学简史》教材。

五、只有衣架子

"人不可貌相，海水不可斗量"。身材瘦小的甘征文，却拥有超乎常人想象的能量。他的笔下不但流淌着对家乡的深情厚爱，更是一份对党和人民的热爱之情。他不靠送礼拉关系，也不说奉承话，他用自己的才华和努力，成为湖南文学界的代表人物。1965年，他代表湖南文学界在人民大会堂做典型发言，向人民传递了他对文学的热情和理想。他并不满足于在舞台上闪耀一时，而是用自己的行动和作品去影响他人，让更多人了解和喜欢文学。

听说老百姓到某些医院看病难，这让甘征文深感不安。于是，他亲自前往某医院，视察走访院外的病人。甘征文听到他们的苦衷，立即联系了相关政府部门，要求整改医院的不良现象。对此，卫生厅当即进行整改，并致电甘征文去验证。甘征文发现所有病人均入院了，亲自又去院内，见到的所有医生全部挂牌，公示后便回电：满意。

他的事迹被《人民代表报》登出，文章中写道："人民选我当代表，我当代表为人民。"这样的行动让人民感受到了代表的责任和担当。甘征文就是这样用实际行动为老百姓办实事。甘征文曾任中共湖南省第六届省党代会代表，湖南省第七、八届人大代表，省委政法委执法监督员。他被授予过"优秀人民公仆""杰出老共产党员""光荣在党50年""湖南省劳动模范"等荣誉称号。作为一位拿到最高奖项的剧作家和优秀的党员干部，甘征文一直把老百姓的利益放在心中最高的位置，积极履行监督职责，以实际行动践行"为人民服务"的宗旨；以人民的利益为重，努力为人民谋福祉；发扬劳动精神，为家乡的发展贡献自己的力量。甘征文的作品，不仅展现了他的文学才华，更体现了他深情地爱着这片热土，深爱着家乡的每个人。

1982年，湘潭大学校长前往甘征文家请他担任教授，但甘征文拒绝了这一邀请。即便省厅三次调他，他依然坚辞不去。这一坚持，来自甘征文的执着和坚定，他不愿意被迫接受任何非自己选择的事物。甘征文有自己的信念和原则，坚守自己内心的真实。甘征文的坚持不仅仅是对自己的尊重，更是对自己价值观的坚守。他没有因为外部的诱惑而动摇，也没有因为权威的压力而改变。他坚持自己的独特性和独立思考，只要拥有才华和勇气，并肯努力拼搏，实现自己的理想，就一定能赢得他人的认可。

甘征文是一位戏剧造诣非常高的剧作家，他的戏剧作品获得国家级大奖高达七个。这样的成就令人惊叹，然而，却没有给他带来一点"架子"。相反，他以特别和蔼可亲、平易近人的形象深受人们喜爱。

有一次，我和甘征文闲聊时，好奇地问道："文哥，您那么出名，有时候摆架子吗？"他脸上露出了一丝风趣的笑容，回答道："哈哈，我什么架子都没有，只有衣架子。"这个简单而幽默的回答，更让我敬佩的是他的谦逊和平和。

翻看甘征文六十余年所得的奖项，不仅仅是对他个人的认可和肯定，更是对他才华的见证。他的作品不仅在文学界有着深远的影响力，更是展现了他对生活、人性和社会的深刻思考。

甘征文的成功不仅源于他的才华和创造力，更重要的是他对人民、对社会的深情厚谊。他的作品不仅仅是艺术的表达，更是对人类共同价值观的探索和传递。

文哥，祝您精神矍铄似东海，身体康健如劲松！

您是我们后辈永远学习的榜样！

2023年12月15日初稿

2024年5月15日定稿

邹当荣：要想红，找当荣

当编剧，当导演，做经纪人……他十八般武艺样样精通，捧红了很多草根明星。

你知道娱乐圈流传的一句话吗？

——“要想红，找当荣！”

一、栏目“榜首”

跟邹当荣相识，源于《洞庭之声》周报。那一年，我二十挂零，他十七岁。当时《洞庭之声》周报有个“一句话剧评”栏目，我和他都是该栏目的作者。像很多刚起步的业余作者一样，我们那时候写不了大块文章，只能从小写起。于是，我看了电视剧以后，把自己的感悟写下来，整理成一句自认为经典的评语，向报社投稿。如果编辑采用了，这句话就会刊登在报纸上。当然，后面有个括号，里面是作者的名字。几个月后，还能收到报社寄来的汇款单。每条评语价值两元，汇款单上面手写着“稿酬”二字，让我很有面子。对于很多人来说，这笔钱虽微不足道，却能带给我像中大奖一样的惊喜。我的文学寻梦之旅，就是从这时候开始的。

“一句话剧评”每期会选登五条到九条。我算是编辑比较青睐的，每月都会有稿件被采用。有个人比我更牛，几乎每期都有剧评被采用。有时候同期有两三条是他写的。他就是邹当荣。他的剧评要么充满人生哲理，要么感悟世事沧桑，我以为出自阅历丰富的中年人之手，完全猜不到作者邹当荣当时只是一名在校的高中生。

更有意思的是,《洞庭之声》周报出版了一本《名言集锦》的书，邹当荣的“名言”高居榜首，我的“名言”位居次席。两名文学青年，再次相聚在同一本书。不同的是，邹当荣因为父亲病故，辍学到报社打工，受到编辑老师们的栽培。高中毕业的我在长沙求学后，相信世间天荒地老的爱情，成为一名坐解放牌货车的新娘。

我和邹当荣也许当初起点差不多，但是在“一句话剧评”短暂的交叉后，就奔向了不同的方向。邹当荣从岳阳农村来到岳阳市区，成了《洞庭之声》周报的实习编辑；我从岳阳市区嫁到了湘阴水乡，成了一名“退稿专家”。

此后的日子，我相夫教子，在交通不便、消息闭塞的湘阴水乡，虽然也坚持写作，却很多年都难有突破。邹当荣却在报社耳濡目染，新闻写作和文学创作等各方面突飞猛进。几年后，当我还在为偶尔有文章发表窃喜时，邹当荣已经成了全国知名的作家，出版了长篇小说《星光大道》、小说集《李白当记者》《故事酒吧》等书，加入了湖南省作家协会，获得了湖南省第15届青年自学成才奖。

我每次骑着自行车去镇邮局报刊亭翻阅新出版的期刊或报纸，经常看到邹当荣有新作刊登在上面。从《岳阳晚报》上刊登的张紫汀老师写的《诗坛的“快刀浪子”》，从《洞庭之声》上刊登的王向明老师写的《梅花香自苦寒来》等文章中，我才知道邹当荣在报社，每天睡办公室，用报纸合订本当铺盖，工作起来非常努力，每年要发表很多文章。我替素未谋面的邹当荣感到高兴，同时也把这些文章剪贴在自己的日记本里，激励自己向他学习，争取更进一步。

中间有那么几年，我很少在岳阳的报刊上看到邹当荣的文章了，后来才知道他去了长沙和武汉，先后担任《年轻人》《当代警察》《知音》等杂志的记者，他的作品也越来越有影响力了。2001年，红网创建，邹当荣受邀担任“媒体论坛”首席版主，版面上有他的QQ号，我添加他为好友，没想到他还记得我这个曾经在“一句话剧评”有过同版之缘的文友。我料想他很忙，不敢跟他多聊，但仍然默默关注他的作品。他在红网上发表文章，我顺手点赞、评论或转发，估计他这位大忙人也没有注意到我的存在。

二、影视“特种兵”

2016年夏天，我意外得知邹当荣辞职回岳阳，成立了湖南当荣影视传媒中心，便想见见这名神交已久的传奇人物。我先生非常开明：“三人行，必有我师。别看邹当荣年龄比你小，他写文章可是你的老师，你不能空着手去。”于是，6月2日，我母亲生日这天，先生开车将我送到湖南当荣影视传媒中心楼下，要我拎了茶叶礼盒上楼，拜访文友邹当荣。一见面，我发现他看上去不过三十岁，说话不紧不慢，像极了传说中的文弱书生。但这位书生气十足的岳阳人竟蕴含着无穷的能量，我从他的微信朋友圈看到，他身兼总经理、制片人、经纪人、导演、摄像师、编剧、剪辑师和宣传文案等多个岗位，像影视行业的“特种兵”一样无所不能。

湖南当荣影视传媒的墙上有很多邹当荣与各地区明星的合影，以及他导演的电影海报。我匆匆浏览了一下，发现他和奇志、何晶晶共同创作的小品《盼归》《贝贝的命运》等，上过央视或湖南娱乐频道。何晶晶演唱的《我要瘦到八十斤》，也是由他作词。他作词的歌曲《包子铺》，还唱到了2014年美国世界华人春晚等。

邹当荣不是神，但我此时却有一种拜神的感觉。我很想在这里坐下来，喝杯茶，和邹当荣这位曾经《知音》的编辑，谈文学、谈投稿……

只是拜访当天，我母亲过寿宴，哥嫂老是催我快些赶回家，我只好匆匆忙忙在湖南当荣影视传媒中心站着浏览了不到半小时，就急忙告辞了。临行前，邹当荣送给我一本他的小小说集——《李白当记者》。我当时一愣，李白为什么不好好写诗，要跑去当记者？一千多年前的古人当记者，估计也只是一些“之乎者也”，而这些是我的短板，我不喜欢半懂不懂的文言文。于是，我把这本书带回家，放进了书柜。

三、把李白写“活”了

这一放，就是七八年。2023年中秋节的晚上，一束月光像一条银色的柔纱，从窗口垂落下来，令我想起李白的诗句“举头望明月，低头思故乡”。我突然想起了书柜里的那本《李白当记者》。里面到底写的什么内容呢？我从书柜里找出来，看了看，封面上赫然印着“中国现代文学馆馆藏图书”。轻轻翻开，是中国作家协会副主席何建明作序。我这才知道，原来邹当荣竟然是全国小小说百强作家之一，是湖南省小小说作家中少有的几位代表性人物。他的小小说自成一派，幽默调侃，借古讽今，在全国很有影响力。《微型小说选刊》曾两次在封二处推介邹当荣，《今日女报》还给邹当荣小小说开过专栏。

我浏览了一下《李白当记者》的目录。当看到“李白当记者”“李白做编辑”“李白逛世界公园”等标题时，我就开始后悔了。这本书肯定很有可读性，我怎么不早点看！果然，邹当荣没有令我失望。这些小小说每篇多则两三千字，少则几百字，读来十分轻松有趣。掩卷沉思，又耐人寻味。“情理之中，意料之外”，邹当荣的小小说将这八个字演绎得精妙绝伦，令我拍案叫绝。看了一篇，还想看下一篇，根本停不下来。一不留神，一本书，我一晚上就读完了。

从小就被父母戏称为“书呆子”的我，这些年看过的书虽然没有破万卷，却也应该有几千本。在我的阅读史上，从来没有一本书让我读了一遍又一遍，每篇都要笑好久。邹当荣的小小说令我想起周星驰的电影、赵本山的小品、奇志和大兵的相声、何晶晶的脱口秀，这些各有自己特色的幽默。我的生活比较普通，写不了幽默风趣的文章，却喜欢幽默的艺术。一部电影，一个小品，一段相声，几分钟的脱口秀，都是我平静生活中的一缕阳光，能让我所有的不快一扫而光。我听说幽默艺术创作非常不易，邹当荣能把小小说写得这样轻松好玩又好笑，也许与他平时写相声、小品和脱口秀有关吧！

第二次见邹当荣，是在岳阳市文联的会议上。此时的邹当荣已担任岳阳市企事业文联主席。当我们见到著名作家韩少功时，他也和我一样，怀有崇敬之情。我们怯怯地跟韩少功老师合影，当时我突发奇想，如果邹当荣不改行当编剧、导演、经纪人，而是专心文学创作，他会不会像韩少功老师一样成为文坛大家呢？然而，生活中没有如果，邹当荣选择的是一条属于他自己的道路。也许，他更享受十八般武艺样样精通的感觉吧！

我行我素的邹当荣，跟我逐渐熟悉起来。两人在微信上时有互动，我把自己的散文集寄给他指教，他还认真地写了篇几千字的推介文章。从文友到朋友，见面的机会自然就更多了。很多人都知道邹当荣捧红过很多草根明星，有些夺得了《星光大道》月冠军，有些参演了热播电视剧。“要想红，找当荣”，早已成了娱乐圈众所周知的口号。我没有当明星的梦想，但我因为认识邹当荣，也见到了平时难得一见的明星。

四、婚礼办成了“脱口秀”

那天，邹当荣给我发来一份请柬，邀请我参加他的婚宴。在婚礼上，湖南著名笑星何晶晶也来了。邹当荣和新娘亲自主持自己的婚礼，令我大开眼界。要知道，台下坐着的专业主持人都有十几位，要是换成我，可能拿起话筒，腿就会哆嗦。但是，邹当荣从容不迫，将自己的婚礼办成了脱口秀专场：“今天来的人可不少，除了那些没来的，该来的都来了。不该来的，一个都没来。该来的，都是我生命中最珍贵的亲人和贵人。来的都是客，上台来，先做个自我介绍，我是今天的主持人，叫啥名字？有知道的吗？邹当荣。没错。我叫邹当荣，是不是觉得这个名字很熟悉？大家用掌声告诉我，好不好？鼓掌的人可不少，你们肯定是我的亲戚、朋友、同学和邻居。没鼓掌的，肯定是新娘的亲友团。从今天起，我要好好地认识你们……今天是个好日子，大家都非常开心，但是有一个人不开心，因为他上辈子的情人，被别人抢走了。他就是新娘的爸爸。大家不要找，他正躲在包房哭呢！都说女儿是爸爸上辈子的情人，爸爸养了二十多年，终于把女儿从嗷嗷待哺的婴儿养成了地球上最熟悉的女儿，如今却要嫁给一位半生不熟的男人做老婆，他能不哭吗？那是舍不得，该哭。那么，为什么新娘的爸爸不敢当着大家的面哭呢？原来他得知我是一位导演，担心自己哭得不专业，会被要求再哭一次……”

我坐在现场，笑得脸都僵了。我感觉自己不是来参加婚礼的，而是来看脱口秀表演的。当何晶晶登台证婚并演唱新郎邹当荣作词的歌曲《我要瘦到八十斤》时，气氛更加热烈。我这些年参加过的婚礼足有几百场，这一场是我印象最深刻的。我行我素的邹当荣，又一次令我大开眼界。亲自主持自己的婚礼并办得这么热闹，他这脑瓜子真好使啊！

在现场分享着邹当荣的喜悦，我也释然了：每个人都有自己的活法，成功的道路并非只有文学一条，条条大路通罗马，只要自己开心，就是一种成功。作为文友和朋友，邹当荣的成功之路我复制不了，但我可以当一名观众，见证他一路的风景，同时也祝福他未来的路越走越宽。很多人都知道“要想红，找当荣”，并以结交他为荣，希望自己能红一把、火一把。我只是一名普通的文学爱好者，这辈子注定当不了明星，也成不了大师。我能红的，就是红网论坛有我一个几百万字的专栏，或者哪天多喝几杯小酒，让自己的脸小小地红一下。

2024年4月1日

农民诗人刘国富，淳朴背后的辉煌

“您的诗写得极具特色，没有真实生活体验的人是写不出来的，只要您坚持这个方向去创作，一定能写出不同凡响的好诗来。向您的勤奋和执着精神学习致敬！另外，您有了这样的毅力和成绩作根底，还谈什么人家看不起呢。要自信，要更强大起来，坚持到老，必定有成。”——这是湘阴县政协原副主席，湘阴县诗联组织创始人伏煌曙（已故）曾亲笔给予他的殷殷寄语。他，就是湘阴县杨林寨乡一位地地道道的农民诗人刘国富。

一、用诗歌呼唤土地的美丽

刘国富，1952年生于湖南新化游家湾。十岁丧父，十五岁丧母，刘国富不得不辍学在家务农。孤苦无依的他，独自一人来到湘阴县杨林寨乡。杨林寨乡扼南洞庭湖横岭湖，自古为交通要塞，位于湘、资两大江交汇注入南洞庭湖尾闾处，四面环水。据传，因南宋杨幺在这里“伐木为船，垒土成寨”，这里便被称为杨林寨。也有说法是这里因周边杨柳成林，所以被称为杨林寨。

杨林寨乡，这块神奇的土地，成了刘国富一生的根据地，也见证了他一步步成长的脚步。刘国富开始了他辛勤的劳作生涯。他日夜劳作，与大地融为一体，汗水浸湿了他的脊背，磨炼了他的意志，他感受着土地的肥沃和天地的温暖。他在泥水中翻、打、滚、爬，用自己的双手耕耘土地，种植庄稼，成家立业。繁重的劳动让他在泥泞的土地上，体验了生活的艰辛，感受到大自然的力量和神奇。

随着中国经济的迅速增长，人民的生活水平也在不断提高，人民的幸福感和满足感也随之提升。已是花甲之年的刘国富，随着儿女们的成家立业，他开始思考更深层次的问题。苦尽甘来的刘国富认为生活的意义不仅仅在于物质的满足，更在于内心的宁静和心灵的富足。尽管他最高学历只是小学，但从未停止追寻他的文学梦，埋藏在心底多年的诗人梦开始萌芽。他要用诗歌来表达对生活的爱，用诗歌来反映现代的田园生活，用诗歌来歌颂改革开放后的新农村。心怀热忱却因小学文化而困扰，他总是红着脸向他人求教。他不耻下问，勇于问道，渴望进步。刚开始写诗的时候，刘国富只是偷偷地写，不敢拿给别人看。他害怕别人嘲笑他的文化水平低，害怕别人不理解他的诗歌。他内心深处的热爱和渴望，让他无法停止创作。但是，还是招来了一些人的冷嘲热讽。有人用不屑一顾的口吻说："刘国富那是写的什么东西咯。"更有甚者说："刘国富只会卖魔芋，写得什么诗出来。"（魔芋是一种多年生长的草本植物，魔芋豆腐是用魔芋制作而成的，其营养价值相当高，当时刘国富就是靠卖魔芋豆腐讨生活）……刘国富就更较上劲了，立志要把那温暖的阳光、那绿色的田野、那劳动的汗水写出来。他白天写，晚上写，有时半夜爬起来写，像"疯子"一样痴迷在诗的海洋里……

为了写诗，刘国富求过很多老师。最让他难忘的有五位恩师。何济中，不厌其烦教他步入诗歌之门，是刘国富诗歌启蒙恩师；陈敏青，教刘国富格律和平仄；袁福清和何小舟，教刘国富如何用好韵，用好平仄；李果新，指导刘国富炼意，并教给他测诗的方法和工具……

经过这五位恩师悉心的教导和指引，以及刘国富自己坚持不懈的努力，他逐渐掌握了诗歌的写作技巧。慢慢地，他的诗歌被身边慧眼识金的朋友发现了，称赞他的诗歌写得好。这些赞美，给了刘国富的创作更多的勇气和动力。他开始敢于展示自己的作品，与他人分享自己内心的世界。

当刘国富从书房抱出一堆手稿摆在茶几上时，此时的我，看到的是一位执着与激情的诗人。刘国富竟然还有点不好意思，轻声地说："就这几本，还有一些在杨林寨老家。"我数了数，整整十一本。我轻轻地翻看着一本又一本，有几本都有红色字体多处改动。刘国富说这些红色字体，是他的恩师帮他修改校正过的痕迹。

这些手稿，是他创作的见证，是他情感的抒发；这些手稿，记录了他的成长与进步，见证了他的努力与坚持。他的诗歌，真实而质朴。他用朴素的语言，描绘出一幅幅宁静而美好的乡村图景，唤起人们对土地的热爱和对农民的尊重。他把农田的沧桑和乡村的风景融入自己的诗中，充满了对土地、对自然的赞美与感激，让读者感受到那份质朴和真实的美。

刘国富用自己的文字，书写出一段段美丽的故事，每一笔一画都承载着他的心血与汗水。他的诗歌或许平凡，却是一种对生活的热爱和追求；他的诗歌或许不被世人铭记，却是一种对乡土的赞美和传承；他的诗歌或许不如那些名家之作华丽动人，他的坚持和执着却是值得我们深深尊敬和敬佩。

二、红薯的力量

从20世纪60年代到80年代后期，中国百姓大部分是吃红薯长大的。红薯，在那个物资匮乏的年代，是我们温饱的保障，是我们成长的力量之源。每一口红薯，都是对未来的希望和信心。红薯，那是乡村的味道，是农民的智慧，更是一种力量的象征。

从红薯窝里爬出来的我，迫不及待翻看刘国富的《红薯谷诗集》一书，该书由刘国富二女婿刘涛作序。后记中刘国富写道："……我常常念起家园时，就忘不了幼时的主食——红薯。二是我的根在新化，红薯谷是新化方言，不忘根本。三是我作为农民的儿子，自己也是农民，红薯谷是一生不可分离的一部分……"

红薯在农田里，无论干旱还是洪涝，都能顽强地生长。农民用自己的双手培育着红薯，用心血和汗水滋养着它。红薯教会了他们坚持不懈的品质，教会了他们在逆境中寻找生机。正是这种智慧和坚韧，使得农民们战胜了风雨，创造了美好的生活。红薯，对于刘国富来说不仅仅是一种作物，更是一种精神。刘国富明白了生活中的困难和挫折并不可怕，只要我们有智慧和勇气，就能够战胜一切。就这样，红薯，也就成了刘国富创作灵感之源。他用他敏锐的观察力和独特的思考方式，将红薯的力量写进了诗篇中。

《芳香泥土绽诗芽》一书也是农民诗人刘国富诗歌作品。待我还未翻开此书，泥土的芳香便扑鼻而来。该诗集由新化县文学艺术界联合会副主席、县楹联学会会长陈敏青作《序一》；楹联家、诗人、新化县楹联学会副会长康黎明作《序二》；由曾任娄底幼儿师范学校副校长、冷水江市人大常委会委员、娄底市政协委员和特聘督学、现任《五弦歌风》网络平台主编李果新作序三。三位文学界名流齐聚，开启了一次文学的盛宴。三位的序言如春风拂面，字字铿锵有力，为本书更增添了文学的光彩。他们以独特的眼光和敏锐的触觉，赞扬了农民诗人刘国富的诗歌才华和对土地的热爱之情。

刘国富的诗歌，不拘一格，不受桎梏，独特而真实，展现了农民的智慧和情感。他用诗歌描绘出农民的艰辛与快乐，用诗歌呼唤出土地的力量与美丽。如《扯藜蒿》：藜蒿湖州翠草窝，无边旷野蒿子多，村民对对提篮去，大把春天装满箩。这四句诗写得非常有意思、非常传神，直抵生活的美好，一幅美丽的洞庭水乡画卷令读者身临其境，让读者情不自禁产生情感上的共鸣。

刘国富的诗歌将农民的生活与大自然相融合，将自己的思考与哲学相交融，用笔墨勾勒出了一个个真实而深刻的画面。他的诗歌如同泥土中绽放的花朵，绽放着独特的芬芳，清新自然，蕴含生机，唤起人们对土地的热爱和对生活的热情。

刘国富的诗歌作品不仅仅是一种艺术的表达，更是一种对农民生活的真实记录。他的诗歌不仅仅展现出了农民的辛勤劳作，更传递出了他们对美好生活的向往和追求，让人们重新认识了农民这个群体，看到了他们的智慧和勇气。

刘国富的诗集，从标题到内容，都散发着农民的淳朴气息。他用朴实的文字，描述了家乡的美景、农田的辛勤、孩子们的快乐。他通过细腻的描写和生动的情景，将读者带入了一个真实而又温暖的农民世界。这种独特的叙事方式，让人们感受到了生活的真谛和人性的美好。

刘国富说："他什么都没有，唯一有的就是朋友。"他出了五本书，他说因为他对文化和诗歌的热爱，竟获得了许多朋友给予他的精神鼓励和物资鼓励，如笔记本、书、笔等。刘国富红着脸说："写诗十余年以来，我收到出书的赞助费共达八万余元。"这不仅仅是一种友情的表达，更是对刘国富才华的肯定和支持。

刘国富脸上挂满了笑容，可以看得出他生活得很快乐。他的笑容中洋溢着满足和幸福，仿佛生活已经将所有美好都带给了他。他的笑容，是幸福的证明，是快乐的见证。刘国富的三女儿特意在县城为父母单独买了一套电梯房，让奔波劳碌了大半辈子的父母能享受到城里人的生活。只是用刘国富的话说，他现在每天竟然还在读"跑学"。他和老伴每天早晨起床洗漱后，坐着公交车去杨林寨，晚餐前，又坐车回县城。他说："现在党的政策好，六十五岁以上老人免费坐公交车，我们每天跑杨林寨坐车不要钱。"农村老人，没有什么比聚在一起更幸福的了。老伴就走家串户，与隔壁左右的乡邻们聊天唠家常，玩玩小牌。乡村，那是劳动者的驿站。刘国富喜欢在田间地头来回走一走，一待就是大半天，时而仰望苍穹，时而俯视田畴。清新的田埂散发着泥土的清香，让他心旷神怡。他大口呼吸着清新的空气，感受着大地的温暖。昔日的熟悉场景扑面而来，曾经的苦难与泪水在记忆中浮现。思绪重重交织，他感受到时间的风霜，仿佛在一场梦中渐行渐远。

刘国富笔下的诗歌灵感源自土地，情感来自田野。他用流淌在心间的文字，讴歌大地之美，表达自己对田园生活的热爱和珍惜。这种深深植根于心灵深处的情结，必将是他生命中永远无法割舍的憩息之地。

刘国富自花甲之年开始学写诗歌，至今已创作诗歌七千余首。刘国富用自己的行动证明了，文学才华并不由学历和身份决定的。他只有小学文化，却通过自己的努力和热爱，成为一位备受赞誉的农民诗人。他的一生充满坎坷和辛酸，但他用自己的诗歌将这些苦难转化成美丽的哲理。他的故事告诉我们，只要有勇气和毅力，每个人都可以用自己的方式去追求自己的梦想，都可以用自己的行动去书写自己的人生。他的故事，必将鼓舞着每一个追寻梦想的人，无论你来自何处，无论你的身份如何，只要拥有真挚的情感和才华，就能创造出属于自己的辉煌。

2024年5月22日

白求恩式的好医生——陈建勇

2017年，微信朋友圈闪过一则消息：湘阴县中医医院陈建勇荣获“岳阳名医”。字里行间，让我敬意盎然。湘阴，左公故里，山清水秀，人杰地灵。一方水土养一方人，陈建勇的名字，如同湘阴县的一颗明珠，熠熠生辉。

一、人正心安

时光荏苒，2024年悄然而至。我与文字共度了整整三十余年，颈椎的增生，是岁月赠予的痕迹。肩头似有千斤重，是在轻声告诉我：文艺的旅途，别忘了对自己温柔，需要适时放下键盘，去看医生。记忆之窗轻启，那位名医的名字跃然眼前。我，第一次踏进湘阴县中医医院疼痛康复科。毫不犹豫，挂号陈建勇医师。

走进二楼门诊室，只见一幅字画高挂在诊室墙上。“人正心安”赫然醒目，出自《黄帝内经》。这四个字，如一缕春风，温暖人心。门诊室内，患者与医生，彼此信任，心灵交汇。这份宁静与和谐，正是“人正心安”的最佳诠释。

身着白大褂的陈建勇如春日暖阳般温暖，面对几乎挤满了门诊室的患者。陈建勇眼神温和，患者喊痛，他耐心询问；患者喊“哎哟”，他轻声安慰。这里，是生命的交汇处，是希望的出海港。他询问病情时，轻言细语。那声音，柔和又充满关爱，就像自己的亲人，在耳边低语，给予无尽的温暖与力量。怪不得在湘阴县中医医院疼痛康复科，陈建勇被誉为“金字招牌”。患者口口相传，他的医术高超，犹如春风化雨，抚慰病痛之苦。

陈建勇出生在湘阴县樟树镇一个普通之家，父母都是当地朴实而勤劳的居民。他和许许多多寒窗苦读的孩子一样，志向如星辰璀璨。晨曦中，捧卷苦读；夜幕下，笔耕不辍。每一滴汗水，都映照着千里之外的梦想。

1997年6月，陈建勇从湖南中医药大学毕业，砥砺前行。在医院的走廊里，他身着白大褂，肩负着生命的重量。他，用温暖的手掌抚慰每一个患者的心灵。他以“做一名人民群众信赖的好医生”为目标，用精湛的医术诠释医生的价值。陈建勇爱岗敬业，刻苦钻研，勤勤恳恳，任劳任怨。在每一个寂静的夜晚，他都在思考如何更好地服务于人民。“我是一名党员，也是一名医生。”党员的初心，医生的职责，交织成他前行的道路。在中医这条路上，他无怨无悔，只为守护生命的尊严，只为践行那不变的信仰。陈建勇，是他的名字，也是他坚守的信念。党员的身份，是他行动的指南针；医者的天职，是他人生的使命。

在湘阴县中医医院疼痛康复科五楼的陈建勇主任办公室门前，“医院拒收红包”的字样，如同一道坚实的屏障，映照着医者仁心。它不仅是承诺，更是信仰，诉说着医道的光明与纯粹。在这无声的誓言中，老百姓看到了医者的高尚，感受到了生命的尊严。

二、三心一意，照亮患者生命之路

作为一位医者，陈建勇知道必须怀揣三颗心，行走在生命的长河中。责任心，是他的坚守。他深知，每一个生命都值得尊重，每一次诊断都关乎生死。他检查病人，细致入微，不放过任何一个细节；解释病情，透彻明了，让患者安心。耐心，是他的品质。他每天提前半小时到病房，下班前还要巡视一圈，发现问题及时处理。他对病人许下的“二十四小时服务、随叫随到”的承诺，从未食言。爱心，是他的信仰。他将病人视为亲人，无论社会地位、家庭状况如何，都一视同仁。多年以来，午休时光，别人休息，陈建勇却选择坚守；下班时刻，别人归家，陈建勇却推迟脚步。多年如一日，陈建勇没有完整地陪家人度过一个周末，只为那一句承诺——让每一个病人都能得到及时的治疗，只有一颗永不言弃的赤子之心。病人的微笑，是他最珍贵的礼物；病人的康复，是他最大的欣慰。他用行动诠释着医生的担当，用汗水浇灌着生命的希望。

在女儿亿亿的记忆里，父亲总是忙碌的，晚归的灯火、缺席的晚餐和一个遥远的背影。她好奇，为何父亲总比别人的爸爸更晚回家，更少陪伴。

一日，亿亿悄悄踏进父亲的医院，眼前的一幕让她惊愕。办公室中，一位阿姨和一位叔叔怀抱着一个毛毛（婴儿），泪流满面，双膝跪在父亲面前。那感激的目光，那颤抖的唇，不停地说：“谢谢陈医师，你是我们的恩人，是你救了我的孩子，我们一家人永远不会忘记你。”

原来，这对年轻夫妻来自湘阴县围子里（西乡），家境一直处于拮据的状态。在生活的忙碌中，这对年轻夫妻迎来了新生命的到来。然而，喜悦之余，他们发现孩子竟然是歪着脖子来到这个世界的，焦虑与无助笼罩了这个温馨的小家。求医之路艰辛，省城大医院的费用让他们望而却步。在绝望之际，他们遇到了陈医师。陈医师以小儿推拿之术，十五天时间，孩子的斜颈竟奇迹般痊愈，费用不过区区两百余元。这对夫妻心中涌起感激之情，视陈医师为孩子的再生父母。

那一刻，亿亿的心，被深深地触动了。她明白了，父亲的忙碌，是为了他人的生命。他是医生，是救死扶伤的天使；他是光，是希望，是无数家庭的守护者。在女儿的眼中，父亲不再是遥远的背影，而是心中的英雄，永远闪耀着温暖的光芒。那一刻，她心中的父亲变得更加伟大。她立志，长大后要成为像爸爸一样的好医生，让爱在世间流转，温暖如斯。当时，正在上小学五年级的亿亿，以一篇《我的父亲》参加全省中小学作文大赛，获得省级大奖。此事，亦震撼了陈建勇的爱人。她说："这事，无论过去多少年都会感动我。这份感动，如同一盏明灯，照亮了他们的生活，也照亮了我们的心灵。"

湘阴县城关镇李娭驰，某天，一边脸突然发烧，而且血压突然升高。家人非常担心，有人就介绍李娭驰到中医院找陈建勇医师。陈建勇采用星状神经节阻滞疗法，一次治疗就让李娭驰脸部不烧了，血压也恢复正常了。数月之后，李娭驰又一次复发，当即打电话给陈建勇，当时陈建勇在乡下义诊。李娭驰再三说："我实在受不了，你回来后一定要抽时间给我做治疗。"陈建勇回城后，虽身心疲惫，却难忘李娭驰之苦，硬是跑到医院为李娭驰做了治疗，解除了李娭驰的痛苦。李娭驰感激涕零，千恩万谢。陈建勇却淡然一笑："我只是做了我应该做的事。"陈建勇穿梭在岁月的长河中，为一位位老人解除痛苦带来慰藉。陈建勇，这位医生，他的名字在患者中传为佳话。他的事迹，如春风化雨，温暖着无数老人的心。陈建勇手中，病历叠叠如山，治愈者无数。每一次微笑，都是希望的种子，每一次治愈，都是感激的篇章。

作为康复科守护者的陈建勇，他以责任心为笔，耐心和爱心为墨，书写着生命的温暖篇章。他接诊每一位患者，皆一视同仁，如春风拂面，温暖而细腻。他设身处地，感同身受，用心倾听患者的痛苦与希望。在他的世界里，没有距离，只有真诚的关怀。陈建勇推行"低廉、切实、有效"的医疗方案，让患者在最小的经济负担下，收获最大的治疗效果。他的医术，如同春风化雨，滋润着患者的生命之花。在这二十多年的时光里，陈建勇用行动诠释着医者仁心，传递着人间大爱。

一颗责任心，一颗耐心，一颗爱心，照亮了无数患者的生命之路。陈建勇的身影，如同一盏明灯，温暖着每一个需要帮助的心灵。在这片白色的世界里，他用实际行动诠释着医者的仁心仁术。

陈建勇说："作为医者，最开心的事，就是看到患者康复后的灿烂笑容。"

三、以人为本，中西医结合，精益求精

作为一名中医师，陈建勇认为中医是一门人文医学，更是一门实践医学。岁月如歌，陈建勇的步伐从未停歇，不变的是对医学知识的渴求。他曾多次踏上进修之路，风霜雨雪，未曾动摇。湘雅医院，他汲取智慧之泉；省第二人民医院，他磨砺技艺之剑；岳阳市中医医院，他沉淀心灵之镜……

医学如星辰，照亮了陈建勇前行的路。一路走来，他矢志不渝，砥砺前行。工作之余，他深入研读《黄帝内经》《伤寒杂病论》《金匮要略》等医学巨著，汲取古人的智慧。他广泛涉猎医学专著与期刊，不断丰富自己的知识体系。他每日沉浸于医学书籍的海洋，临床实践与理论相结合，不懈追求医学的真谛。他笔耕不辍，写下近二十万字的学习心得，如行云流水般流畅，映照着他不懈的追求与哲理之光。陈建勇以医者之心，承载着生命的重量，用智慧与汗水，书写着医学的辉煌。

陈建勇潜心中医学术，以人为本，中西医结合。他精益求精，业务技术不断提升。陈建勇用智慧和汗水，诠释着中医的魅力，传承着中华文明的瑰宝。他深悟医道，熟练运用经方，同时注重时方。医路漫漫，他以医者之心，书写生命奇迹，在省级以上刊物上发表相关学术论文十余篇，对多种疾病的康复治疗具有丰富的临床经验。他巧妙地将传统中医与现代康复技术相结合，取得了显著疗效，《实用疼痛学杂志》赞誉其疗法，以"经验交流"专栏推出，彰显其医术之精湛。

在时光的长河中，他如一位智慧的舵手，引领团队乘风破浪，不断开拓创新的航程。面对脑卒中发病后肢体瘫痪的种种困境，他们以坚忍

的意志，开展了相关课题研究。他们以提高患者生活能力为己任，使其早日回归家庭、重返社会，绽放生命的光彩。这是一段充满挑战与希望的旅程，他们用智慧与勇气，书写着生命的华章。在这片创新的海洋中，他们犹如璀璨的星辰，照亮了患者的明天。

经过辛勤耕耘，该科室的多项康复技术已处于全县领先水平，2010年，该学科被湖南省中医药管理局纳入县级农村医疗机构中医民族医特色专科项目中。

脑卒中，俗称中风，一种常见的老年病，曾让无数家庭陷入阴霾。然而，在陈建勇的带领下，中医康复技术绽放出新的生机。陈建勇，一位执着于中医药研究的医者，他带领科室，充分发扬中医药特色治疗，为广大中风患者重拾生活的希望。在老年病的防治工作中，陈建勇积极运用中医预防保健的知识，为患者们带来福音。陈建勇的无私奉献，为医院和湘阴中医医疗事业的发展注入了新的活力。他毫无保留地贡献自己的聪明才智和毕生精力，只为保障更多患者的生命健康。

湘阴县中医医院疼痛康复科于2014年12月入选“岳阳市中医名科”。陈建勇从医二十七年，获得湘阴县首届“最美医生”荣誉称号，2014年被评为岳阳市“优秀青年中医”，2017年获“岳阳名医”荣誉称号，2021年获“湘阴名医”荣誉称号，2023年获“白求恩式的好医生”荣誉称号。陈建勇现为湖南中医药大学湘杏学院特聘教授，每周两节课，播撒智慧种子。他的言教如春风，润物无声，引领学子探索中医奥秘，感悟人生哲理。

陈建勇为中国民族医药学会推拿分会常务理事，中国民族医药学会疼痛分会理事，湖南省针灸学会理事，湖南省中医药学会疼痛专业委员会委员，岳阳市针灸学会副会长，岳阳市针刀专业委员会副主任委员。他每年门诊量达一万六千人（次）。

湘阴县中医医院疼痛康复科，在陈建勇的卓越领导下，成为行业典范。他不仅医术精湛，更以德服人，凝聚团队力量。科室里的每一个灵魂，都是一首和谐的乐章。在科室的阴光里，他们是一群追逐梦想的旅人。专业素养是他们的行囊，团队精神是他们的指南针，加之有陈建勇这样优秀的领头人，他们必将成为一个优秀的团队。

2024 年 7 月 22 日

第二辑

行笔走读

Dierji Xingbi Zoudu

身无半亩，心忧天下
——游左宗棠文化园有感

3月的风，拂动快乐的心弦；3月的雨，润透心灵的梯田。今天，阳光带来了明媚的天气。我从郭嵩焘文化广场慢跑两圈之后，信步走到芙蓉北路，沿芙蓉北路南下就是长沙。为了防止自己信步到长沙，来了个右转弯到达东湖公园。漫步在绿得一塌糊涂的东湖公园木桥上，一片又一片的春光在任性倾洒，湖边到处是暖洋洋的风。风带着酝酿四季的酒，与我撞了个满怀。我醉在风里，醉在湖边舞动的细长柳条里。

我竖起双耳聆听柳条吐嫩绿的声音，贪婪地吮吸泥香的雨气。像一朵小花在春潮里穿梭，走进繁花似锦的字句里，感知阳春的呼吸……

一、用脚步丈量左宗棠文化园

再一抬头，不远处就是左宗棠文化园，大门的左侧耸立着一块约两米高的石柱，一个特大的“廉”字下方是“廉洁文化示范基地”。我知道自清廉湘阴建设启动以来，通过五年左右的建设，清廉湘阴已积厚成势。

我虽然有过几次在左宗棠文化园参加活动，但都是匆匆而来，匆匆而去。今天阳光正好，暖暖地照着，好似要打开我的心扉。于是我决定进去用脚步好好地探寻左宗棠文化园的每个角落。刚准备跨进园区，映入我眼帘的是一尊高大的花岗岩左宗棠雕塑，他手握地图，昂首挺立在文化园正对面。我轻轻地走在年谱大道上，跨过大道上雕刻的一个个脚印，轻轻地数，当数到第二十四个脚印时，就是左公出生的年月。年谱大道上使用各种石刻工艺，雕刻了左宗棠说过的名句和左宗棠一生的大事年表。我细细地读，用心地记，仿佛翻开一本历史巨著。一步一格从出生到七十四岁，当数到第九十八个雕刻“脚印”时，左公雕塑像巨人一样屹立在我面前，我一步一步走上前，毕恭毕敬向左公弯腰九十度三鞠躬。

雕像基座侧面是记载左宗棠当年收复新疆的浮雕，后面刻有左宗棠生平简介。左宗棠（1812年11月10日—1885年9月5日），汉族，字季高，又字朴存，号湘上农人。晚清重臣、军事家、政治家、著名湘军将领、洋务派首领。其一生经历了湘军平定太平天国运动、洋务运动、收复新疆等重要历史事件。左公这座雕塑高约十一米，重约二百六十吨。

雕像后方是四根功德石柱，一字排开，矗立在眼前。我在四根功德石柱周围绕来绕去，上下左右默读，四根功德石柱分别刻有“天、地、正、气”字，置东南西北四方，每柱高约二十米。四根石柱上刻有左宗棠生平重大事迹、左公的名句和其他图案。如第一根“天”字石柱上刻有“经天纬地之谓文；辅世长民莫如德”；第四根“气”字石柱上刻有“气节为真金介石　心神如秋月清风”等。石柱底座均是植物图案浮雕，为梅花、兰花、竹子、菊花等图案，叶子脉络和花瓣清晰可见，栩栩如生令人称绝，仿佛赋予了生命一般。我虔诚拾掇石碑上镌刻的一字一句，悉力捕捉四根功德石柱上“天地正气”的分量……

天地正气正中为一长方形巨石，刻有《左宗棠赋》，其赋为彭崇谷所撰。彭崇谷，湘阴人，1954年生，著名诗人，赋作家、书法家。“左宗棠赋”为书法家贺京沙所书。我伫立在石刻前，静心细数上面神赐的笔画。那妙笔生花的赋，那行云流水，落笔如云烟的书法，让我叹为观止，久久地不愿离开……

雕像的南面是左宗棠纪念馆，走进纪念馆映入眼帘的是“国家不可一日无湖南，湖南不可一日无左宗棠”十九个大字，让人心生敬意。

左宗棠纪念馆总面积二千六百平方米，内设七个展厅和一个3D情景剧场。纪念馆介绍了左公的祖籍、家境、生平、功绩等。尤其是浓墨重彩地详尽介绍了左宗棠收复新疆前兴办洋务、铸造西式枪炮、装备军队的史实；坚持“塞防论”，与李鸿章的“海防论”的激烈争论；左宗棠与沙俄直接支持下的阿古柏交战，收复新疆的过程……

走出纪念馆，我的心情如潮水一般汹涌，无论怎样都难以平复。自号“湘上农人”的左宗棠，在家中自撰对联曰：“身无半亩，心忧天下；读破万卷，神交古人。”注定左宗棠不会把自己置身于世事之外，天下的形势无时无刻不在牵动着他的心。为了祖国领土的完整，年近七十的左宗棠以前无古人的英雄气概，抬着棺材出征，抱着战死疆场的决心，指挥大军兵分三路，打败了阿古柏，夺回被阿古柏占领的领土，使新疆回到祖国怀抱，真算得上是“伏久者飞必高”。左宗棠部下杨昌濬（湖南湘阴人）为歌颂湘军收复新疆的丰功伟绩特别作诗《恭诵左公西行甘棠》：大将筹边尚未还，湖湘子弟满天山，新栽杨柳三千里，引得春风度玉关。

左宗棠收复新疆的壮举，在当时被誉为“中国人的气质”。正因为有这种“气质”，我们的国家才能从贫穷落后走向繁荣兴旺，民族才能从任人宰割走向复兴自强，人民才能从困难深重走向富裕安康。

二、一场心灵的熏陶和洗礼

左宗棠雕像的北面是左文襄公祠。左宗棠文化园就是以左文襄公祠为基础扩建而成，占地一百六十九亩。该文化园于2012年作为纪念左宗棠二百周年诞辰而建设的重点工程，也是集旅游休闲、文物保护等功能于一体的重点景区。2022年11月10日是左宗棠二百一十周年诞辰，11月9日，我有幸参加了“左文襄公祠复原陈列暨左宗棠书法楹联展开展仪式”。

左文襄公祠又称相国祠、左公祠。光绪十一年（1885）左宗棠去世后，朝廷在左宗棠的出生地及立功省份建专祠以表彰其功绩。光绪十三年（1887），湖南巡抚奉旨建成此祠。祠前广植树木、花草，祠内宽敞明亮，正堂侧室，井然有序，走廊迂回，曲径通幽。门窗雕满花草、鸟兽图案，玲珑剔透，美观雅致，庭院栽满花草乔木，暗影浮动。整个祠堂建筑奇特，气势恢宏，造型优美，无不昭示着主人的尊贵地位和无上荣光。左文襄公祠内设有左公遗像，另有其功业介绍和生前好友、部属的诗文挽联与诗赞。

“走近一片景，才领略到隐藏的神奇；走近一本书，才发现蕴藏的才情。”在左文襄公祠里，我深感经受了一场心灵的熏陶和洗礼，用真情去感悟先烈先辈的爱国精神。感悟先辈，感悟自然，感悟文化，感悟生活……我更加懂得了生活的幸福、和平的珍贵和奋进的艰辛。我紧握手心里的暖，怀着一颗感恩之心体味生活的美好。

从左文襄公祠出径直走向烽火台，大门南面烽火台由“铁将军”保守。烽火台又称烽燧，俗称烽堠、烟墩、墩台。古代消息传递的方法大多耗费时间长，想要快速传递消息，烽火台就是非常重要的一个设施。遇有敌情发生，则白天施烟，夜间点火，台台相连，便可快速传递消息。我沿着青色的石梯一步一步走向第一个烽火台，脚下的台基和两侧扶手都是用青砖构建。青砖总能给人以古朴、宁静、庄严、素雅、沉稳的感觉。迈过二十五个台阶，面前是一扇拱门。拱门看上去和我家大门差不多，只是高点，走进去，里面四方各自有三个和普通小窗户一样的拱窗。沿着阶梯再往上走，一直到顶部，楼顶四方每方都有两个槽口。这属于方形的烽火台，据悉烽火台有圆形、方形、梯形、圆锥形等，但多为方、圆两种形体。烽火台顶部都插有一面黄底红字的彩旗，上面的红字为“左公故里，最美湘阴”“天地正气，家国情怀”等。

拖着沉重的步履走过眼前三个烽火台，仿佛自己穿越到那个炮火连天的战争岁月，那个硝烟弥漫的世界，那个喊杀声四起的年头……为了国家无数先辈们为我们抛头颅，洒热血，用自己的生命，为我们构建了一个文明先进的中国。向他们致敬！

不知不觉已是午餐时间，我恋恋不舍走出文星塔，回首凝望，神圣威严的左宗棠雕像，在左宗棠文化园那片绿里更令人心生敬畏。

左公故里，大美湘阴，愿左公精神代代相传！

2023年2月28日

走读左宗棠故居——柳庄

3月的脚步明快而轻盈，3月的温和中透着别样的亲切。上周走读左宗棠文化园，感触颇深。听好友周涛说柳庄新栽两棵大杨柳，今天索性跟着春天的脚步，乘着春风去左宗棠故居——柳庄赴一场春的盛宴。

一、走进柳庄

樟树镇位于湘阴县西南部，毗邻望城，傍靠湘江，因境内原有一株需七人合抱的古樟树而得名。全国“最贵”的辣椒——樟树港辣椒，就产自于此。2022年6月5日神舟十四号载人飞船搭载项目中，有来自樟树镇阳雀湖农业开发有限公司提供的樟树港辣椒种子。左宗棠故居位于樟树镇柳家村柳家冲，北距县城十二公里。不到四十分钟的车程，“我之疆索，尺寸不可让人！”路边一大红幅上的十个霸气大字仿佛在告诉我：减速，柳庄到了！

走进柳庄旅游区大门，青砖白粉的一面墙闯进我的眼帘：墙的两头是黑色燕子瓦的屋顶，墙的正中间嵌有白底黑字“耕读传家”。“耕读传家”指的是既学做人，又学谋生。耕田可以事稼穑，丰五谷，养家糊口，以立性命。读书可以知诗书，达礼义，修身养性，以立高德。“耕读传家”左宗棠极力倡导。左宗棠把“勤耕读”作为传家之本，他曾写下“要大门间，积德累善；是好子弟，耕田读书”的楹联教育子侄后辈，要在力耕和勤学上下功夫。

墙顶上是一座石雕：一位农民正戴着斗笠扶着犁、挥着鞭，驱赶水牛犁地。弯木牛轭套在水牛背上，水牛在使劲抬脚拉犁，水牛背上坐着一位正聚精会神读着书本的小孩。栩栩如生的石雕，灵动的纹理，起伏的雕峰，分寸之间，无不体现出匠人高超的技艺。

一般绕四周我喜欢顺时针走。2016年柳庄重修之时，我来过柳庄一次。我和先生顺左手进，不远处是四间青砖白粉“百年老茶房”，旁边标有“左公茶园”。据悉自左宗棠幼时记事起，曾祖父左逢圣就在左家塅附近的高华岭设“义茶亭”，免费为路人提供茶水。左宗棠从小耳濡目染，一直秉承“世德相济，积累深厚”的祖训。道光二十年（1840），左宗棠应恩师贺熙龄之托，往安化小淹陶府教陶澍之子陶恍，并料理陶氏家事。当地盛产大叶茶并制茯砖黑茶闻名遐迩。道光二十四年（1844），柳庄修竣，即移植该茶，悉心栽培，经年获益。有时“茶园所入，今岁差可了清国课”。后左公经略西北十余年，戎马倥偬不忘整顿茶务，三改甘肃茶法，革新茶税，推动南茶北运，繁荣茶马互市，为西征筹集饷银发挥了作用。

走进这座曾经为西征作出了贡献的茶园，一棵棵、一排排的茶树，展示出成熟的韵味。它们没有一点劳苦功高的样子，而是像一排排列队的士兵欢迎我们的到来。它们昂首挺胸，占据半个山坡，嫩绿色的新芽一个挨着一个，不留一点缝隙。那扑鼻而闻的香味飘至我的鼻尖，浑身的每一个毛孔都在贪婪地呼吸着这春日茶香的气息，仿佛正在经历着一场“茶树浴”。茶园的正对面一头巨型“水牛”对着我目不转睛，除了眼睛和鼻梁那里有一点点灰色，其他部分都是黑色。我在想这水牛是不是就是“耕读传家”墙上拉着牛轭犁田的那头水牛呢？它的前面坐着四头小牛，这里就是仙牛岛。

景物的变动，让我应接不暇。“快来看，这里有藏宝洞。”先生在前面大呼，我应声而去。经过古桥，就可以到达仙牛岛。眼前的一个石洞让我飞奔过去，洞里几块石头上刻有鲜红的大字，分别为“秘笈”“宝剑”“书藏青莲界，朝傍紫薇垣”等字样。石洞旁边一块大石头刻有藏宝洞的由来，石头也许是经过多年的日晒雨淋，上面的绿苔已经变得不绿了，将雕刻的红字慢慢绿成黑里透白，让藏宝洞看上去更有神秘感。

二、春风杨柳总关情

“快来看左公柳！”先生又在前面大呼大叫，我飞奔过去。那两棵柳树下面穿金灿灿的裤子，上面被绿色围巾包裹得严严实实，只有上半身露在外面，而且还挂了胸牌，分别为“1号”“2号”。它们像两兄弟一样肩并肩站在池塘边。

左宗棠1876年进驻肃州（今甘肃酒泉），收复新疆途中，面对西边大漠，“严令以种树为务”，三千里戈壁古驿道从此杨柳葱茏，碧波闪耀，后人谓之“左公柳”。甘肃湖南一家亲，春风杨柳总关情。

为纪念左宗棠诞辰二百一十周年，2022年12月1日，两棵“左公柳”行程两千三百多公里，途经甘宁陕鄂湘五省，跨越黄河、长江，回到左公故里。甘肃省酒泉市肃州区与湖南省岳阳市湘阴县两地携手，于12月10日复植“左公柳”于柳庄，以纪左公之伟绩，扬左公之浩气，承左公之精神。

回到柳庄的两棵“左公柳”，虽然它们在旅途中有点疲惫，现在只有光秃秃的躯干和树枝，但是它们有顽强的生命力，有自己的理想，一定会默默地生长，不久的将来吐出一个个翠绿的小嫩芽，抽出千万条青翠的枝。它们像两位将军守护着柳庄，把左公的绿色发展理念传给一代又一代的后人。

左宗棠收复新疆，打破了历代用兵新疆的纪录。南疆虽已收复，但是新疆问题并未完全解决。沙俄仍旧占领伊犁不肯交还。左宗棠认为，伊犁是中国故土，在整个新疆具有重要地位，必须收回。他主张先通过外交途径解决，如果不能达到目的，就用军事手段来收复失地。1880年2月，坐镇后方的左宗棠亲赴前线，就近指挥，拟定了三路出击、武力收复伊犁的作战方案，决心与沙俄血战到底。面对这一局面，沙俄不得不作出让步，于1881年与清政府签订了《中俄伊犁条约》，使伊犁绝大部分地区重新回到祖国怀抱。

边走边读，边读边走。池塘清澈平静得像一面大镜子，没有一丝涟漪。“池塘里有只鹅，还是黑鹅呢！”这回轮到我大呼小叫了，先生忙跑过来定睛一看说：“你以为这是白毛浮绿水、红掌拨清波的鹅啊，这是黑天鹅。”天鹅寓意纯洁、忠诚、高贵，是忠贞不渝、不屈不挠、志存高远的象征。我连忙举起手机，口里不停地喊着：“游过来，游过来，乖，再靠近点……”本在池塘中心的黑天鹅，竟然乖乖地向池塘边越游越近。它一身羽毛浓黑色而又整齐，身材修长，脑袋小而巧，又长着朱红色的长嘴，真是可爱极了。先生在旁边一直在提醒我：“你别激动得掉进池塘里啊。”

三、左公柳下忆左公

左宗棠故居青瓦白墙，庭院式结构，里面树木葱郁，翠柳依依。故居大门正好与两棵“左公柳”隔塘相望，两棵“左公柳”和屋后绿色的山冈遥相呼应。围绕水塘的绿林，像绿色的锦缎一样包围着整个故居，有山、有水、有湖、有岛，画一般的美景，诗一般的意境，让人流连忘返。

左宗棠挚爱柳树生命力旺盛、百折不挠，起名“柳庄”，门楣“柳庄”二字为左宗棠亲笔所书。左宗棠的一生，是厚积薄发的一生。柳庄就是左宗棠用讲学赚的钱购买土地建造的。当时左宗棠自号“湘上农人”，躬耕陇亩达八年之久。左宗棠在此居住期间，没有忘记读书、写字，其中还留下了《朴存阁农书》等著作。左宗棠在柳庄当农民耕种田地时，从不忘记对贫困老百姓的救助，在家里自筹自办义务教学，教附近村庄的农家子弟读书识字。

左宗棠不仅自己出类拔萃，而且还十分注重家风家教。现流传下来的左宗棠家书有一百六十三封，是他在戎马倥偬、政务繁忙之际写给夫人、仲兄、儿女和侄儿们的信札。左宗棠在写给儿子孝威的家书中这样提道："做官不要钱，乃本分事""不欲以一丝一粟自污素节""一芥不取，一尘不染"。并以此教育儿子。

家书中的字字句句无不彰显出左宗棠具有勇于牺牲个人利益，以国家和民族利益为重的爱国主义精神。在世风日下的晚清，左宗棠的廉洁自律是一股难得的清流。据史料记载：1866年，福州船政经费吃紧，他将六万两廉银倾囊而出，充斥公用。1876年，左宗棠移营肃州靠前指挥，托付后方事务时，留下自己积攒的"茶马使饷银"三十八万四千五百一十八两，全部捐献陕甘当地。同治八年（1869），湘阴水灾，左宗棠捐银一万两；光绪三年（1877），陕甘大旱，捐给陕西一万两，甘肃庆阳三千两……有高薪却义不容辞捐献给国家，并告诫子女成人要从艰苦做起，不求奢华。真如孟子所言，"故天将降大任于是人也，必先苦其心志……"

离开柳庄，我三步两回头，这两周以来我从八甲老街的左宗棠文化园到柳家村柳家冲的左宗棠故居，确是一次涤荡灵魂的精神洗礼，更是心灵的一次净化和爱国的一次教诲。我终于领悟到"天下不可一日无湖南，湖南不可一日无左宗棠"这句话的意义和分量，这句话的震撼穿越一百多年来直抵我们的五脏六腑，而且我坚信这句话仍将会震撼到一代又一代中国人的心灵！

2023年3月10日

走读十三朝古都——西安

3月的春风，带来了灿烂的阳光；3月的阳光，带来了愉悦的心情。3月，向美好西安出发。

2012年“五一”长假，正在西安旅游的同学打电话和我说：“千万别在黄金周来西安，除了看到人，其他什么都看不到。”而西安一直是我旅游计划中必要去的城市，近几年一直在准备去西安，今年3月终于计划实现，时间段特意选在工作日。

3月13日上午，随着飞机划过天际，不到10点我们就顺利到达了西安机场。地接导游是位阳光帅气的小伙子，姓李，他笑嘻嘻地告诉我们可以称呼他“小李”或者“李导”。我们一行三十二人紧紧跟着李导手中的那面紫色旗子，走向大巴。大巴师傅姓陈，将我们的旅行箱一个个搬上大巴下面的行李架。待我们坐好，李导拿起了话筒，就像大喇叭开始广播了：“各位来自湖南的朋友，大家好！欢迎你们来到十三朝古都——西安，接下来这几天将由我和陈师傅陪着你们看看这座具有深厚历史文化的盛世王朝的古都到底是什么样子……”

西安，是陕西省的省会城市。西安古称长安，是浩浩千年古都，与意大利的罗马、希腊的雅典、埃及的开罗并称为“世界四大古都”。西安是中国建都朝代最多、帝都历史最长的古都，居我国六大古都之首。

先后在这里建都的有：西周、秦、西汉、新、东汉（献帝初）、西晋（愍帝）、前赵、前秦、后秦、西魏、北周、隋、唐等十三个朝代……他讲起话来滔滔不绝，像瀑布不停地奔流倾泻。瞬间，我的脑子像短路了，我只好打开手机录音。这是导游吗？简直就是一位历史教授！我感叹，一方山水养一方人，西安真是一座地大物博人杰地灵的城市啊。

下午我们自由活动，走在西安的大街上，古老的城墙、飘扬的旗帜，甚是壮观。只是，历史的沧桑感瞬间涌上心头，一种厚重感深深地包围了我。那矗立的钟楼、鼓楼、古墙、古柏、古碑，像是在诉说着古都的千年沧桑。

16日，西安的天气说变就变，气温陡降至四摄氏度。参观完华清池，时间是下午3点35分，李导问大家有没有想上山的，我和先生同时回答："上。"谁承想其余三十人没有一个人上，只有我们俩上。李导确定我们是坐电瓶车上山时，给我们俩的时间是40分钟。我和先生马不停蹄向后山赶去，飞速踏上一步步石阶，奔向乘电瓶车的地方，找了半天找不到买票的地方，幸亏有好心的导游给我们指点路线，我们才得以如愿到了西安事变旧址——兵谏亭。匆匆而上，匆匆而下，当我们赶到车上时时间正好是4点15分。

曾经看到这样一句话："人这一辈子，身体或灵魂总得有一个在路上才算得上不虚此行。"我可能没法游遍世界的每一个美丽的地方，但我尽量确保每一次的旅行对我来讲是一种经历而不是浏览。

到了西安，如果不去看兵马俑，也等于白来。兵马俑就是秦始皇兵马俑，是古代墓葬雕塑的一个类别。兵马俑是按秦始皇生前要求制作的陪葬品。兵马俑是以现实生活作为基础，每一个陶俑的神态、装束都不一样，甚至发型、手势、表情也都不一样，正是因为如此精细，兵马俑才能在中国的雕塑史上占有重要的位置。1987年，秦始皇陵兵马俑被列入《世界遗产名录》，被誉为"世界第八大奇迹"，已经是中国古代文化的一张金字名片。

天公不作美，我们前去参观兵马俑时，不大不小的雨点落下来，细细的，密密的，前来观看兵马俑的游客也在和天空较劲，黑压压的人群密密麻麻，从入口拥挤进来，当时我感叹，好像全国人民都来西安看兵马俑了。每个人都戴着耳麦，讲解员带着我们前往二号展厅，她让我们逆着人流去展厅可以避开拥挤的人群。哪里避得开啊，我反正不是走进去的，是被人挤进去的，从耳麦里传来讲解员大喊的声音："哪里有缝隙你们就往哪里插进去，要快，否则你们连坑都看不到啊。"人挨人，人挤人，像蚂蚁一样多。我挤，我挤挤挤，总算挤进了一个空隙。我看到坑里有好多不同的兵佣，通过兵佣的穿着和头上的装饰可以看出其身份。而兵佣有戴方巾的，有戴帽子的，有身上披战袍的，有微笑的、有严肃的，动作更是千姿百态，真是神采奕奕，栩栩如生。怪不得李导在车上说："你们仔细看看，肯定有和你生活中酷似的。"天啊，这简直太神奇了。而且那些士兵没有一个身材矮小的，讲解员帮我们揭开谜底，这些兵佣全部是身材高大魁梧的，就是为了生动再现当年浩荡大军威风凛凛与气壮山河的景象。讲解员说："兵马俑一出土时全身都是彩色的，但是出土时间不长就全被氧化了，所以我们看到的兵马俑都是土灰色的。现在我们的科学家正在研究古代的彩色技术，一旦研究成功，估计我们再看到的兵马俑就是五颜六色的，希望这一天早点到来。"

两千多年前，在那个技术落后的古代，竟然可以用泥土塑造一个个活灵活现的军官、士兵和战马形象，而且还是彩色的，这更加证明了我们祖先的智慧和才干。

据悉，凡是来过我们国家的外国元首都来西安参观过秦始皇兵马俑。

"世人谓我恋长安，其实只恋长安某。"走近西安就像是走近历史。西安，一个有魅力的城市，白天行人匆匆，夜里梦回大唐。

我喜欢旅行，旅行是一种心态的调整，是一场精彩的人生感悟，是一次心灵的涤净。旅行不仅是行走过程，而且是从静止到奋勇前进、从繁杂到如水平静的心理过程。旅行的意义，对我来说是一场沉淀，是一场视觉的盛宴。在旅行中，我的精神得到重塑。

感谢生命，感谢旅行，感谢西安！

2023年4月1日

探秘洞庭湖上一座拒绝靠岸的小岛

湖南，因为处在洞庭湖的南边而得名。湖南的境内有一条贯穿省内南北的湘江，被称作湖南的母亲河，湖南因此简称为“湘”，别名三湘。全省有一百二十余个县市区，以“湘”开头命名的却只有三个，湘阴就是其中之一，或许从某种程度上说，湘阴就代表了三分之一的湖南。湖南有“四水一湖”，湘阴占据其三，紧濒南洞庭湖，湘江南北穿境，资水东西横贯，湘阴胸怀博大，竟然吞纳了湖南二分之一的水量，堪称湖南第一水乡。

一、再登湖南最后一座渔村

在烟波浩渺的洞庭湖湖中，有一座自然孤岛。孤岛南为横岭湖，北为荷叶湖，东为梅子湖，西为凤江湖。岛上自然景观丰富奇特，青绿色的波浪，在湖面起伏不定，船上的风帆如点点星光。蔓荆子遍地都是，那些离不开岛、岛也离不开它们的芦苇，有的稀疏，有的繁密，密密的芦花舞动着袅娜的身姿。岛的四周植物葱葱茏茏，你挤我拥的枝叶把岛封得严严实实；江豚把这里当成了娘家，周期性地常回家看看；飞鸟就更不用说了，它们从四面八方不约而同在这里云聚。在青山岛能观测到的国家一级保护物种就有7种，如黑鹳、白鹤、青头潜鸭、中华秋沙鸭、东方白鹳、麋鹿和江豚。

据悉，在浩瀚的洞庭湖上，曾经有很多美丽的岛屿：赤山、明山、君山、青山，随着地理环境的变迁，这些岛屿都与陆地相连了，只有一座小岛仍然“拒绝”靠岸。它，就是位于岳阳市湘阴县北部的青山岛。青山岛距湘阴县城北二十公里。全岛陆地面积约十一平方公里，内湖面积约四平方公里，岛形似一只巨大的龙虾，呈南北丘陵带状布局，南北长约一万米，东西宽约一千米，平均海拔三十八米，最高处杨幺头海拔五十米。

岳阳素有“洞庭天下水，岳阳天下楼”的盛誉。而青山岛被世人皆云的“洞庭天下水，青山天下渔”。可见青山的渔业文化地位是历史奠定的，历代文人墨客如杜甫、李白、韩愈、张说、李贺、刘禹锡、苏东坡、夏原吉等都在这里留下了不朽的诗文。有据可查：青山岛是全国仅存的三座渔村之一，也是湖南最后一座渔村。

“洞庭深处揽江湖胜景，都市咫尺享康养天堂。”几年前，一大家人去过青山岛游玩，只因人多嘻嘻哈哈玩闹，难有机会让我静心品读，在心里一直是个结，今年以来总想找个机会再登青山岛。约了大半年终于选定为6月30日，29日我电话约定好渡船老板蒋师傅，他告诉我第一班开船时间为上午9点，并给我发来定位。探访青山岛人不能够多，但我一个人又没有那个胆量。禁不住我的软磨硬泡，先生总算答应陪我一同前行。

6月的太阳，火红、炙热，说来有点不可思议。谁说“天空不作美”，连续多日的烈日炎炎，骄阳似火，6月30日早晨却是个大阴天。我心中窃喜：真是天助我也。我按照渡船老板蒋师傅发来的地理位置，启动“导航”驱车前往三塘方向。在这烈日炙烤大地的炎炎夏日，这真是上天赐给我难得的一个好天气。此时，习习微风、滴翠荡漾；天空明朗、纯净。车窗外一闪而过的风景由高楼大厦的城市，变成连绵不断的小山包、郁郁葱葱的树木；一片片绿油油的田地、一朵朵五颜六色的小花、一条条清清的小河、一栋栋两三层的小洋房，构成一幅流动的水彩画……

随着导航的一句“目的地就在你的左前方，请找好停车位”，哦，船码头到了。此时，刚好8点20分。我和先生找到了蒋师傅的船，放上随身携带的物品。站在湖边，湖面上雾蒙蒙的一片，分不清哪里是天、哪里是水，这应该就是人们所说水天相接的辽阔景象。湖面水波不兴，如诗般静谧安宁。正当我沉醉在湖光山色之中时，背后传来了一阵熟悉的声音，我扭头一看，原来是单位同事，曾经身高位居第一的“大旗杆”——温伟昌。年轻有为的“昌哥”现担任湘阴县水利局河道管理股长，他和同事去青潭垸水管会调研河道、涵闸相关的数据。这时又走来一个“大部队”，十几人都戴了党徽，手上拿着党旗、说着入党誓词……原来是湘阴县移民局党支部前往青山岛举办党建活动，因为青山岛有座“青山抗日死难军民纪念陵园”。

二、陵园千古慰忠魂

8点40分我们随同“大部队”，登上前往青山岛的机帆船。随着机帆船有节奏的“哒哒哒”马达声，此时，湖面的波纹已经失去了先前的优雅，变成汹涌的波涛。波浪翻滚得好厉害，“哗啦啦”地肆无忌惮地拍打着我们的船舷，溅起千百朵璀璨的水花，偶尔有朵小水花溅到我脸上，凉丝丝的，舒服极了。

大约四十分钟，机帆船稳稳当当地到达岸边。我和先生前往我们今天的首站——青山抗日死难军民纪念陵园。刚走到陵园门前，偶遇单位办公室原主任张建波（现调至湘阴县横岭湖省级自然保护区），他们一行人，党徽熠熠，步履庄重。他们神情肃穆，步出陵园，仿佛穿越历史长河，带着对英烈的深深敬仰。此情此景，令我心潮澎湃，爱国精神之伟大，如火炬般照亮心灵。瞬间，我明白了，历史从未远去，英雄永被铭记。

我迈着沉重的脚步走进陵园。静，巨大的静向我袭来。陵园雄伟高大的大门上面镌刻着“青山抗日死难军民纪念陵园”、两边镌刻着“祭祀长铭血泪，青山永证忠魂”，共二十四个遒劲的大字。正对大门的是一棵参天大树，大树的左边是一个日本军人的雕像，他朝着陵园大门进门的方向双膝跪地，头部低垂，戴着一副眼镜，两手笔直放在跪地的膝盖上，膝盖前横放着一把屠刀，保持着毕恭毕敬谢罪的姿态。陵园中间，四角亭里矗立着一座高大雄伟的纪念碑，上面刻有“青山抗日死难军民纪念碑”字样，我双手合十，眼睛轻轻闭上，虔诚拜祭。

陵园东面墙上，刻有“青山惨案”记。据记载日本帝国主义侵略我国时，曾于1939年、1941年、1944年三次进犯青山，屠杀人民，奸淫妇女，掳抢财物，烧毁房屋，达到了惨绝人寰的地步。最令人发指的是1941年在这里制造了骇人听闻的“青山惨案”。在“青山惨案”中，日军共杀害无辜百姓和守岛官兵共八百多人。字字句句触目惊心，瞬间泪崩……日本鬼子的暴行罄竹难书，青山人民对历史上的惨案将永世不忘。

沿着台阶，一步一步往上走，石砌的小道旁，看到的是一棵棵昂首挺立的松柏，树木众多，松柏环抱，绿荫满园，安静庄严。松柏，象征着烈士的永垂不朽，寄托着人们对先烈深切的怀念和敬仰。我轻轻地走近一棵松柏，竟然是“青山抗日死难军民营长刘儒卿之墓”，旁边一棵松柏下是“青山抗日死难军民排长高强之墓”……原来这里一棵松柏下面就是一个英灵。突然，一只小鸟飞过陵园，站在旁边大树的枝头上，传来一声又一声的鸣叫声，我知道小鸟也在为地下长眠的英烈而哭泣。

“桃花红雨英雄血，碧海丹霞志士心。今日神州看奋起，陵园千古慰忠魂！”你们与青山同在，你们与大地永存，青山埋忠骨，史册载功勋。

参观完青山抗日死难军民纪念陵园，我的心情久久难以平静，思绪万千，缅怀英烈是一种发自内心的敬意，更是一种精神洗礼。

三、一段静谧的旅程

沿着公路一路向北，我和先生踏上了一段静谧的旅程。这条水泥路虽不宽敞，却整洁明亮，两旁长满了花草树木。微风拂过，送来一股扑鼻的清香，仿佛我们正穿行在一片翠绿之中。在绿意盎然的风景中，我们悠然前行。那绿，仿佛一点点滴在我的头上，滴到我的发梢上，滴进我的眼睛里，让人心旷神怡。这里没有喧嚣的小摊，没有嘈杂的人群，也没有售卖琳琅满目的商品的店铺，取而代之的是一排排整齐划一的“小别墅”，白墙黛瓦的民居平房，既精致又恬静。在这片宁静的天地里，我们仿佛找到了心灵的归宿。一路向北，我们继续前行，感受着大自然的恩赐，享受着这份难得的宁静与美好。先生感慨地说：“到这里来养老蛮好，这里好像就是世外桃源。”

我们边走边看，时不时来个深呼吸享受这天然“氧吧”。右边一块“蔓荆子基地”指示牌好像在向我们招手问好，我不知道蔓荆子有什么功效。我向迎面而来的一位娭毑打听蔓荆子有什么作用。娭毑告诉我：“蔓荆子煮鸡蛋吃，可以治头痛……”这意外的收获，让我们的旅程多了一份惊喜。

一条小黄狗摇头摆尾，欢蹦乱跳地从平房里跑出来，亲热地朝我扑来。我天生怕狗，我战战兢兢不敢前行，先生只好把我拉到另外一边，小狗追了我们好远。当我偷偷回过头时，看见小狗站在那里深情目送……

路边，黄瓜、豆角、辣椒等蔬菜，虽身处尘土，却心向阳光。它们顽强地汲取每一缕阳光，吮吸土壤中的每一份营养。即使风雨交加，它们也不甘罢休，努力生长，为青山人民献上成熟的果实，用自己的生命诠释着坚韧与奉献。

怪不得在县城经常吃到横岭湖“手撕小黄鱼”，有时候总听到小贩说，“这是横岭湖来的”“这是青山岛来的”“生态蔬菜”……当时只怪我太孤陋寡闻，不知道横岭湖就是青山，青山就是横岭湖。

据悉，青山岛上农产品种类多样，均为纯天然无公害绿色食品，主要有单叶蔓荆子、籽瓜、野芹菜、藜蒿、芦笋、枸杞春茶等。其中，单叶蔓荆子，是名贵药材；低糖籽瓜（西瓜）是较好的清热降火水果，其瓜子用传统手工方式炒制，香味独特，久嗑不腻。

路边宣传栏里的介绍，让我不得不停下前行的脚步。2020年以来，横岭湖管委会、青草湖村村支两委坚持以人民为中心，千方百计促进青山岛群众增收，想方设法解决群众困难，全力以赴服务青山发展，为民服务永远在路上。2021年12月24日，湘阴县城至青山岛综合码头的201路公交车正式开通运营，极大地方便了青山群众出行，老年群众更是享受免费乘车待遇。2021年以来，实施“村集体合作社+农户”的模式，“统购代销”青山岛群众生态蔬菜，目前共完成生态蔬菜统购代销三千公斤，受益群众六十户，群众蔬菜销售收入最少的有一千多元，最多的达三千多元。湘阴县血防中心每年对青山岛疫区进行查虫灭螺，并先后邀请中南大学湘雅三医院、武警湖南总队医院上岛开展血吸虫防治义诊，目前已累计受益六百余人次。

矗立的路牌好像先知先觉知道我们要去拜见“长寿树”，不到两百米的距离，将我和先生热情地牵引到长寿树前。长寿树位于青山岛青草湖村双龙组，树的正前方，立有一块黑色约一米高的黑色大理石，上面刻着“长寿树”三个金色大字。虽然说这是树，可我的眼前却是一片绿色的海洋，波涛汹涌。整棵树冠如一座绿色的森林，郁郁葱葱，翠绿的叶子团团围住树干，挤得密不透风，看不到主干和枝条，瞬间我深感大自然的无穷魅力。怪不得有人说长寿树冠如伞如盖。大树一年四季常青，即使在寒冬中依然绿叶满枝。这棵树生长在以一百零六岁高龄谢世的黄鹤家门前。因黄鹤为原为将军，所以岛上人又称之为“将军树”。随着时间的推移，树根竟然长出了两棵相依相拥缠绵在一起的树，像一对忠贞爱情的恋人，故还被称为“爱情树”。每隔五到十年，树叶一遍一遍地轮换落下，有时从东边换起，有时又从西边换起，在当地有“叶换边”之说。因这棵树有很多传奇故事，当地人称之为“灵官树”。

在长寿树旁的石凳上，我们稍作休息，一位嗲嗲缓缓走来。他头戴蓝色单帽，身着蓝白格子衣，酱蓝色绵绸裤映衬出岁月的沉淀。嗲嗲脸上菊花似的笑容，如春风拂面。老人家大名石国华，看上去七十岁有余，家距此处不过五十米。他热情地与我们攀谈，如导游般介绍长寿树，又细致道来树旁的黄鹤墓。嗲嗲的儿女在岳阳市区和湘阴工作，他独守这片静谧。阳光透过树叶，洒在石凳上，我们聆听嗲嗲的故事，感受岁月的流转。长寿树与黄鹤墓，见证了历史的变迁，也承载着岁月流逝。

1997年，时年一百零一岁的黄鹤在回故乡为其父母修墓时，在双亲的墓旁预留修建了自己的墓穴，并在父母的墓碑上撰诗一首。2003年7月3日，黄鹤以一百零六岁高龄谢世，按照老人的遗愿，被安葬在其父母墓旁。后来青山人民在其墓位西侧竖立起一块墓碑，并在墓碑上刻录了黄鹤将军的生平和事迹。

在蜿蜒的山路上，因为我们继续要用脚步丈量青山的每一寸肌肤。临别时，我问石嗲嗲今年高寿，他大声答道：“九十三岁。”我惊呼出声，惊叹号仿佛划破长空。九十三岁高龄，他仍思维敏捷、谈吐清晰，令人赞叹。我不禁想起那句“一方水土养一方人，一方山水有一方风情”，长寿树的名声果然名不虚传。

午后斜阳，渡船的最后一班在两点三十分启航，我们只得匆匆与景点告别。杨幺头像雕塑，雄踞青山岛西北角小山之巅、洞庭庙东侧，如一座悲壮的诗篇。雕塑基座上，镌刻着英雄的生平与诗篇，四方形中蕴藏着深沉的历史。头像昂首向天，仿佛在长啸，悲壮豪迈之情跃然石上。虽是走马观花，但这一幕，足以让人铭记。

青山岛，水环四壁，岛形似一只蜷曲的大龙虾。我们沿着龙虾脊骨的顶部，踏着原路返回，左侧便展开了一幅“一根玉带绕青山”的画卷——那是十里银滩。急于一睹其风采，我与先生轻快小跑，向着银滩奔去。那里，青山岛东北岸滩涂沿线，一片约五十米宽、一千米长的银白色沙滩，如银河般洒落人间。沙滩上，人们尽情玩耍，制作沙雕，沐浴阳光，或露营、放风筝，或打沙滩排球、骑摩托车，甚至追逐那些活泼的沙滩兔。

银滩上的沙子细腻如玉，每一粒都仿佛承载着湖泊的温柔与故事。在这里，时间仿佛放慢了脚步，心灵得以宁静。这是一片充满诗意的土地，每一处都散发着自然的美与和谐。银滩，如诗如画，如梦如幻，它是青山岛最温柔的怀抱。

岁月流转，历史永存。临上船，我深情回望青山岛的秀美。黄陵庙、二妃墓、洞庭庙（杨泗庙）、北头街、木鱼包、湿地芦苇荡，每一处都留下了我的足迹。我在心中默念，期待下次再来探访。虽然岁月不断流逝，但这些历史的痕迹将永远铭刻在我心中。

2023年7月16日

走，去读岳阳楼

2023年8月1日，岳阳市九届人大常委会第十六次会议决定：农历九月十五日为“岳阳楼日”。2023年是《岳阳楼记》诞生九百七十七周年，为庆祝这个专属于岳阳的城市节日，弘扬中华优秀传统文化，岳阳市委宣传部、岳阳市教育体育局、岳阳市文化旅游广电局决定组织全市各县、市、区中小学开展“诵读人文经典，感悟忧乐情怀”百万岳阳市民诵读活动。

一、读它，博大精深的文化

“庆历四年春，滕子京谪守巴陵郡。越明年，政通人和，百废具兴……”周日早餐后，一阵稚嫩的读书声从客厅飞进我的电脑房。是外孙女小苹果在读《岳阳楼记》。难道《岳阳楼记》已进入小学三年级的课本？记忆中，《岳阳楼记》是我们那个年代高中文言文的基础必学课。

我连忙起身来到客厅，小苹果手上拿着一张打印的A4纸，背几句又将纸放到身后，那脆生生的声音正一字不落，“衔远山，吞长江，浩浩汤汤，横无际涯……”我问：“小苹果，你们三年级就在学《岳阳楼记》？”“没有呀，老师要我们背诵，纪念范仲淹写《岳阳楼记》九百七十七周年”“奶奶，我已经能够背到第一个‘登斯楼也’了。”“我家小苹果真棒，这上面的字你都认识吗？”“不认识，老师带我们读几遍，然后要家长打印出来。”

在我的“啧啧”声中，小苹果诵读得更加卖力了，以致爷爷喊她，才记起周日上午还要去上画画课。现在的小孩真的了不得啊，字还不完全认识，就可以背诵出来，而且字正腔圆。你看那架势、那眼神，那小脸蛋儿，忧乐精神仿佛在小苹果的举手投足之间表现得淋漓尽致，我不由得拍手叫好。

小苹果一直对岳阳楼情有独钟。去年国庆节，她爸爸妈妈带她去岳阳喝喜酒，小苹果一直吵着要去岳阳楼。

“奶奶，妈妈说我能背《岳阳楼记》，就带我去登岳阳楼，听说背《岳阳楼记》还可以免门票呢。”小苹果每周末来我家，早晨就像小喇叭般准点开播。“朝晖夕阴，气象万千，此则岳阳楼之大观也”“先天下之忧而忧，后天下之乐而乐”……小苹果从开始一个字一个字地朗读，再到抑扬顿挫中带着真挚的情感去朗读，十分有韵味。每次，朗读音都会从窗台欢快地飞出去。

一天，小苹果指着楼下的人撇了撇嘴说：“奶奶，楼下有小朋友听见我读《岳阳楼记》，他们也跟着我读。”我告诉小苹果：“作为岳阳人，我们要以岳阳楼为骄傲，所以必须能够熟读《岳阳楼记》。2019年，奶奶在泰国旅游，因为有些景点相距甚远，要坐三四个小时的大巴，导游要我们唱歌活跃气氛，我就毫不犹豫地朗读《岳阳楼记》，引来全车游客热烈的掌声，泰国导游说他曾在湖南师范大学做过两年的交换生，最遗憾的就是没有去登岳阳楼，他大声地对我们说，今后一定会找机会去中国岳阳‘登斯楼也’。”“奶奶，那会儿你是背的吗？”我的脸一红，尴尬地说：“我……我……是对着手机读的。”“奶奶羞羞脸呢，大人在外国还对着手机读。”“奶奶学《岳阳楼记》四十年了，记忆有点偷懒，不过现在天天听你读，记忆又慢慢苏醒啦……”

“奶奶，我可以背到第二个‘登斯楼也’。”“奶奶，我可以背到‘把酒临风，其喜洋洋者矣’。”“奶奶，我可以背到‘时六年九月十五日’啦。”三周下来，小苹果可以一字不落地完整背诵了。

二、读它，风骨铮铮的气魄

2024年2月2日晚，湘阴县政府举办第六届关心下一代迎春联欢会，在湘阴宾馆二楼大厅精彩上演。随着小萌娃卢梓瑜绝美的童声报幕：“诵千古美文，做时代新人，请欣赏卢梓萱带来的朗诵节目《岳阳楼记》。”背景音乐缓缓响起，舞台上大型电子屏幕来回滚动岳阳楼独特的风景照片，小苹果（卢梓萱）声情并茂的朗诵，将《岳阳楼记》字字句句的内涵表现得淋漓尽致，台下响起经久不息雷鸣般的掌声。四年前那个在舞台上背诵《咏鹅》，“鹅……鹅……”一个“鹅”字背了半天。被妈妈尴尬抱下舞台的小苹果，今天因为《岳阳楼记》终于超越了自己。

联欢会的节目中，还插有“知识抢答赛”环节，其中有一道抢答题：“请问《岳阳楼记》的作者是谁？”全场小观众大半都举起小手，有人强烈提议：“这个奖品应该给那个朗诵《岳阳楼记》的小朋友。”当然小苹果也是第一位举手者，就这样，小苹果又得到了一个小盲盒的奖励。

2024年2月15日，正值春节长假。“今天是去长沙游乐场，还是去岳阳？”“去岳阳楼。”小苹果飞快地抢过她妈妈的话。当小车兴高采烈有些得意地叫着时，我们知道岳阳楼景区到了。正值大年初六，景区的人真多，像潮水一样蜂拥而至。“奶奶，背记亭在那里。”小苹果一眼就看到了智能背记亭，拉着我直奔背记亭。今年是龙年，背记亭前的队伍活脱脱的一条长龙，大家都在静静地等着。小苹果还得到一个好消息：十四岁以下和六十五岁以上的游客免票（六十至六十四岁半价）。“干脆先登楼，再来朗诵”，小苹果高兴得上蹿下跳，脸上洋溢着甜甜的笑容，她直奔景区入口，仿佛整个世界都融化在她的笑声中。

正大门有一副气壮山河的对联：“洞庭天下水，岳阳天下楼。”两个

“天下”聚在一起，更是夺人眼球，令人心潮澎湃。今天的游客真多，好像全国人民都来岳阳楼开会一样。民本广场上人头攒动，摩肩接踵，可以毫不夸张地说连根针都别想插进去。

岳阳楼坐西朝东，构造古朴独特，台基是用花岗岩围砌而成，台基宽17.24米，进深14.54米，高0.65米，岳阳楼高19.42米。岳阳楼是纯木结构，整座建筑没用一钉一铆，仅靠木制构件彼此相连。真佩服中国古代人民的智慧，我为他们的智慧而骄傲。

由于岳阳楼主楼对游客实行限量、分批、排队登楼的措施，现又属于旅游黄金期，所以工作人员分点人数才让登楼参观。当我们去找排队的起点，竟然沿着浩浩荡荡的队伍走到了东门广场。一根约4厘米宽的红飘带，来来回回穿在不锈钢小柱子里，让游客们沿着红飘带有条不紊随着人流向前移动，大家情不自禁诵读起来：“庆历四年春，滕子京谪守巴陵郡……”在一阵又一阵，不论老少、不论男女、不同口音的书声琅琅中，从东门广场、到北门牌坊“北通巫峡”数级台阶、再到“江上风清”（主楼平台），经过近四十分钟，终于一步一步移到主楼入口处，可当数到我前面那个人时，工作人员做了个拦住的手势，我们又只能等下一批。

走进一楼，映入眼帘的便是向往已久的《岳阳楼记》雕屏，就因为这篇作品从而使岳阳楼名震天下。楼内的主要文物实行警戒，每个岔口都安排专人值守。狭窄的楼道，以中间一根绳子为界，分上楼和下楼。登上二楼，结构与一楼基本相同，同样悬挂了一幅《岳阳楼记》雕屏。

“奶奶，一楼和二楼都是挂的《岳阳楼记》，只是字体颜色不一样，一楼是蓝色字体，二楼是金色字体。”“小苹果观察得真仔细啊！”我连忙表扬小苹果。自1988年起，我第一次登岳阳楼，一次登楼，一次精神洗礼，今天已是第九次“登斯楼也”。一楼所嵌雕屏是清道光年间的复制品，二楼所嵌雕屏才是清乾隆时期大书法家张照的真迹。传说，道光年间有个知县仿造了一幅雕屏偷梁换柱，却在偷运时意外把真品沉入湖底，后来被渔民打捞上来，由当地文人出资赎回，才重新挂于岳阳楼。所以说一楼的是赝品，二楼的才是宝贵的真迹。

穿过一级级的木楼梯，我们来到三楼。三楼堂正中悬挂着毛主席行云流水手书杜甫《登岳阳楼》诗的木刻雕屏。旁边是一副楹联“水天一色，风月无边”，据传是唐代大诗人李白的手书真迹。我轻轻地触摸着名家墨宝，一股古色古香的诗书气息直入我的五脏六腑。站在三楼倚柱远望，绿如翡翠的洞庭湖美景收纳眼底，真想将其揽入怀中快递到我家，怪不得三楼成为古代诗人吟诗作诗的最佳观赏点。

抬首见君山，美丽的山峰们正在云雾间卿卿我我。俯瞰洞庭，那如蚓如练的湖水，在初春的暖阳下，金灿灿的，仿佛在跳跃，在蜿蜒。一朵朵白云，一路高歌载着岳阳人民的安宁与幸福在楼前缓缓流淌。微闭双眼，静静默读岳阳楼带来的那份宁静、和谐与安详。此时，我的心情比湖上的波浪还壮观，我连忙做一个深呼吸，感觉满肺都是甜蜜蜜的空气。

趁着小苹果拍照的空隙，我轻轻读着“先天下之忧而忧，后天下之乐而乐”——人类文化遗产中的瑰宝。读它，独一无二的建筑；读它，博大精深的文化；读它，风骨铮铮的气魄；读它，气质非凡的神韵……

当我们准备打道回府时，小苹果一手拿着岳阳楼形状的雪糕，一手扬着盖有唐宋元明清五个朝代岳阳楼的明信片，得意洋洋地说：“妈妈，今后每年的岳阳楼日，我都要来这儿读《岳阳楼记》。”

车轮在飞转，洞庭北路在车水马龙的车轮下，一路欢歌，敞开胸怀热情地迎进送出。我们沉醉在登楼的快乐中，不断地回味，任天地悠悠，叹为观止，敬意无限……

2024年3月28日

用文学滋养一方精神

5月的石榴花艳红似火，在这个芬芳的季节，我有幸参加岳阳市作家协会第五次代表大会。2022年5月9日下午，由湘阴县委宣传部吴尚副部长带队，一行十位代表参加了这次岳阳文艺界的盛会。5月10日上午，隆重热烈的第五次代表大会在岳阳文化艺术会展中心开幕。市领导在开幕式上做了重要讲话，勉励全市广大文学创作者把艺术理想融入党和人民事业之中，并向大家提出了三点希望：胸怀“国之大者”，为时代立心；绘就“巴陵胜状”，为岳阳立传；建强“岳家新军”，为事业立标。能够享受到如此多元的文化大餐，亲耳聆听市委书记对我们广大文学创作者的深情寄语和期望，对在文学路上翻打滚爬三十余年的我，感到无比激动和自豪。我认真倾听，谨记在心。著名作家韩少功先生就文学创作的即席讲话，字字珠玑，启迪多多，让我受益匪浅。真可谓听君一席话，胜读十年书，我会好好珍惜这些宝贵经验。能够听取仰慕的韩少功等文学前辈的教诲，我如沐春风，精神振奋。

回首自己的文学之路，我感慨不已。父亲早年毕业于长沙明德中学，从事“人类灵魂的工程师”的教师职业，当过《湖南日报》的通讯员。我从小耳濡目染，在文字里奔跑、欢笑、陶醉，文字就像我的知心朋友，一直陪伴着我成长。十七岁开始向报刊投稿，虽然发出去的稿件都是泥牛入海，但我始终没有灰心丧气，而是一直坚守着、坚持着。

文学路上，我从未停过脚步。2004年接触网络，先后在腾讯论坛任版主、培训版主的老师、官方版主，为2010年上海世博会官方版主，现为红网论坛专栏作家。

大凡认识我的朋友，最喜欢聊侃我的“解放牌货车”，那是因为我曾经写过一篇《坐解放牌货车嫁湘阴的新娘》的文章，描写自己是怎样嫁到湘阴来的，由“掌上湘阴”公众号推出，影响还不错。我身居异乡，文字就成了我人生路上的精神伴侣，我目睹了湘阴翻天覆地的变化。我喜欢在文字里流浪，喜欢字里行间那一字一墨的天空，喜欢躲在岁月的角落，倾听流年虔诚的脚步声。一路走来，我用自己独特的艺术语言，生动展现了湘阴的历史之美、风物之美、人文之美、发展之美。

2019年多次参加岳阳市委宣传部组织的“我看小镇新变化”活动，3月参加“我看岳阳市三个特色小镇”活动，采写《我看小镇新变化》和《创新湖南，走向世界》，此文阅读量近五十万人次，获岳阳市委宣传部优秀网络作品二等奖。同年4月参加广兴洲镇采风活动，采写《踏上广兴洲镇的土地，感受小镇风土人情》，获红网论坛“探秘湖湘”征文活动二等奖。《坐解放牌货车嫁湘阴的新娘》获红网论坛“我与新中国成立七十周年”征文二等奖，《绿皮火车，我在等你》获红网论坛“我与火车的故事”征文三等奖。2019年11月27日，参加岳阳市委宣传部——网友网媒平江“脱贫攻坚”走访活动，采写《红网网友平江罗洞村“脱贫攻坚”实地走访》和《三里人的春天》，2019年12月31日，参加岳阳市委、市政府组织的基层党员和市民代表一行60人“我看岳阳新变化”考察活动，采写《我是“阅卷人”，从乡镇到城市，岳阳发展变化正看见》。这些发在红网上的文字，阅读量都是四十万人次以上。2020年《告别春天的痛，我们一起等待春暖花开！》获岳阳市文联抗疫征文散文一等奖。《火车，我年少时的等待》入围第三届中国当代散文精选大赛，《左公故里，最美鹅行山》入围“重庆杯”中国最美游记……

作为一位“盲投”作者，个中投稿的酸甜苦辣得失寸心知。在如此艰难的盲投中，我还是在《中国文艺家》《中国应急管理报》《安徽文学》《海南日报》《鸭绿江》《诗歌月刊》及印尼《千岛日报》等纸刊发表两百余篇文章，每当我收到样刊和稿费，我都会写一篇微博致谢这些认稿不认人的“中国好编辑”。

文艺是民族精神的火炬，始终在潜移默化、润物无声中，激励人民前进，引领社会进步。文艺创作是展示一个地方文化影响力的重要窗口。湘阴文脉源远流长，文化辉煌灿烂。因时而兴，乘势而变，随时代而行，与时代同频共振。越是在百舸争流、风云际会、搏击中流的年代，越需要一种回望的姿态、一种沉静的力量。这种力量，就是文学艺术所产生的鼓舞人心的力量。

通过这次作代会，我的内心触动很大。古今中外，一切传世佳作无一不是人民生活的真实表达、人民情感的真情吟唱、人民意愿的真切诉求。我们要讲好湘阴故事，必须欢乐着人民的欢乐，忧患着人民的忧患，感动着人民的感动，不负这个伟大时代的馈赠，去传递满满的正能量。让三湘大地的每一种风物、每一处人情都雕刻着深深的文化印记，滋养着一方精神，推动湘阴的发展与繁荣。

2022年6月15日

上北京，赴一场文学盛宴

2024年3月7日晚上一夜未眠，“北京欢迎你”，这五个字如同一只调皮的精灵，不停地在我脑海中跳跃。3月8日上午，我要坐高铁去北京，不是去旅游，而是去赴一场文学盛宴，你说我兴奋得能睡着吗？！

2月4日，正值立春之时，我惊喜地收到北京寄来的邀请函，得知我荣获“2023年度中国散文年会”二等奖，这个好消息犹如给我灌注了一瓶甜蜜，连握着的手机也跟着跳起欢快的舞蹈来。

古有陪夫上京去赶考，今有陪妻进京去领奖。3月8日，我和先生登上了开往北京西站的高铁，开启了一段美好的文学之旅。下午4点50分，我和先生顺利抵达北京辰茂鸿翔酒店。在签到处，我接过了工作人员递给我的代表证、一些书籍和一个包包。女人天生看见包包就心花怒放，我激动地说：“这包包也是给我的呀”。工作人员回答：“是，是。”多么精美的挎包，上印有四个大字“散文年会”，下面印着“《海外文摘》杂志社”“《散文选刊·下半月》杂志社”的字样。包包不但美观大方，而且充满个性，与众不同。正当喜滋滋地手捧包包时，我抬头一看，见到副主编黄艳秋老师，黄老师看上去三十岁左右，留有一头齐耳短发，双眼清澈如湖水，还有那长长的、闪闪发光的睫毛焕发出青春的活力。写作这么多年，第一次见到专为我们作者作嫁衣的编辑老师，甚是感动，也许这就是文学的魅力。

我们住宿在酒店二楼，用餐地点亦在此处，会议场设于酒店三楼，实在是足不出户之佳处。在这里，大家可以轻松开心地参加活动、安心听老师讲课，主办方真是考虑周全，让我们无须外出奔波，即可享受便利与舒适。

3月9日上午9时，我走进北京辰茂鸿翔酒店三楼。一步踏入温暖的会场，眼前的金色地毯、洁白靠背椅，以及翠绿桌布上的茶杯、暖水壶、座位牌、圆珠笔和记录本……映入眼帘。宽大的电子显示屏上循环播放着已成功举办了十七届中国散文年会的精彩回顾画面，气氛温馨而令人感动，电子显示屏上方挂有一幅长长的横幅“2023年度中国散文年会在京隆重召开”，更显得气势非凡。

由《海外文摘》杂志社、《散文选刊·下半月》杂志社主办的“2023年度中国散文年会”，评选出五个年度奖项。其中，鲍尔吉·原野的《微光里的蜘蛛》、徐贵祥的《老舅》、刘亮程的《挖坑捉雁》、李晓东的《童心卓吾》、杨满沧的《草堂内外的杜甫》、周凤玲的《黑光》等六篇作品荣获一等奖。中国作家协会副主席徐贵祥、中国作家协会书记处书记邓凯，作家乔叶、鲍尔吉·原野、李晓东、王宗仁、刘庆邦、石一枫、陈涛、石厉、盛军等，与获奖作家们一起参加了活动。

开幕式上，《海外文摘》执行主编蒋建伟做了2023年中国散文工作报告。他指出：“2023年，散文家们行走中国大地，传递人间悲喜，题材多元，风格各异。作家们倾心于书写自己的乡野故里，比如，刘亮程笔下的‘老皇渠村’、鲍尔吉·原野的‘赤峰草原’、周同宾的‘周庄村’等，这些地方成为文学中鲜明的地理标识。”

我的散文《那一年，二胎连续三次敲开我的家门》（原发于《海外文摘》2023年第9期）荣获二等奖。当我站在高高的领奖台，接过颁奖嘉宾《阳光》杂志社社长盛军老师递给我的红彤彤的证书时，我仿佛听到心在跳跃、血液在横冲直撞的声音，感觉自己这么多年的辛勤付出终于得到了回报。盛军老师和我亲切握手时，还特意对我说了句“写作不容易”，我的眼泪瞬间在眼眶中打转……这一刻，我明白了，每一次笔下的流淌，都是对自己坚持的肯定；每一次汗水的挥洒，都是对梦想的坚守。

颁奖完毕，紧锣密鼓的就是第十一届茅盾文学奖获得者乔叶老师的讲座。乔叶老师就散文的写作做了一场生动精彩的文学讲座。她讲道："诚实是写作的第一道德，写作在某种意义上就是一种人生修行，渡己也渡人。"这一点对我触动很大。是的，修行之路特别美好，需要我们付出各种努力，也值得我们付出各种努力。她的讲课字字珠玑，令我入心、入肺……

下午，北京作家协会副主席刘庆邦老师开讲。刘庆邦老师结合自己的创作实践，重点讲解了"散文的虚构和想象的关系"。他说："散文是不能'虚构'的，能虚构的只是小说。散文不能虚构，但散文可以想象，作家的想象力就是作家的创作生产力。很多散文写作者主要写自己的亲身经历和内心感受，但在寻找其中的因果关系时，需要调动自己的想象力，有些记忆中的细节也是可以想象的……"

紧接着开讲的是《当代》杂志资深编辑石一枫老师。他的讲座给我留下了深刻的印象，特别分析了南方作家和北方作家语言的各自优缺点，让我对不同地域作家的写作风格有了更深入的了解。他说："北方作家写东西有一个特点，即表现能力强。因为北方方言和普通话更近，咱们国家用普通话来写作，当你本身的方言和普通话更近的时候，写作就会像说话一样不容易卡壳，像自来水一样'哗啦啦'地流。但有一个缺点，有时候语言有点水，废话多。因为没有障碍，你在写作的时候，就不会经过深思熟虑。越是方言和普通话接近的作家，如果不注意，写东西时废话就越多。南方作家有一个劣势，写作需要'翻译'。他先按自己的方言去思维，再把这个方言写成普通话。南方作家的能力没那么强，有时候不如北方作家的语言那么生动，但你会发现他的语言极其精练。因为语言在脑袋里面进行'翻译'时，会有个去粗取精、去伪存真的过程，就会把那些废话删除，只留下有用的话。"

3月10日上午，与歌手腾格尔、画家朝戈并称中国文艺界的“草原三剑客”鲍尔吉·原野老师，以他的《又识春风面》散文作范文逐字逐句讲解。他说：“写一篇文章就像拉大提琴一样，音乐什么时候进，什么时候出，在哪儿停，一圈一圈得绕着走。如我写春天，重要的一件事是写河流开化，但河流开化不好写，没什么可写的，它不是一句可以写出来的话。你得先把冬天的河流写出来，就如前边所唱的献歌，然后写春天的河流像‘冻僵的队伍赤脚站在河床上’，此刻‘迈开脚步走向远方’。你只有用这种形式来表现才生动。你不能说‘河流冻着冰，你顺着河边走九九八十一里地，到处都是冰，现在化了’，这连梦话都不算……”

在座的文友们无不拍手叫好，确实也是我第一次听如此用范文讲授。原野老师的讲解让我们如醉如痴，仿佛置身于文学的海洋中。

中国作家协会副主席徐贵祥、中国作家协会社会联络部主任李晓东、中国散文学会常务副会长兼秘书长王宗仁等八位名家，为我们带来了一场场别开生面的讲座，奉上了一场厚重的文学盛宴。他们深入浅出地讲解散文作品的内涵和艺术特点，有些地方仿佛一语道破天机，让我们豁然开朗。

八位文坛名家都是即兴演讲。他们和蔼可亲，娓娓道来，脸上始终洋溢着温暖的笑意，真像他们文学作品中的语言风格一样朴实生动。他们不仅分享了自己的写作经验，更带领我们进入一个文学创新的源头活水和创作内涵。他们的讲座不仅是语言的传授，更是对我们文学创作的一种启迪和引导。他们的作品以真实、朴素、深情为主，不仅是文学的珍品，更是我们创作的灵感源泉。对于我们这些基层文学创作者，文坛名家们更是表达着殷殷期待之意，无疑给我们这些基层文学创作者带来更多的鼓励和支持，让我们这些基层文学作者在创作道路上不再感到孤单和困惑。

“读经典，写精品”，这是在散文年会上，有幸得到中国作家协会社会联络部主任李晓东老师亲笔赐予我不竭的精神动力。经典是智慧的结品，是文学的瑰宝，是灵魂的滋养。要成为一名优秀的作家，多读经典作品是必不可少的。在阅读经典作品的过程中，我要汲取营养，启发思绪，激发灵感，然后将这些精华融入我的文章中，才能创作出精品，才能让读者感受到文学的魅力、思想的力量。从经典作品中汲取力量，会让我的文字更加出彩、更加生动。读经典，写精品，将是我写作路上的座右铭。

这场北京的文学盛宴，让我深深感受到名家们对文学的热爱和执着。我相信，在名家们的指引下，我们必将在创作中不断追求卓越，不断超越自我。散文是我们表达情感、思想的载体，每一篇作品都是我们内心世界的展现。我们要放飞思想的翅膀，用文字书写精彩的人生，以此让读者在我们的作品中感受到生命的力量和美好。文学是一处永不枯竭的泉源，我们要深刻领悟名家的智慧，传承他们的精神，使文学之花在我们手中绽放出更加绚烂的光彩。

2024年5月9日

湖湘文化中的湘阴文化

有那么一个县，是中国近代民族英雄、政治家、军事家、诗人，洋务派代表人物，晚清重臣的左宗棠故里；是清朝末年官员、将领、外交家，“清醒看世界第一人”的郭嵩焘故里。这，就是湖南省湘阴县。

湘阴县，隶属于湖南省岳阳市，位于湖南省东北部，县城南距湖南省省会长沙市三十八公里，北濒洞庭湖，居湘资两水尾闾。湘江自南向北贯穿全境，把全县分为东西两部，东部为丘陵岗地，西部为滨湖平原。湘阴人称城里为街上，水环绕的地方用大堤垒土围起来，称围子里，又名垸；没水的地方有小山包，称乡里。

一、十里不同风，百里不同俗

湘阴人好客热情是出了名的，不管你一天几次串门同一家，女主人必然都会准备一罐香气四溢的姜盐芝麻豆子茶待客，哪怕是左邻右舍也是同样的待遇。

民间流传着一首歌谣：“芝麻豆子茶，呷哒（喝了）就想夸，一碗香满口，二碗舔落牙，三碗四碗辞不脱，五碗六碗捉鱼虾，汉子们歇气，一罐不能少，堂客们仰罐，泛起缎子花。只是出门人喝不得，越喝越思家，越喝越想家。”有一次，家里来客人了，先生喊：“鑫爱，快去煎茶恰。”我连忙跑到厨房里，拿个瓦罐，将水和茶叶放进去后，在煤火上煎，我使劲拿扇子扇着煤火。先生看我半天没有出来，当看到煤灶上罐子里的茶水时哭笑不得。后来我才知道这里的煎茶其实就是泡茶，只是要用姜钵将老姜磨成姜末，然后将盐、姜末和茶叶水混合倒入杯中，再在杯子里撒上香喷喷的芝麻和豆子。喝这种茶，切得再碎的姜也不如磨来的姜细腻、烂，只有用磨出来的姜，冲泡才能入味，随喝随添，直至客人大汗淋漓，才算圆满。刚开始我学着用姜钵时，多次把手指头擦出血，后来我只好买了个刮姜的。不过我还是不习惯添加茶，因为我根本倒不出罐子里的芝麻和豆子。我总是羡慕地看着婆婆一手拿着罐，一手拿着碗，仰起身子边吹、边晃动、边倒，并来回不停地加到客人碗中。我只能望尘莫及，凡到我家的客人，我只能倒一大杯，还想要只能等下一次，不过一般客人都会以我不是本地人而理解我。

有一次，我要先生把絮被（棉被）搬去晒晒。当先生搬到絮被时大呼："哎呀，这絮被嗲（滴）水了。"我猛吓了一大跳，这还了得，棉被都滴水了。我赶忙跑过去摸了一下，其实仅仅因为有点潮润。所以当听见湘阴人在说"滴水"时，你就知道是什么意思啦。

我从岳阳嫁入湘阴的时候，成为左邻右舍心中名副其实的"活宝"，多次让大家差点笑破肚皮。有一次听到大家在闲谈，"什么公公烧火"，说得好像很神秘。我竟然冒出一句"烧火怎么啦，我嫂子炒菜，我爸爸就烧火啊"。谁知我的话一说完，哄堂大笑。大家笑得手舞足蹈，前仰后合，我茫然不知所措……"烧火老倌"在湘阴是有特别意味的。

有时候我会听到有人对我说："欢迎你去我们乡里玩。"我莫名其妙地问："难道我们这里不是乡里，还是城里呀？"后来才知道湘阴县以湘江为界分为东乡、西乡两个部分。东乡又叫"乡里"，西乡叫"围子里"。

在"街上"，我经常听见有些妇女说："这件衣服我家劳动能够穿吗？"有些妇女说："这双鞋子我家劳动应该可以穿吧。"当时我就纳闷，心想：湘阴人真喜欢给小孩子取名"劳动"。有一次，有位妇女买衣服拿在手里老在比试，正好看见我路过，想要我提个参考意见，便问："你帮我看看，你说我家劳动可以穿吗？"我问："你崽身高多少啊？"妈呀，我的话一出口，只见那妇女突然虎目圆睁，一脸怒气，抓紧拳头好像要打人。然后她又深深地吸了一口气，欲言又止。旁边的好友连忙拉着我夺门而逃，好友告诉我围子里的妇女称呼老公为"劳动"。

二、湘阴人"收媳妇"

女儿出嫁，湘阴称"把妹里"；儿子结婚，湘阴称"收亲"或"收媳妇"。收媳妇，公公到底是怎么"烧火"的？婆婆是配合，还是大动干戈呢？请随我去现场来个百闻不如一见。

单位周出纳老实憨厚，老家在围子里（西乡），儿子要结婚。儿子从部队转业后在广东东莞工作，三代单传的爷爷奶奶必要把孙子婚礼地点定在乡下老家——湘阴县西林乡资源村。时间定在春节前最后一个重要的节日——小年。

小年下了一场一场纷纷扬扬的大雪，给大地披上了一层银装。厚厚的积雪在阳光无力的照耀下，更加让人感到整个世界都是那么干净透明。我们驱车约一个小时到达目的地——西林乡资源村。远看村口一个个横跨大路上方的大红拱棚，站成一道亮丽的风景线。此时周出纳正迎面而来，笑容满面地用板车拖着一顶花轿。我不放过这好机会，下车紧追这道独特的风景。周出纳被涂得满面黑炭，戴上一顶纸做的高帽子，上写"我要烧火"，胸前挂着一块"我要烧火"的牌子。旁边身穿黄色衣服的婆婆扎个"冲天辫"，抹个大红花脸，左手执一个不锈钢大脸盆，右手执一把大蒲扇。我问旁边的人，婆婆为什么要拿扇子？这样一来旁人就知道我不是湘阴人。她反问我，烧火的时候是不是越扇火越大？我连忙"嗯嗯"。所以公公烧火，婆婆担心火会灭，要用扇子越扇越旺。那个脸盆是代替锣，意即婆婆敲锣打鼓告诉左邻右舍"我老公在烧火"。旁边十位

"劳动"（湘阴方言），每人手上拿着长短不一的棍棒和鞭子，周出纳拖着粉红色的轿子，还要边走边喊"我要烧火"。声音小了，旁边"劳动"就用棍棒打、用鞭子抽，直到声音大到他们满意为止。冬天还好，夏天衣服穿得少真够呛能熬得住这顿"打"。我在想周出纳可能就是担心夏天打得痛，故意把儿子婚礼定在这数九隆冬吧。不过，这些"劳动"们有的是办法，他们要求周出纳裤子必须往上卷，直到露出肉，打在肉上才过瘾呢。

一会儿婚车到了，婚车其实完全可以开到家门口，却在离家约1.5公里处被"劳动"们拦停。这些身强力壮的"劳动"们，拉着周出纳要将儿媳从车上抱下来。新郎眼疾手快，怕让父亲为难，以迅雷不及掩耳之势将新娘抢下车。这帮"劳动"们又命令公公婆婆在后面拉着婚纱，活像一对"老金童玉女"。新娘被抱上板车的轿子里，周出纳要当"车夫"，还要对着儿媳喊"我要烧火"，声音太小，被拦住不许走。这时候周出纳胸前又多背了把火叉，双手拉着板车，口里要不停地喊着"我要烧火"。声音小了被十个人围着打，儿媳没有回答"同意"，公公还要挨打。有时候他们老是故意说："声音小了，要大声点再大声点。"鞭子像雨点一样，一人一鞭，那么多人，想想都心惊肉跳。必须喊得让儿媳大声答应才行，但新娘子害羞不敢答应。周出纳实在没有办法，只好无助地对着儿媳喊"我要烧火啊"，直到声音大到大家满意为止。看着父亲被挨打，新郎也只能站在旁边束手无策当看官，唯一能做的就是不停地开（递）烟给这些叔叔伯伯。

就这样进五步，退三步，终于到了家门口。周出纳算是完成了使命，可以将脸上的锅灰洗掉，待会儿要上台拿大红包给儿媳当"改口费"。儿媳交给儿子，新郎也终于可以牵着自己的新娘进家门了。亲朋好友使出这些五花八门各种招式捉弄新郎新娘和公公婆婆，其目的是让大家喜笑颜开，确实也给婚礼增添不少乐趣。特别是我这个"活宝"，竟然多次双手捂着肚子，一边笑一边嚷嚷着"哎哟，不行了，肚子好疼"……

三、“街上”和湘阴街上

去年年关在即，在长沙出差的鹤子打电话给我：“鑫爱，你在街上吗？”

我回答：“没有啊。”

鹤子在电话那头一副很着急的口气自言自语：“这怎么得了呢，有一笔钱已到了县财政局，马上要过年了，今天必须去办手续。”

我说：“我去办呀。”

鹤子说：“你没有在街上，怎么去呀？”

我说：“财政局就在江东路上，离我家不到八百米啊。”

…………

其实鹤子说的“街上”就是湘阴城关的意思，而我说的“街上”是站在大街上，也许就在家里。这真是“十里不同风，百里不同俗”啊。

湘阴历史文化底蕴厚重，随着时间的推移。我这个“活宝”再也没有说过“我嫂嫂炒菜，我爸爸就烧火啊”这样的话。多年以来的湘阴生活，让我深度体验了湖湘文化中的湘阴文化之博大精深。

湘阴文化，我一直在学习的路上。

2021年12月12日

湘阴，我的深情回眸

“滴滴……”手机QQ大声提示，“去年今日上传照片。”我点开一看，今天真是个特殊日子——我和先生的结婚纪念日。

一、寻找解放牌大货车的足迹

我跑下楼，钻进车里一脚油门开到整洁而宽阔的新世纪大道，样式繁多的车辆穿梭来往，像一条闪光的银河在流动。大路两旁千姿百态的高楼大厦，争先恐后互相攀比，如雨后春笋般拔地而起；茂盛的树木、五颜六色的花朵、配套齐全的设施相得益彰；两侧的人行甬道，尽职尽责为路人提供行走方便；排列有序的盏盏路灯尽心地点缀天空……它们都在用心装扮这个城市。在太傅路和新世纪大道红绿灯交口处，十辆清一色的奔驰轿车，插满鲜花贴着大红“囍”字在我身边“嗖嗖”飞驰而过；一辆满载红木家具的解放牌大货车，仿佛故意先嘲笑我一番然后扬长而去……

沿太傅路右转进入先锋路，我来到万兴佳亿广场（前身为广兴购物广场，再前身为大饭店）。硕大的智能立体停车库矗立在我眼前，曾经这里为垃圾处理站，四周密密麻麻的小摊、板车、三轮车、小车等在夹缝中穿行。当年解放牌大货车在此像蜗牛一样前行，进进退退折腾了半天才算通过。

我放慢车速，不知不觉来到湘江大桥。我的娘家在岳阳市云溪区，年轻的时候为了天荒地老的爱情，随先生嫁到湘阴县新泉镇。湘阴的西乡，以前是湖。西乡分五大区，2005年元月撤乡并镇，现为五大镇。20世纪50年代围湖造田，才变成了陆地。所以，水环绕的地方用大堤垒土围起来，湘阴人称这些地方叫“围子里”，又叫“垸”。作为湘阴县西大门，新泉镇又是全县人口最多、面积最大的农业乡镇。交通的不方便一直令娘家人怨声连连，叫苦不迭。

我伫立在大桥上，看看曾经人被挤得气喘吁吁的轮渡码头，现在已是湘江大桥和资江大桥，宛如两条巨龙横卧于江中。大桥北边，是漕溪港码头和跨江而过的湘阴第二条高速——平（江）益（阳）高速。其中湘阴段主线约四十六公里，自东向西贯通六塘、石塘、文星、鹤龙湖、新泉、南湖洲六个乡镇（街道），共设置四处互通。我上次回娘家告诉哥哥：“你们曾经口中那‘鸟不拉屎’的新泉，已经通了高速公路，还设有高速互通。”哥哥吃惊地瞪大眼睛说：“湘阴的变化真是太不可思议了。”

大桥对面是素有湘阴“西大门”之称，闻名遐迩的“蟹虾特色小镇”——湘阴鹤龙湖镇，一个充满诗意和美食的地方。在这里，可以感受大自然的馈赠，品味美味的大闸蟹，享受美好的生活。近些年，鹤龙湖镇依托独特交通、水域资源和生态景观等优势，科学规划引领，以蟹虾产业为主导，以“洞庭湖区乡村振兴第一镇”的目标定位，着力打造蟹虾美食小镇、农文旅融合大镇、特色水产名镇、现代农业强镇，建设湖南美丽乡村示范镇、乡村旅游网红镇……

大桥南边沿江风光带一路南上，即可抵达《沁园春·长沙》中的“独立寒秋，湘江北去，橘子洲头”的“橘子洲头”。此时，江边垂钓的、打太极拳的、打羽毛球的人们，个个精神抖擞，尽情享受这宜人的景色。湘江边，是青色的地砖和鹅卵石铺成的林荫小道，弯弯曲曲，小道两旁长满了葱郁的树木，枝繁叶茂。江边依依的杨柳像一位位温顺的长发姑娘，随着风儿摇曳着婀娜多姿的身躯，在远浦大楼的掩映下，犹如海市蜃楼……

我一边开车，一边欣赏着这里的美景。党的十八大以来，湘阴犹如一匹黑马杀出落后包围圈。经济实力与日俱增、社会事业全面进步、城乡面貌显著变化、百姓的生活更是在衣食住行上有着翻天覆地的变化，人民群众增强了获得感、幸福感、安全感。农村的茅草房已全部绝迹，一栋栋高楼大厦和别墅如雨后春笋般拔地而起。“围子里”的人晚饭后可以来县城散步，“人过河靠渡船，车过河靠汽渡”已成为历史。省道、国道、高速在湘阴四通八达，芙蓉北路全线贯通。湘阴距长沙仅三十八公里，光荣跨入长沙一小时经济圈，被纳入长株潭滨湖示范区。郭嵩焘文化园，左宗棠文化园东西遥遥相望，成为湘阴人民的守护神。湘阴的旅游业正在飞速发展，除知名的岳州窑遗址、中共湖南省委旧址、柳庄、湘阴文庙之外，“潇湘八景”之一的远浦楼、鹅形山风景区、东湖生态公园、青山岛原生态旅游胜地等地也越来越受到游客青睐。

2017中国湖南国际旅游节在湘阴举办，十四个国家和地区的客商、数千名嘉宾参加开幕式，开展旅游资源推介会、国际摩托艇邀请赛、首届滨水休闲旅游高峰论坛等系列活动。2018年，第一条过境高速岳望高速公路建成通车，开创了湘阴交通新历史。2020年，湘阴全境纳入长株潭大都市区规划范围，正式成为中部地区首个国家级新区湘江新区的“新成员”，湘阴全面开启“三市一县同城”融合发展新时代。昔日贫穷县，今日省会“北花园”。

曾经的我，非湘阴的他不嫁。“湘阴是农业县，是一个穷得鸟不拉屎的地方，真的不能够嫁，嫁过去就等于把这个女儿扔进了火坑”……父亲的好朋友张叔叔，当时脸都气成了猪肝色，还歇斯底里拍桌打椅向我父亲大声嘶吼。20世纪70年代中期，张叔叔在湘阴连续工作七年，当时湘阴的贫穷，让张叔叔削尖了脑袋要调回岳阳。由此，上演了蒋家七大姑八大姨反对“大战”。我不顾全家人苦口婆心的劝阻，一句“吃干菜籽打汤也不后悔”，让在场人员无可奈何，只好妥协。

我久久凝望一路向北的湘江之水，那个坐解放牌货车的新娘，带上自己的老父亲和十六位至亲挚友，站在大货车车厢里，在湘江边的寒风中苦等汽渡。那些时光的金色碎片，在历史的深洞里无限延伸、拉长……

二、时间是最好的佐证

“老婆，你的微信运动还只有几百步。”先生的电话，将我从声情并茂的回忆中拉了出来。我猛然记起，还要去完成一万步微信运动。自2017年郭嵩焘文体广场户外场所对外开园以后，我每天的微信运动都是在此完成，这里负氧离子含量特别高，被誉为“天然氧吧”。即使是烈日炎炎，也觉得盎然春意，绿得养眼养心，恰似夏日里的春光。2019年，第22届全国推广普通话宣传周湖南省开幕式就在郭嵩焘文体广场举行。

广场上四角亭、六角亭、长亭，亭亭相望；篮球场、网球场、门球场，场场相连；图书馆、体育馆、游泳馆，馆馆相立。篮球场上，那些年轻小伙为了一个篮球你争我夺，汗流浃背；一群中年人脚下像生了风，蹬得健康步道“咯咯”地叫；满头银发的嗲嗲和娭毑们身穿白色衣裤，精神抖擞，那双打太极的手好像在摸一个无形的球，仿佛要将陈年往事都塞进去。“我运动，我健康，我快乐”“少油、少糖”……养生小常识的指示牌，时不时向路人微笑招手。我喜欢绕广场1090米的健康步道小跑两圈，然后穿行在那些站在蔚蓝的天空下，张开双臂迎接阳光，给自己平添一种永远向上的能量。再时不时抬头看看蓝天白云，深吸一口天然的清新空气，心被负氧离子浸润，仿佛沐浴在大自然的怀抱中。

广场的东角为郭嵩焘石雕，石雕的下方刻有“清醒看世界第一人”八个大字，在那片绿里，更加令人心生敬意。他手持一卷《使西纪程》矗立在晨曦里，深邃的目光透着满满的坚毅。石雕的背面是郭嵩焘文化长廊，文化景墙上每块浮雕的旁边都配以文字说明。我一字一句细读、细数，犹如翻阅一本厚重的文化巨著。文化墙由十六块浮雕组成，展示的是郭嵩焘一生的传奇经历及重要典故与事迹。果真“流传百代千龄后，定识人间有此人”。

广场中心是用大理石拼出来的半幅世界地图，我喜欢站在中华人民共和国红红的五角星位置。广场正北面是湘阴县委、县政府办公大楼，大门前“为人民服务”五个烫金大字熠熠生辉，格外醒目。面对大楼前那面高高飘扬的五星红旗，我情不自禁大声唱起：“五星红旗，你是我的骄傲；五星红旗，我为你自豪！为你欢呼，我为你祝福，你的名字比我生命更重要……”

近十年以来，湘阴已全面加强生态文明建设，推动绿色低碳循环发展。从刚开始的天蓝色共享单车、到之前的浅黄色共享电动车、到现在令人眼前一亮，更耀眼、更醒目的金黄色电动车。广场两侧有整齐划一的停车线，配备的头盔，置于储物筐中，让“一盔一带”落实到每一个骑行者身上。广场东边是汽车站，来来往往的车辆让人目不暇接。最吸引人眼球的是一台台新能源公交车，105路、208路、205路……奔赴各个乡镇乡村，开进千家万户老百姓的心坎里。城乡客运一体化改革工作，是湘阴县委、县政府下达的乡村振兴“十大引领性工程”之一。截至2023年4月，湘阴县共开通城市公交线路七条，城乡公交线路二十九条，城际公交线路三条，投入新能源公交车一百六十一辆。

这些年以来，我和先生每天有雷打不动的散步习惯，任寒来暑往，走遍湘阴的大街小巷，新世纪大道更是我和先生每天用脚步丈量之地。路边的每一栋房子从基脚、打桩、钢筋水泥混凝土、封顶……先生学的专业是工业与民用建筑专业，每天路过总要溜进去瞧瞧。从踮起脚尖在安全围挡外看，看着看着，高楼披红挂绿骄傲的身躯，巍然屹立在我们眼前。我和先生望楼感叹，这一砖一瓦一栋栋高楼，在快速、安全地长高，长高，是我们每天丈量时间的见证。这座城市越来越年轻，我们却在慢慢地变老。

纪伯伦说过："人的嘴唇所能发出的最甜美字眼，就是母亲，最美好的呼唤，就是妈妈。"如果说，先生给了我春天般的呵护，父亲给了我夏天般的包容，母亲给了我秋天般的温暖。那湘阴就是我的另一位亲人，她给了我冬天的高阳白雪。我常常想，我有这么多至亲和至爱，从坐租来的解放牌货车嫁到湘阴，到现在拥有自己的专属座驾，我深知自己的成长离不开这座城市的养育。虽然我无以为报，但我会好好珍爱这座拥有独特魅力的文明城市，为这座城市的发展贡献自己的力量。

感谢这座城市带给我亲情、友情、爱情，我会以自己的行动，回馈这座城市，回馈社会。

感恩湘阴，感恩生命中的所有遇见！

2023年5月15日

邵嫔驰的水墨画卷

民间有流传着一句话："入伏吃只鸡，一年好身体。"据悉，2024年从夏至日起，数到的第三个"庚日"是7月15日，意味着这一天正式入伏。今天是7月14日，明天真真正正开始入伏，我虔诚希望自己和家人有个好身体。早餐后，我便前往湘阴县邵氏生态种养殖农民专业合作社，找总经理邵青松采购几只仔鸡（嘿嘿，吃着对身体好，伏天就多吃几只）。

早晨8点，阳光已如王者加冕，金辉洒落，威严尽显。随着车内冷气的轻拂，转眼间，目的地已在我的眼前。路边菜园中一位嫔驰忙碌的身影，如同一幅生动的画卷，让我不得不停下匆忙的脚步。她好像在与每一株植物对话，倾听它们生长的声音。在她的照料下，菜园里不仅种了多种蔬菜，还种了花生、芝麻等作物。她的双手，是岁月的诗行，书写着生命的坚韧与优雅。

老人家精神矍铄，手中的锄头，轻轻翻动泥土，除去那根根细草，仿佛在整理岁月的痕迹。每一锄，都是对生活的执着；每一草，都是岁月的见证。

邵嫔驰已经历八十六载风霜。自邵嗲嗲1997年离世后，她便独自一人，与时光为伴。菜园里，绿意盎然，是她心中的诗篇。锄头挥舞间，她用双手书写着生命的坚韧与宁静。每一片菜叶，都承载着她的记忆与希望，如散文般细腻，诉说着岁月的故事。

邵娭毑站在水塘边，双手轻握水瓢，一瓢瓢舀起塘水，注入两个大水桶。不一会儿，水桶装满了清澈的塘水，也盛满了岁月的智慧和坚韧。水滴沿着桶边滑落，如一串串晶莹的珍珠，映照出她脸上的皱纹，那是时光赋予的荣耀。

她望着满桶的清水，眼中闪烁着满足的光芒。这一瓢瓢水，是她对生活的执着、对岁月的敬畏。两大桶水静静矗立，我紧张地盯着，生怕邵娭毑会担起。她年迈的身影，似乎承载不起这份重量。我连忙大呼："您担不动，我来帮您担。"老人家毅然拒绝了，她毫不犹豫，挺直腰杆，拿起扁担，担起了那担水。我目瞪口呆，心中涌起敬意，她的坚韧，如山一般，让我懂得了担当的力量。

这一担水，我望而却步，邵娭毑却轻而易举。她那瘦弱的身影，在阳光下显得格外坚韧。八十六岁的邵娭毑，肩上的桶沉甸甸，仿佛承载着岁月的沧桑，邵娭毑用她的坚韧，诠释着生命的顽强。而我，却在她的肩上，找到了：那是一种历经风雨、仍不言败的勇气；那是一种面对困难、依然微笑的力量。或许，我们应在生活的点滴中学会坚韧，学会承担，让心灵变得更加厚重。让我们向邵娭毑学习，找回那份缺失的坚韧，让生命之树在风雨中更显茁壮。

邵娭毑告诉我，她有四个儿子、一个女儿。子女们家庭情况都很好，儿子儿媳晚辈也都孝顺，只是自己想做事、喜欢做事、习惯了做事。邵娭毑的菜园不大，却充满了生机。春去秋来，她亲手耕种，亲手照料，每一株菜苗都像是她的孩子，她用人生的智慧和慈祥的目光，呵护着它们成长。清晨，当第一缕阳光洒在菜园时，邵娭毑便开始了她的劳作。她弯着腰，精心地为菜苗浇水、除草，那双布满老茧的手，轻柔地触碰着每一片叶子。因为近几天高温久晴未雨，邵娭毑担心蔬菜忍受干渴，便清晨早早起床给它们喂水，指尖轻触泥土，生命之泉悄然涌动。在这片小小的菜园里，邵娭毑找到了生活的乐趣，也找到了与自然和谐共处的方法。她的菜园，不仅是她勤劳的见证，更是她心灵的寄托。在这里，她感受到了生命的美好，体会到了岁月的温柔。

邵娭驰把每天的劳动当作健身的运动，乐观地面对生活的重担。她不想依靠子女，用自己还能动的身子，做着力所能及的事。自己种菜，自己吃，不去买，也不要子女的。这是一幅生动的画卷，描绘着一位农村老人生活的不易。她面朝黄土背朝天，任劳任怨地过着每一天。在这片土地上，她洒下了汗水，播种了希望，收获了果实。她的身影，是这片土地上最动人的风景。这仅仅是千千万万农村老人的一个缩影。他们用自己的双手，书写着生命的坚韧与不屈。他们不依赖他人，不等待援助，只是默默地耕耘，默默地生活。

邵娭驰喜欢看着那些绿油油的菜叶在阳光下闪烁。每当收获的季节来临，邵娭驰的脸上总是洋溢着满足的笑容。她将这些蔬菜分给邻里，与他们分享这份自然的馈赠。她的菜园是她的乐园，也是岁月静好的见证。邵娭驰的菜园是一首散文诗，记录着她的故事，也映照着她的心灵。岁月流转，菜园依旧，而邵娭驰的乐趣，永远年轻。

让我们致敬这些伟大的农村老人，他们用生命诠释着自力更生的力量，用坚韧书写着不屈的传奇。在这片土地上，他们既是最美的风景，也是我们心中永恒的榜样。

2024 年 7 月 14 日

第三辑

人生回眸

Disanji RenshENG Huimou

那些年

一、“女王”降生

在美誉“南岳独秀”的衡山山下，那年，随着一声啼哭，我头顶五个哥哥腾空一跃，蒋家“女王”就这样诞生了。这下家里可就更加热闹了，蹦的、跳的、哭的、喊的、吵的、闹的……像一群麻雀一样叽叽喳喳。在那个物资匮乏的时期，这么多嘴巴要吃饭，就靠父亲当“教书匠”那点可怜的工资艰难度日。每顿用瓜、菜、萝卜、山芋填肚子，有红薯粥喝就不错了。每当我傻傻地问母亲：“为什么哥哥他们有两碗粥，我只有一碗？”面对我的提问，母亲都会背过身子，偷偷地用衣袖擦拭完眼角的泪水，然后将自己的半碗粥水倒进我的碗里。

有一天，我听见三哥声嘶力竭在喊着、叫着，我跑出来一看，三哥在家门前的水塘边上打滚，声嘶力竭地哭喊着：“爸爸，不要，不要啊……”嗓子喊哑了，气力用尽了，喊着、喊着，三哥就在水塘边“睡”着了。其实三哥是哭晕了，当时不到四岁的我不知道发生了什么事。长大后我才知道，每餐哥哥们只能分两碗粥水，三哥将自己的一碗粥偷偷给狗吃，父亲只好将三哥那条狗偷偷送人了。

夏天还好，就是冬天难熬。那时候的冬天特别冷，我们肚里饥饿，身上衣服单薄。我们穿的衣服基本是别人家给的，而且还是大的穿了小的穿，上面缝满了补丁。二哥受不起饿，到后山摘野果子吃，却被毒果子带到了另一个世界；五哥因病无钱医治，也撒手跑去天堂。母亲看到成天饿得“哇哇”大叫的我们，又只好出去做奶娘。我在家里哭着喊着“姆妈，你再不回来我真的会饿死呀”。我哭呀、叫呀、喊呀、嚎呀……哥哥怎么也哄不好，没有办法，大哥想了个办法，把我放在椅子上躺着，然后几个哥哥轮着拖椅子，这样分散我的注意力可以止一会儿哭。谁知这样只能勉强维持一会儿，我又开始哭，而且还在椅子上拳打脚踢，“哐当”我重重摔在地上了，这下哭声更加厉害了，母亲回来了还是哄不好，后来请来附近老郎中看，我的膝盖骨折了。父亲请老郎中一定要把我的膝盖接上，老郎中眯着眼睛环视了一下我们家：砖和稻草互相支撑互相安慰的墙壁，风一刮，塑料薄膜就哗哗响个不停的窗户……话到嘴边又慢慢咽下，只是一直迟迟不想动手。父亲说：“您放心，只要您能够接上，万一钱不够，我家猪圈里还有一头百多斤的猪。”后来我的膝盖真的接上了，只是母亲每天切猪菜、拖潲桶喂了十个月的“二师兄”，还是被老郎中赶走了……

二、岳阳安家

我五岁那年，也许父亲真担心怕我们兄妹被饿死。父亲用一条扁担两个箩筐，一个箩筐装饭碗之类，一个箩筐装衣服被褥，拖妻带儿背井离乡来到岳阳。从此，岳阳就成了我的第二故乡。来到岳阳后，万紫生产队安排我们住上暂借的房子。房子有一间住房、一间堂屋，一家七口就挤在这小破屋里算是安了家。说是安家，房子里没有一件家具，只有满屋的蜘蛛网、满地的灰尘。土砖砌的墙，风“呼飕飕”穿堂而过，屋顶的茅草被掀开，雨“滴滴答答”肆无忌惮把地面滴成小坑小洼。总算是安顿下来了，父亲继续在学校当教师，母亲和哥哥们靠两只手拼命挣工分来养家糊口。

那时称人们称为社员，称劳动为出工。尽管一家人节衣缩食，尽管父母和哥哥起早贪黑用血汗和泪水挣每一个工分。但是每当分粮的日子，我们家总是挑担箩筐到生产队的分粮地点，又挑担空箩筐回家，因为我家是队上大额超支户。我们一个月的口粮最多只能吃半个月，七张嘴巴，我们五兄妹正是长身体的时候，即使稀饭、红薯度日，每个月还是有一大半时间是靠借、靠支来度日。我们所住房子的主人姓刘，刘叔叔四十来岁无儿无女独身一人。因为腿有点残疾，他被安排在大队榨油厂当会计，所以他才能把房子借给我家居住。虽然日子难熬，但是时间还是不会按下暂停键。一晃，我快到入学年龄时，刘叔叔竟然有将我过继给他做女儿的想法。也许确实遭遇了生活的逼迫，一直视我为掌上明珠的父亲竟然同意了，就这样我走进了刘叔叔所处的大队部李家畈（地名）的家。虽然有饱饭吃，但我就是太想家了。

每当夜幕降临，我总是不由自主跑到李家畈的小桥上，因为那里可以看到不远处沉默不语的山，山旁边就是我的家。桥下的小河伸出长长的脖子一路向北，不知道它想去看谁。我看着青山托起的半个夕阳，望着归来的飞鸟。我的眼角湿了，泪水不住地流下来，对面那个小破屋好像掉进神秘的沉寂里。刘叔叔一瘸一拐来到桥上把我拽回去，我一次次，一步一回头在刘叔叔连拖带拉下回到了“家”中。后来被母亲知道了，母亲告诉我：“你要乖，你老站在桥上哭，刘叔叔会认为你养不亲。”慢慢地，我想家的时候，一个人偷偷地抬头望向天空，望着家的那个方向，只是不敢哭出声来，怕被刘叔叔听见。只要看见刘叔叔的影子过来了，我就立马用拭去泪水的手紧紧地捂住了嘴。刘叔叔怕我想家，就带我到榨油厂玩，榨油厂的磨是个很大很大（现在回忆起来直径大概为三米）的石盘，石磨分上磨和下磨，上磨有个不大不小的圆孔，菜籽、芝麻等就放在那个圆孔的四周，当然要有人不停地添加。然后把“木轭”套在牛身上，用几根绳索把牛和磨棍套在一起，再把牛的眼睛用黑布蒙住，听老人家说不蒙眼睛牛就不会转圈走。刘叔叔扬着鞭子时不时往牛屁股上抽打几下，牛就傻傻地拖着石磨不停地转圈滚动。随着石磨的均匀滚动，菜籽们唱着欢快的歌飞奔进去，它们根本不知道下去就将是粉身碎骨。只是那散发着清香的新鲜农作物粉末，又欢天喜地从石磨缝里呼啦呼啦出来了。刘叔叔要我坐在上磨，随着那粒粒菜籽在磨盘上飞舞，那种享受好像坐上了火箭，喜融融、乐滋滋的，要多高兴有多高兴，要多快乐有多快乐。遇上磨芝麻，那香香的芝麻，我想吃就猛抓一把放进口里，细细嚼，慢慢咽，香气从嘴唇和牙齿间四溢，然后从嘴里一直香到心里……

时光倏忽而逝，一晃发蒙的时间到了。那时候的我们，没有幼儿园，像个超人到了入学年龄，直奔一年级，我改姓“刘”。我称呼刘叔叔为“爷”（当地方言为父亲的意思），刘叔叔给我买了很多铅笔和本子，学校紧邻大队部。刘叔叔教我做家务，如烧开水、扫地等。有一天，刘叔叔不在家，同学喊我出去玩，我就偷懒把刚烧热了的水灌进开水瓶里，反正认为刘叔叔没有看见不知道。谁知道刘叔叔回家一喝开水，竟然知道没有烧开，当时我就想大人是怎么分得清楚开水和热水的呀。

光阴如水，岁月如歌。只有时间的消逝，才使我们注意到时间。一年长一岁，渐渐接近，偷偷远离。不知不觉我上二年级了，就在我慢慢地融入刘叔叔家时。突然，有一天，父亲和母亲竟然跑到李家畈和刘叔叔“嘀咕”大半天后，把我接回那个小破屋了。我懵懵懂懂不知道为什么，就这样结束了我和刘叔叔一年半的“父女”情。人生，聚也匆匆，散也匆匆。

一年后，刘叔叔的老婆生了孩子，母亲要我去送“祝米”（当地方言：做三朝），刘叔叔打发了我一元钱。走了近五里山路，一元钱一直被我攥在手心，到家后我交给了母亲。后来我成家后，偶然问起母亲才得知：因为那时候刘叔叔和一个女人已经谈婚论嫁，那个女人怀孕在身，父母怕刘叔叔亏待我这个“养女”，所以坚决把我“要”回来了。

我又回到了以前的生活，转眼到了二年级期末。一天，衡阳的叔叔不远千里来看看我们一家远在异乡的生活。母亲倾尽家里所有，做了两个金灿灿的荷包蛋招待叔叔。父亲的家规很严格：家里来客人，小孩子是不能够上桌的，必须等客人吃完后才能上桌；吃饭的时候不能够发出“吧唧吧唧”的声音；搛菜筷子只能在自己这方的碗边下……

那天，是叔叔“霸蛮”把我和妹妹拉上桌的。那四溢的香味，好像故意在挑战我们的唾液腺，我一直抑制着自己直流的口水。就在我强按住喉咙里那双快要伸出来的手时，妹妹一筷子下去，百发百中叉住一个荷包蛋。“咯，咯”，母亲连咳了两下，在警示妹妹，要妹妹放下荷包蛋。但那个香味的诱惑力确实太大了，妹妹的手好像灌了铅一样，根本放不下筷子。“哎哟，我的脚啊！”只听妹妹一声尖叫，我知道是母亲在桌子底下踩了妹妹一脚，只是那个荷包蛋竟不偏不倚落在妹妹碗里。一旁的叔叔连忙又把另外一个夹到我碗里说：“你们吃，你们正是长身体的时候，多吃点。”我一边狼吞虎咽，一边胆怯地望了一下母亲，尴尬的母亲除了用眼珠瞅我们，别无他法……

叔叔在衡阳市商务局上班，得知我和妹妹的学费还在学校挂着，连忙从钱包里掏出三元钱给我们，我和妹妹的学费每人一元五角钱。一想到可以交学费，一想到老师不再催学费，我再也用不着把头埋到桌底下去了，我欣喜若狂，心里比吃了蜜还甜。一阵醉人的快乐浸透了我的心，攥着一元五角钱钱雄赳赳气昂昂奔向了学校……

家里的情况，叔叔看在眼里疼在心里。叔叔对父亲说，每次在信中问及情况怎样，你总是回复“还好，还好”，你们在这里就这样的“好”啊？还是回老家吧，趁老家的房子还没有卖掉，毕竟所有的亲朋和好友都在老家，这里举目无亲……

我父亲早年毕业于长沙明德中学，年轻的时候在南京等地当过文员，后来回到衡山当了一名教师。母亲带着我们兄妹，“四属户”的日子举步维艰。人们常说书读太多容易心高气傲，父亲也不例外，誓不向命运低头。所以父亲根本不同意回家，认为既然搬出来了，好马不吃回头草。叔叔知道劝不动父亲，没有办法，又拿了点钱给父亲后，抹着眼泪登上了回衡山的火车。在火车启动的那一瞬间叔叔还在大声嘶喊：“实在过不下去了，写信给我，我接你们回去……”

日子再苦，生活还得继续。一天，母亲正在田间弯着腰“嚓嚓嚓嚓”地割着稻子，突然有人发现母亲割过的地方满是鲜红。在几位好心人的询问下，才知道母亲怀孕了，家里实在再养不起，母亲只好狠心再次做了“人流”。母亲一早走路到卫生院，做完“人流”手术又走路回家，来回十五六里山路。为了挣“工分”，母亲没有吱声，继续下午出工。妇女生孩子要“坐大月”，“人流”是要动手术的，所以也要“坐小月”。后来才知道母亲这是第三次做“人流”手术，前两次都是这样咬牙挺过来的，天天出工没有人知道。这事被邻居汗妈（方言，妈为娭毑的意思，下同）知道后好生心疼，汗妈和我外婆同岁。身居异乡的母亲，当思念远在湘潭的外婆时，就把汗妈当成了我外婆。汗妈见我们一家人实在可怜，她认为我们一家人本来就是为了不饿肚子来这里的，结果在这里一家大小肚子依然填不饱，还遭这样的罪，老人家心疼我母亲的同时竟然还动了恻隐之心。

当时永忠大队在新桥公社来说，是最差的一个大队，而万紫生产队又是永忠大队最差的队。其实细想确实也是，那个年代，稍微好点儿的大队谁会让人迁进来，多一个人就多占一份。好心的汗妈找到了在新林大队当民兵营长的女婿，想让我们一家人“跳槽”过去。要知道，当时大队部民兵营长可算蛮大的“官”呢，而且岳母娘的话女婿怎么敢“抗旨”？就这样我们迁往新林大队，汗妈的女婿家还腾出一间房子让我们住，厨房就和他们家共处。因为只有一间房，三个哥哥晚上就睡在房子外的一间牛栏屋里。

为方便我转学，民兵营长（我们称呼湘叔）写了个纸条，让和我年纪相仿的女儿，带上我和纸条，到新林小学报到。

俗话说：年难过，年年难过年年过。我们是农历十一月搬到新林大队的，一晃又到了年年难过年年要过的年。大年三十早晨，队长通知：今天晚上在杨望嗲（方言，嗲为爷的意思）家吃“忆苦餐”。那时候生产队没有队部，谁家房子大一点就在谁家开会和举办队上的一些活动，没有固定哪家，一般到房子大点的社员家中轮着过。“忆苦餐”由队上出米、出菜，派人操办（记工分），杨望嗲家的禾堂很大，“忆苦餐”就是白白的米粥，放一些野菜，老老少少大大小小每人分一碗。

随着湘叔家添丁，房子实在容不下我家一家七口。队上安排我们住到春妈家，春妈六十来岁，和我外婆年纪差不多，无儿无女孤身一人住的房子是“小三间”（当地方言：表示连堂屋三间），只是三个哥哥还是睡的牛栏屋。春妈还蛮喜欢我，因为我喜欢讲故事，把在父亲那里听来的故事，像模像样地讲给春妈听。有一次，我问春妈：“您这么大年纪了，怎么脚只有四五岁小朋友的脚大？”春妈说她在五岁时候，她母亲就用一条很长的布条，将她的足踝紧紧缚住，一直到“大人”（方言：成年）后，估计脚已定型不会再长，才将布带解开。春妈说她的母亲还算好，到她成年后给她解开了，有些女孩家一辈子都不解开。所以春妈的脚是名副其实的“三寸金莲”。只要我一开始：“从前……”春妈就像小听众一样，坐直身子，静静地听着，有时候笑得眼睛眯成了一条线，嘴巴笑得合不拢，露出已经豁掉了牙齿的牙龈。

队上的社员大都是淳朴、善良的好心人。他们同情我们这家“上湖南”（当地人把长沙以南称上湖南，长沙以北称下湖南）人，有些还送来旧衣、旧棉被和一些吃的东西，并且再三叮嘱我们安心住下来，再不要搬了。农村有句俗语：火搬三道熄，人搬三道穷。这样，我们就在新林大队正式“安居乐业”了。三年后，我们搬出了春妈家的房子，搭上了一间属于自己的房子，相距春妈家不到三百米。虽然是泥砖土墙茅草屋，毕竟是我们自己的窝，几个哥哥再也不用去睡牛栏屋了。

三、“光荣”历史

队里虾叔（当地对有辈分的女性不称婶，只称叔）和父亲是同年，他们结了“老庚”（同龄人之间的亲热称呼，意指同年生的朋友）。虾叔无儿无女，我们兄妹就称他们夫妻为“同年姆妈”和“同年爷”，也算我们在当地终于有了一门“亲戚”。每到端午节前后和三伏天的时候，同年姆妈就喜欢在田间、地头、山上去采摘夏枯草、鱼腥草、车前草，那时候李家畈供销社收购这类干货，两毛多钱一斤。五六十斤鲜夏枯草，能晒成三四斤干货。我们新林大队离李家畈也有三四里路。天气炎热，河里的水烫手，地里的土冒烟，弯弯的山路都被晒得滚烫滚烫的，同年姆妈背着一篓杂七杂八的东西去李家畈供销社，总喊我给她搭伴（方言：陪同）。其实同年姆妈背的东西卖不了几个钱，她主要是家里就两个人，而且两个人出工都赚钱，所以她家家底厚着呢。有时候我看见同年姆妈卖完东西就买尼龙袜子，买毛线，还扯的确良、的确卡的面料。我好生羡慕，那是多么奢侈的东西啊，我连想都不敢想。那时候尼龙袜子要两元六角八分钱一双，对于我家来说那是“天价”，不知道穿上是什么感觉呀。羡慕归羡慕，我还是空空如也要陪着同年姆妈回家。炽热的火伞高撑在空中，闷热无风，树叶都无精打采地耷拉着，来回要走七八里路，同年姆妈给我的“报酬”是一分钱。

有一天中午，同年姆妈又喊我陪她去李家畈。她告诉我，她只能利用中午休息的时间，因为上午和下午都要出工。午间的太阳犹如一颗大火球在熊熊燃烧，我家的小黄狗伸长舌头喘个不休。我十分不想去，但是我又不能够违背我家唯一的“亲戚”的意愿，只好心不甘情不愿地跟着同年姆妈后面木讷地走着。就在同年姆妈买好所有东西后，准备回家时正好遇见了卖冰棒的。我不知道冰棒是什么，我们几个细伢子只在大冬天吃过茅草屋檐下结的冰。五分钱一支，同年姆妈买了两支，她自己也没有舍得吃。她用小手巾包好，放在背篓里，她说买给一早晨就在犁田的同年爷吃。一路上同年姆妈问一句我答一句，不知不觉到家了，同年姆妈照例给了我一分钱。只是当她回过头看背篓里的冰棒时，只剩下两根细细的棍子。在背篓里找了半天后，同年姆妈大喊：“我的冰棒，我的冰棒呢……”

同年姆妈是我们在“下湖南”唯一的“亲戚”，我没有去过她家一次，因为同年姆妈家养了一条狗。听同学说同年姆妈家有棵桃树，结了好多桃子，因为有狗的守护，别人偷不到桃子。她一个都舍不得吃，总是半夜背到501（长岭炼油厂，当地人简称501）去卖。我们大队距501有十来里路，那时候卖东西不能够让别人看见，被抓住了就要“割尾巴”。所以同年姆妈背着一篓桃子半夜出发，天亮的时候就正好可以到501卖。栽在屋门前的桃树，就可以有狗看护，栽在菜园里，狗就看不到，而且那个时候只有菜园和房前屋后才是自留地。

吃不饱肚子，整天饥肠辘辘，由此我们这代人应该都有偷桃、偷瓜果的“光荣”历史。只是我的第一次也是人生唯一的一次偷桃，就差点被抓个正着。那时我们农村学校除寒暑假外，还有春插和秋收各一周的农忙假。那天我和玲宝去山上耙柴，就是用长把竹耙子，将山上落叶耙成一堆堆然后再装进篼箕（方言，一种竹制农用品），大人再一担担挑回家，这就是那个年代煮饭炒菜的柴火。我们放学书包一放就是上山耙柴，所以轻车熟路了，我和玲宝不一会儿就装满了一担。耙着耙着，感觉肚子“咕咕”直叫，我们俩在山上找野果子吃，找遍了大半个山，连野果子影子都没有，那个饿得慌的年代，哪个山上可以有幸存的野果呢。这时，山下一块菜地边有棵桃树，一个个光鲜红润的桃子高高地挂在树上。树枝像醉醺醺似的垂着头，一个个笑歪了嘴的“小娃娃”，那么大，那么红，那么诱人。别说我和玲宝，就是大人也难经得起眼前的诱惑。越看越想吃，此时已垂涎三尺，不，准确地说口水已经流了三丈。我天生胆小，玲宝不同，她父亲在大队当“官”，她什么都不怕。禁不住玲宝的劝说，再加之那桃子的诱惑力实在太大了，我终于同意一起“偷”。我们伏下身，趴在密不透风的树丛里轻轻地爬向桃树，生怕弄响了树枝，手和脚被树枝划破流血了都不知道痛。我们的分工是：因为我比玲宝高，我负责摘桃而玲宝则负责望风和接桃子。我慌忙地蹿到桃树面前，不敢站起来，手脚都在发抖，豆大的汗珠一滴一滴从发尖往下掉，玲宝看见我还不“下手”，轻轻地喊“快呀，等下会来人了啊”。看来我只能豁出去了，快速地站起来，用力扯下了两个桃子。玲宝坚持还要。我蹲下，站起，妥妥地竟然又扯下两个桃子。到手的桃子，我们迫不及待在衣服上擦了个来回，一口咬下去，汁水四溢，可真甜啊，那汁水简直太多了。什么叫得意忘形，此时此刻的我们就是得意忘形。我们只顾享受桃子的美味，忘记了我们还没有离开“战区”。隐约中我们听到了一声响动，还在菜园边的树丛里的我们，必须迅速离开这个危险地域，而且还不能够站起来走，只能匍匐退出。此时蚊虫也趁火打劫不断地攻击，我们爬啊、爬啊，眼睛的余光告诉我，一位嗲嗲举着闪闪发光的斧头直奔菜园，大声呵斥：“谁偷了我的桃子，我要剁死他。”那一刻，我真怀疑我的胆被吓破了。我们拼命地爬，而且还不能够弄动弄响树叶，向前爬，向前爬，连大气都不敢喘一下。一想到斧头那白晃晃的刃口，我就不断告诉自己，一定要爬出去，否则真的会被剁成肉酱。终于我们脱险了，衣服和裤子已经出水了，手脚全部被树枝划得伤痕累累。只是那两个桃子甜滋滋、凉丝丝的，在舌尖游荡，滋润着我的喉咙，流进了我的心田，香甜香甜的滋味令我此生回味无穷……

2022年6月6日

那些人

一、帮母亲“背扫帚”的人

我家的房子是用土砖砌的墙，用稻草盖的屋顶，离在大队部旁的学校仅一步之遥。只要学校上课铃一响，我便如离弦的箭发起冲刺，绝对不会迟到。但遇上下雨天，我就不能“冲刺”了，因为我家没有“雨具”。那时雨具多为蓑衣和斗笠。蓑衣是下雨劳作时用的，斗笠是遮雨的帽子，是用竹篾夹竹叶棕丝等编织而成的“圆盘”，上面是一个凸出来的圆形帽顶，下面有一根长的带子，有很宽的边沿。斗笠起始于何时，已无从考究，但《诗经》中有“何蓑何笠”的句子，说明它很早就为人所用。蓑衣是用棕榈皮编成的雨衣，是劳动者用一种不容易腐烂的草（民间叫蓑草），编织成厚厚的像衣服一样能穿在身上用以遮雨的雨具。斗笠和蓑衣这样的雨具，我们家那时购置不起。别人家实在没有办法穿了的，就“贡献”给我家。农谚说：“犁田莫躲雨，收割别歇凉。”斗笠是下雨天出工必备的防雨用具，只有戴上斗笠，才能方便双手在下雨天劳作。父亲有风湿性关节炎，一般出工就是犁田或者整地。下雨天，父亲一手牵牛一手扶犁，少不了蓑衣和斗笠，哥哥们年轻，直接淋雨。遇上雨天上学，我就找块旧的薄膜往头上一顶，我随着薄膜在风雨中飘吹的节奏，奔向学校。

年级越高，学生人数就越少，两个年级坐一间教室，以中间线划分。老师站在讲台，以左右手边之分。老师给右手边年级学生上课，左手边年级学生就自习，同样给左手边年级学生上课，右手边年级学生自习。我们和高年级在一间教室坐了后，后来又和低年级在一间教室坐。同样的老师、同样的同学、同样的教室，我只知道同学越来越少，相比女生比男生少得更加快。因为一般家庭确实条件拮据，送不起，而且当地重男轻女，总认为女孩子将来是别人家的人，读那么多书也是别人的。而我父亲在左邻右舍的口中竟然是“重女轻男”，几个哥哥基本是中学肄业。有人对我父母说，意思是不要让我继续上学了，回家出几年工，找个婆家嫁了得了。我们队上的女孩子，基本上都找了婆家。有“摇篮亲”“娃娃亲”，还有的是过了十岁定亲的，当地习俗不说“定亲”，而说“发书”。一般说谁谁已“发书”了，就表示是已订婆家。队上喜珍和大如都有婆家，大如是“摇篮亲”（还睡在摇篮里就已经定亲），男方就在我们本大队。喜珍是媒人定的亲，邻公社的。她俩都比我大几岁，因为弟弟妹妹多，她们要把弟弟妹妹带大才可以上学，所以和我同班。

虽然是上学，其实读书是“搭作货”（方言：不是重点），放学后，书包一放就要做家务事，煮饭、洗衣服、扯猪草、剁猪草、煮猪潲等，像这样的家务事，一般七八岁就要开始做。煮中饭就是看太阳升到什么位置，母亲已在那个位置做个记号，太阳到了那里我就打米煮饭。量米煮饭的工具就是升子，升子是木做的，四方形，中间放了一个小木板隔成两格，一格就是约一斤米，一升米约两斤。如果借别人家的米，用的谁家升子量的，还米的时候就要用那个升子量。升子家家有，怕有大小会吃亏。我人生的第一次煮饭，就“筐瓢”（方言：事情搞砸了）。母亲再三叮嘱煮两升米，结果待母亲收工回家炒完菜准备吃饭，打开锅盖一看，一点点饭，七张嘴巴，五个大人加我和妹妹。母亲问我怎么量的，我只好去量给母亲看，原来我把一格米当成了一升，等于七个人我只煮了一斤米。

我曾经无数次看到母亲拿个升子夹个脸盆，去外面借米，东家进西家出。很多时候，母亲低着头眼睛红红地挽着空脸盆回来，其实队上口粮有余的也就那么几户人家，总归会因你之前借的米还未还，都不想旧账未还又添新账。升子不知道让母亲暗暗地流过多少委屈的泪水，升子盛满了我儿时的辛酸和困苦……

家里七口人穿衣，母亲总要缝缝补补，可是家里穷得连买根针的钱都找不到。队上有人用棕树上的棕做蓑衣和斗笠，必须砍掉棕叶，剥下棕树上的“皮”就是棕。他们一般都不要棕叶，母亲也算出自书香门第，上过学的母亲心灵手巧，捡回他们不要的棕叶。经过几天太阳晒后，颜色就会变浅，有的长点，有的短点，长短搭配后将几片棕叶面对面摆好，用麻线扎紧，在中间插根竹销或小木棍，再用麻线均匀扎好，接着用手将棕叶撕开，再用打鞋底的钻子梳理，最后用剪刀修剪齐整，一把扫帚就算做成了。

我就是帮母亲“背扫帚”的人，要背到501去卖给工人。我们还要摘点辣椒、黄豆等背去，只要家里有的，头天晚上都要把这些东西准备好，当然这都是母亲的事。反正是在我睡得很香的时候被母亲喊醒，我总是晃晃悠悠、睡眼惺忪的，母亲承诺卖掉东西给我买点发饼、糖粒子之类。说是帮母亲背扫帚，其实都是母亲用根竹扁担一担挑的，一头挂着装有七七八八东西的篓子，一头挂着二十几把扫帚。从家里出发，微风轻轻地在吹，被北风吹旧的村庄还没有醒来，除了偶然一两声狗的吠叫，大地还在沉睡。跨去家门的那一瞬间，我抬头望了望月亮，还高高地挂在天空中，星星还在一闪一闪地眨着眼睛。我嘟着嘴埋怨起母亲，这还是晚上呢。母亲说，崽呀，没有办法，要走七八里路。卖完东西母亲还要回来出工，来回要走十五六里路，去501卖东西不能让别人看见，被人知道了要“割尾巴”。这也是家里重要的经济来源，再说确实不能让别人知道，知道了那些要账的又会找上门。那天晚上，我陪母亲走呀走，天上的月亮也一直陪着我走。我和母亲走到501，大地还在熟睡，我们就坐在马路边等。天边露出了一丝微光，变成了鱼白色，鱼白色又渐渐变成了粉红色，转眼间曙光揭去轻纱，吐出灿烂的早晨。

当地人口中的“501”其实是长岭炼油厂。据悉，20世纪70年代初期，近万名建设者怀着“爱我中华，产业报国”的初心，从五湖四海汇聚长岭，他们的职工来自全国各地。我和母亲把东西摆在街边的人群里，扫帚卖三角钱一把，一般其实只卖到了两角五分钱一把，有些人讲价硬只出两角钱也卖，因为如果卖不完又要背回家，第一次二十几把扫帚竟然全都卖完了。

有了第一次，母亲只要见到人家不要的棕叶就捡回来，我也习惯陪母亲卖扫帚。我当时还不知道体恤母亲的辛苦，而且每次都要母亲买点东西“慰劳”我。再说哥哥们都要出工，妹妹年纪还小，我是唯一“人选”。而且那些扫帚浸透的是母亲在贫穷的日子里，为全家人的温饱而殚精竭虑地操劳心血。有一次，我和母亲卖完东西，在一栋新建红砖楼房前，工人师傅正在拆外墙架子，地上扔了很多铁丝、螺帽、废弃铁等，我和母亲眼睛里发出了绿光，捡了满满的一背篓，用铁丝扎紧一捆铁丝，我喜滋滋地背在肩上。我们背到供销社一称，足足二十三斤，四角五分钱一斤，卖了十元三角五分钱，母亲给我买了一双凉鞋，花了三元五角钱。母亲再喊我去501卖扫帚，我二话不说就跟母亲去了。尝到了这个甜头，我和母亲去501的次数多了，后来听说同年姆妈（和母亲同年）也捡铁卖，比我们还早呢，不知道是捡铁的人多了，还是厂里改变了新的管理方式。然而好景不长，一次，我和母亲捡了近三十斤铁，正在我们算计又能卖多少钱时，听见有人喊的声音，我和母亲背着铁就跑，从背后传来那个人的脚步声和喊声：“放下，放下铁走人……”越追越急、越追越近，无奈我和母亲只好把铁放下。后来又听说同年姆妈捡铁被工人抓过，还送到了派出所，就这样我和母亲再也没有去捡过铁了，除非走路时，脚踢到了铁丝和铁皮，就顺手捡起来，再也不敢去工地上大摇大摆捡铁了。

我和母亲还是继续干我们的老本行——卖扫帚。我们搬到岳阳时，母亲还不到四十岁。家乡在远方，思念故乡，是不需要任何借口的。母亲思念家乡、更思念家乡的亲人。我外婆家是湘潭人，母亲是一口流利的湘潭话。在501卖扫帚时，母亲只要听到湘潭话，就像被注入一针强心剂，立马丢下手中的扫帚，循着声音追了过去。有一次，一位买扫帚的阿姨讲一口流利的湘潭花石话，让母亲激动不已，连旁边一位买扫帚的人递两毛钱，催了几次，母亲只顾擦泪水好像在诉说着离别之情，连钱都忘记收，我只好接过那把扫帚钱。更为巧合的是，这位阿姨也姓“胡”，名雪梅。阿姨和母亲同辈分，母亲连忙拉住我说，快喊“姨”。阿姨告诉我们怎么去她家，并告诉我们她上班的时候，她的父亲在家。就这样，没过多久，我和母亲正式登门“认亲”，见了“外公”和“姨父”，还有“弟弟”“妹妹”。阿姨一家，确实温暖了母亲异乡奔波的思念之心。之后，我和母亲卖扫帚方便了很多，有时候没有卖完就再也不用背回家了，直接放到阿姨家，下次来直接背出去卖，当然母亲也不会“白寄”，每次带点农村的瓜果蔬菜，扫帚就更不用说了。阿姨也经常找一些旧衣服给母亲。那时候，她们不要的旧衣服比我们的新衣服还好。过年的时候，我们也有“亲戚”家走了。虽然是“攀”的亲，还是为我们家漂泊在外的日子平添了些许色彩……

二、同是天涯沦落人

在新林村，我们就是外乡人，而且还是“上湖南”人。高桥队有个秀妈（秀妈为当地对奶奶辈分的称呼），她老家是益阳南县，秀妈和我外婆年纪差不多。秀妈和我母亲相识的时候，互相感觉“同是天涯沦落人”。同是“上湖南”人，自然“老乡见老乡，两眼泪汪汪”。一来二去，母亲和秀妈越走越亲，秀妈隔不到两天就来我家。有次，我竟然发现秀妈看见我眼睛里好像放光，脸上挂满欢喜的笑容，并连连说：“不错，高高大大，腿又长，肯定还会有长。”后来我发现秀妈来我家次数越来越多了，总和母亲躲在一边嘀嘀咕咕，而且母亲还有怕我听见的样子。有一次，我偷偷地站在后门偷听她们俩的谈话。我隐约听到了，秀妈想将我许配给她正在上高中的大孙，母亲一直在委婉拒绝。这下我知道了，这个老婆婆把主意打到我头上来了。当我再看见秀妈来我家时，我唯一能反抗的就是做样子，不是瞪眼就是跺脚。高桥队距我们家有将近三里路，谁知道那个老婆婆秀妈还是不管不顾，经常手里拄着一根棍子，挪着一双粽子般的小脚，弯着腰，一跛一颠地来到我家，对我母亲死缠烂打……

岁月一不小心就在时间的缝隙中流走了，转眼我要去荆山中学读书了。这时候，我才真正知道自己上中学了。荆山中学离我们家有七八里山路，我只能读寄宿。大哥长年在外搞副业，别人给大哥一个老樟木箱子，酱红色油漆随着岁月的流逝早已斑驳陆离。大哥得知我要上中学，特意连夜赶回家忍痛割爱把箱子给了我，我如获至宝。

那天，父亲挑着箱子送我去报到，这个小木箱装满了我十二岁的梦想。一条窄窄的小路崎岖无比，山路蜿蜒，不宽的路径，两边的树叶已深情相拥。我们要从它们的身子下穿过去，翻过重重叠叠连绵不断的山峰。山石嶙峋，踩上去是“嚓嚓”的叫声。办好了入学手续后。学校告知所有在学校就餐的学生都必须带柴票。柴票的来源就是自己送柴来，当然不可能在家挑担柴来。学校四周全部是山，柴应有尽有。这事毋庸置疑落在我满哥（我最小的哥哥）身上，父亲回家后，第二天就安排满哥到学校完成任务。满哥和同学的家长一起涌上了学校附近的山上，最好的办法就是挖树蔸，树蔸既占重量，火力又足、燃烧时间长。满哥力气大，一下子就挖了一百多斤，比其他同学家长都多。学校过秤后就发柴票（一斤一张）给我们。我的柴票快用完了，满哥就来学校帮我挖树蔸获取柴票。自己背米、带菜，学校蒸饭，大家带的菜是用罐头瓶子装的。罐头瓶子可谓一瓶难求，那缺吃少穿哪还有钱买罐头吃。菜就是霉豆腐、萝卜丁、剁辣椒等，反正是腌菜。因为要吃到周五放学，所以要算着吃带的菜，万一没有了就找同学借菜吃。不过我一般不会找同学借，我担心我的菜没有同学的菜好吃，除非关系特别好的同学，有时候硬要找我吃。有一次周末我回家，我刚到大队部，妹妹就屁颠屁颠跑过来，对我说："姐姐，我前天捡了两分钱，给你在学校买个汤喝。"边说边将手中捂得紧紧的银毫子（贰分钱硬币）递给我，我接过妹妹的钱，泪水像调皮的孩子，蹦出我的眼眶。一分钱可以买两粒糖，七岁的妹妹都舍不得买糖吃，因为有一次她听我说学校海带汤两分钱一碗。那枚贰分钱硬币我一直收藏多年，在学校我们都没有买菜吃的习惯，除非家庭条件特别好的，反正我上中学没有买过一次，我们大队同学好像也都没有买过菜吃。

蒸饭就是用仈缸（方言：陶瓷杯）盛点米，加好水再贴上一张柴票，放在食堂蒸饭的那个木格子里。吃饭的时候，如果自己的饭被别人端走了，那就要饿肚子。有一次，我去食堂端饭找了半天没有找到，站在那里等呀等，直到同学们吃完都来洗仈缸，望着那里剩下的一仈缸饭，食堂刘师傅说，肯定是有人端错了，你就端这仈缸饭去吃吧。我还算幸运，是被别人端错了，那个时候饿起来，仿佛可以吃下一头牛。最难受的是冬天要用冷水淘米洗仈缸，那时我们年纪又小，小手到了冬天又容易长冻疮，又痛又痒。冬天最享受的就是在食堂里端出来的饭，仈缸可以焐手。食堂里每天抽两个学生帮厨。蒸饭的时候，帮厨的就要到食堂，帮忙烧火、把仈缸上的柴票撕下后交给食堂里的刘师傅等。帮厨这天自己可以不用贴柴票，并且这天就可以免三张柴票。

学校的厕所是土砖盖的小房子，有五六个蹲位。下课铃一响，大家就跑向厕所，然而女生要排队。我和海子、桂香在班上年纪最小。年纪大点的同学在前面走，总看见她们屁股后面有点鼓鼓的，我们这几个年纪小的就去问那是什么，后来有一个同学悄悄地告诉我"身上来了"，还有说"做大人了"（就是生理期），并说"过几年，你们也一样"。不过我们还是云里雾里。有些女同学到了厕所还故意让我们先上，我们先上后，看见她们手上拿的什么东西，好奇的我们就站在厕所里想看，她们就会很生气地喊："快走，不许看！"我们几个年纪小的就假装走，其实就在门外斜着身子探半个头偷看。原来她们是生理期在系卫生带。

有一次，母亲和四个妇女出工在南家坳除草，我正好放学去找母亲拿钥匙。我看见慧叔从裤子里扯出一块长布，随手就在旁边一口小水塘里洗了洗，我明显看到水洗得四周泛红色，一群小小的鱼儿欢快地跑来围着那圈红水，时而抬头、时而点头，还时不时调皮地吐着泡泡，然后慧叔将那布晾在黄豆地边的草丛上。我定睛一看，其实就是一块旧裤脚布，我就说怎么那么长。那参差不齐的线头，一看就是直接在一条旧裤子上扯下来的，她们这样的"卫生带"就完全可以省下买草纸的钱。后来我终于知道母亲常常晾在家里比较避人地方的那些旧裤脚、旧衣袖的用处。在队上出工，队长如果安排你下水田的事，你就说"我下不得水"，队长一般都会懂，就会安排你去旱地里做事。当然队长心里也有数，每个妇女每个月都有那么几天，这也是当时对妇女不成文的"最高奖励"，估计母亲和这几位除草的"叔叔"，都是"下不得水"。这些母亲再苦，她们也只会把苦自己咽下。自家的女儿做"大人"了，她们想方设法从牙缝里省几个钱，也要为女儿们缝制条"卫生带"。

读寄宿，晚上要上晚自习，晚自习分为四人一组，一盏洋油（煤油）灯。那时候的煤油被称为"洋油"，火柴被称为"洋火"。煤油灯下座是一个如"高脚杯"的玻璃油瓶，油瓶里面倒上煤油，盖上盖子，盖子中间的孔里穿一条棉绳，棉绳一头通到煤油里，另一头在灯头中间穿出就是灯芯，灯头四周有几个爪子，直接卡住"葫芦"形细长的玻璃灯罩，灯罩用来挡风，如果没有灯罩，火苗容易随风越烧越大会快速消耗煤油，灯头旁边有一个可控制棉绳上升或下降的小齿轮。四个人轮流提前加好煤油，调好灯芯。最难弄的是擦灯罩，擦灯罩时要先用一只手捂住灯罩的一头，然后对着灯罩的另一口，哈几口气，然后再用碎布来回擦，那样灯罩就容易擦干净。晚自习的时候，灯芯越烧越短，旁边那个控制灯芯的调钮有时候也会“罢工”，这时候就要找根缝衣针挑出来，好在类似于缝衣针这样的工具都早已放置在课桌抽屉里。有时候洋火（火柴）一点燃，灯罩往上一罩，一低头不小心头发被灯火烧得“吱吱”响，你还在尴尬时，其他三位女生拍手大笑，“哈哈，卷发啦”。那时候农村已经用上电了，但学校可能为了节省开支，晚自习必须用煤油灯。晚自习的时候，老师一进来大家便匆忙翻开课本，装模作样看上去是那么认真，老师前脚刚跨出教室门，四个小脑袋又凑到一起，开始欢天喜地“叽叽咕咕”。下课铃一响，大家飞奔回寝室叽叽喳喳一番，熄灯铃一响，各自进入甜甜的梦乡……

又是一个周末，我们大队几个女同学，就像百灵鸟一样，各自背着被舔得空空的罐头瓶子边跳边唱向家中飞奔，准备装好下一周的“战利品”（米和菜）。我们三五一群，轻盈地跳跃着，仿佛脚下那崎岖不平的山路是红地毯。路边的青草、野花摇晃着小脑瓜向我们致以微笑，草丛里，那些蟋蟀和蛐蛐们变换着节奏，似在为年少的我们奏起快乐的歌谣。不知不觉我们到了大队部山岭上，我就像挂在那电线树干上的大喇叭隔空而喊“姆妈，我肚子饿了”。正在地里做事的母亲马上放下手中的锄头，回家炒了一碗现饭（剩饭）。我好像喉咙里长了一只手，吃到嘴里还没有让牙齿反应过来，一下就被吞进肚子里，母亲说，我好像是从饿牢里放出来的一样。这时，母亲起身从房间里拿出一件崭新的黄色军衣和一个斜挎黄书包。我又惊又喜，贪婪地一把抱在怀里，生怕谁跑过来和我抢。母亲告诉我：“这是你爸爸在长沙舅公公那里带回来的。”我高兴得一跳八尺高，心情像奔腾的浪花一样欢腾，接着欢天喜地高呼：“我有黄军衣啦。”原来父亲去老家卖房子，回来时去长沙看望舅公公（母亲的嫡亲满舅舅），满舅公公在湖南省政府参事室工作。我印象中父亲老给满舅公公写信，地址写的是“长沙市黄兴南路287号参事室彭竟成收”，因为我不知道“竟成”二字的意思，父亲告诉我“有志者，事竟成”。满舅公公给了父亲几套黄军衣、军棉衣和一些父亲能够带得动的生活用品，等等。

星期日下午我又要去学校，平时都是在家磨磨蹭蹭半天不想起步。这天我迫不及待穿上黄军衣背上斜挎黄书包，同学家逐一去催，其实就是去显摆衣服。看着同学们个个都投来羡慕的目光，我更加“飘飘欲仙”啦。这下同学也都知道我们这家“上湖南”人不是无亲无靠，城里还真有亲戚。黄军衣和斜挎黄书包就像一张名片，为我在荆山中学饥饿的岁月平添了一道亮丽和饱和的色彩。秀妈对我母亲的穷追猛打，也在我穿上黄军衣英姿飒爽意气风发中不了了之……

三、苍穹不负少年意，岁月不枉赶路人

时间过得真快啊！一转眼我已经是一名初二的学生了。初二我转到新桥中学。新桥中学属于公社中学，离我家约四公里，距501不足一点五公里。虽然是山路，但是不要翻高山越峻岭，一条大路通到新桥中学。当我到新桥中学报到时，老师要我去荆山中学开转学证才能上课。我家、新桥中学、荆山中学所处位置几乎就是一个直角三角形，新桥中学和荆山中学的距离就是那条斜边。我一个人走在空荡荡的山路上，前不着村后不着店，越走越怕，一怕就感觉好像后面有脚步声，并且像有人在盯着我。我背上一阵阵发冷，汗毛倒竖，我频频回头却发现什么也没有。我记起来母亲告诉过我怕的时候大声咳嗽几声，从前额往上摸至头顶，这样可以给自己壮胆。我照着母亲说的重复做了几次，一个假装胆大的身影终于走出那条长长的山路。远处“新桥中学”那个楼顶终于映入我的眼帘，我抬头看了一眼天空，忍不住长吁了一口气。平时哥哥口中的“哑巴”“胆小鬼”“哭脸巴”，竟然一个人从新桥中学走到荆山中学，办好转学证后又从荆山中学回到新桥中学，来回走完近十五公里路。在新桥中学就学后，学校条件稍微比荆山中学好些。教学楼有楼房，我们初二的教室在二楼。寝室是上下铺，两个人一个铺，一个人带盖被，一个人

带垫被，只是晚自习也是用煤油灯。我还是读的寄宿，同样要周日背米、背菜步行四公里路来学校，只是上学没有了成群结队的同学。我们大队和邻大队的同学大都在荆山中学就读，每当我走在上学的路上时，身影略显孤寂。由于我天生胆子小，又不善于和别人沟通，所以还是大路朝天各走一边。

光阴如梭，我家的日子还是紧巴紧巴地过着。每当周末回家，总能够听到“好心”邻居对我父母说，送爱伢去学门手艺，比如学裁缝，三年出师后就可以做上门功夫，能够赚钱。因为队上好多女生都放弃了学业，在挣工分赚嫁妆钱。长沙明德中学毕业的父亲熟读最励志的名言“贫寒更须读书，富贵不忘稼穑”，没有随邻居的意志而转移，硬着头皮咬紧牙关继续送我读书。学费还有七元八角钱没有凑齐，开学时是父亲找邻大队在新桥中学任教的刘老师才让先挂着。

时间如流沙一样将一学期从我来来回回的脚下带走。眼看期末考试即将来临。学费没有交全的学生不能参加考试，学校已出榜通知，我的名字已位居榜首。上周末我回家和父母说了学校催交学费一事，母亲说你安心去学校上课。学费没有交我不好意思去教室，只好独自待在寝室里，无助、迷茫随同窗外寒冷的北风呼呼地刮进我身体的每一个细胞，任性的风越刮越大，雪越下越紧。我屏住呼吸，竖起耳朵，多么希望母亲来敲门，来为我送学费。可是只有北风怒吼着，如咆哮的狮子不停地敲打门窗。那灌满了每一个角落的刺骨寒风，猛扑过来令人站也站不稳。失望和沮丧一次又一次向我袭来，泪，不由自主地流着。我不想擦，让泪流到嘴里，舔着涩涩的。随着一声“吱呀”，寝室门被推开了，“快交学费去上课”。母亲的声音和着寒冷一同挤进了门。眼前的母亲头上、脸上、身上，全是雪，破旧棉衣裤咧嘴露出多处的棉花已被雪花占领，那条历经风霜的头巾更是破旧不堪地任雪花漫步，母亲边说边从打满补丁的灰色包裹里掏出钱递给我。我猛抓着母亲的手，发现母亲的手半天握不拢，原来母亲的手已经完全冻僵了。我问母亲哪里来的钱，母亲告诉我爸爸借了好多地方都没有人愿意借，母亲只好把那只老母鸡背到501卖了。那只会下蛋的黑母鸡是我们家的经济“支柱”，靠它下蛋换油盐、招待客人……我不顾一切找来些书纸，在床铺下抽了一把稻草，划根火柴，希望能够让母亲冻僵的手指恢复知觉。在那燃烧的火苗，跳动的火焰中，我透过泪眼看到母亲那苍老而粗糙的手，那可是为了我们这个家积攒疲劳的见证。一会儿，老师发现寝室里有人在烧明火，怒气冲冲踢门而入，当看到冻得还在哆哆嗦嗦的母亲时，就轻轻说了句：“注意安全，快把火熄灭！”还好母亲的手已完全恢复知觉。这么多年以来，母亲为了我们兄妹含辛茹苦无怨无悔，我抱紧母亲，我不知道该说什么，只是一味地流着泪，也许只有泛滥的眼泪才能表达我的心情。憔悴而疲惫的母亲抚摸着我的头说：“不要哭，快去教室上课……”

时间转瞬即逝，第二年考高中，全班六十五名录取十八名，其中十八名女生录取二名，我有幸是其中之一。

2022年7月18日

那些事

一、学骑单车

日子就像流水一样缓缓地向前淌着，大哥和三哥已成家立业。我们一家五口（父母、满哥以及我和妹妹）搬至养殖场。我家前面是一条柏油路，上直通501（长岭炼油厂），下至陆城。坐在厨房里吃饭，可以看到马路上车辆来来往往，还可以看到那些行色匆匆的路人。有时候坐在厨房吃饭看还不过瘾，还要端个碗站在马路边上看。有一次，我们一家人都跑出来了，其实平时基本上是父亲守在桌前的时间最多，不知道那天为什么，父亲也跑出来了。当我们边吃边看，发现碗里没有菜进去夹菜时，桌子上空空如也，一个菜碗也没有了。我们到处找，站在旁边的坤叔发出两声“嘿嘿”的怪笑。这下我们才知道，坤叔看我们一家人都跑出去了，把我们的菜碗全部藏到旁边的箩筐里面了……

路上骑单车（自行车）的人越来越多，那些人轻轻一抬腿，就稳稳当当坐在车座上，然后将脚放在踏板上一蹬，单车就向前跑了，还时不时故意拨弄出响铃声“叮铃铃，叮铃铃……”那清脆得如同泉水一般的铃声，那潇洒、自由、自在、无拘无束兜着清爽的凉风，你追我赶，一车比一车蹬得快，让我好生羡慕。

正好满哥买了一辆鲲鹏牌单车，我迫不及待巴不得一个晚上不睡就学会。满哥实在受不了我像只蜜蜂一样“嗡嗡”围着他叫，只好答应抽空扶我学单车。满哥告诉我要先学会溜车，满哥示范了一遍后，我不由得感叹，“就这么容易啊”。我扶起单车就溜，刚踩一脚就摔倒了，只好让满哥手把手教我。满哥告诉我：“眼睛看前面，不要看地面，双手紧握车把，双脚交替用力地向下蹬踏板。”满哥一直拽稳车后座，可我摇摇晃晃，不是东倒就是西歪。满哥在后面喊：“别怕，我扶着呢。”我还没蹬几圈，“啪”地摔在了地上。原来是满哥趁我不注意，偷偷地放手了。就这样一次，两次，三次……一来二去，满哥终于可以完全放手了。我绕着操场转了一圈又一圈，哈哈哈，我可以骑单车了。只是，只是还不敢上马路。

马路上来来回回穿梭的单车，他们骑的是那样潇洒自如，有的单手扶把，有的还双手撒把，有的后座带人，有的后座、前横杠同时坐人，我的心里痒痒的。我一定要骑单车去501，看着马路上来来往往的小汽车、油罐车、大货车等，还是不敢走前面的马路。我家旁边有条土马路，从东风大队到望城大队，也可以到501，只是绕了远，但是机动车少。我决定绕路走，还好总算顺利骑到了501，心想等下可以大摇大摆沿柏油马路骑回家。在501转了一圈，好想遇见熟人，那样就有人知道我会骑单车了。有时候，真是这样，就这么一想，还真看到了长炼派出所的张叔叔，父亲的好朋友。张叔叔带着女儿娜娜在买菜，娜娜看见我好开心，飞跑到我面前兴奋地说：“姐姐会骑单车了，我要去姐姐家玩。”说时迟那时快，她就跳上我的单车了，张叔叔平时喜欢开车去我家附近钓鱼，带娜娜去我家玩过几次。张叔叔说：“好呢，你要听姐姐的话。”看到眼前不到十岁的娜娜欢天喜地的样子，我决定回家还是继续走土公路。在路上娜娜问：“姐姐，为什么不走柏油马路啊？”我说：“姐姐才学车不久，柏油马路上车太多，带着你不安全。”不一会儿，我带着娜娜走出了501，顺利地经过了新桥、望城，再上个坡经过东风大队，然后下坡骑约六百米就到家了。上坡还好，可是下坡的时候，由于坡陡车快，我顿时就慌了，慌得忘记刹车，娜娜随着车的飞奔吓得不停地叫：“姐姐，姐姐……”我更加慌神了，一个急刹车，“哐”的一声，我们连人带车冲到了旁边大豆地里，和那金灿灿的大豆来了个深情拥抱。成片的大豆没有一丝同情心，竟然摇动着豆荚，发出了哗啦啦的笑声。慌乱中我拽着的娜娜正好倒在我身上，娜娜哪见过这场面，吓得“哇哇”大哭，直喊：“姐姐，我要回家。”娜娜除了被树枝划了一下脸，其他地方都还好。车子砸在我的腿上，膝盖被刮破了皮，流血了，我咬咬牙哄着娜娜到家后带她去看鱼。娜娜不哭了，我带着娜娜连骑带溜回家了。只是后来被满哥知道了，收回了单车。一来为了我的安全，二来心疼他的单车。

二、有惊无险的飙车

长炼职工医院的唐叔叔是我父亲的好朋友，一到周末就来青山湖钓鱼，因为我家厨房紧邻马路。唐叔叔把摩托车靠在马路边停下，上个台阶就到了我家，所以唐叔叔来回都会先到我家和父亲聊聊天，有时候也会在我家吃个便餐。那天，刚吃完晚餐。唐叔叔正和父亲聊得热火朝天，我准备去马路上溜达溜达。当我看到唐叔叔的橘红色摩托车停在路边时，我展现出了强烈的好奇心，问了句：“唐叔叔，摩托车好骑吗？”“好骑得很，只要你会骑单车就会骑摩托车。”我和唐叔叔这样说着，我就跨上了摩托车想做做样子。谁知道随着我的手一转，就听到一声“突突”，摩托车竟然发动了，而且越拧越快。柏油路两旁的树木被我飞速地甩在了后面，我想让摩托车停下来，可是不知道拧哪里，关键是我越拧越快，摩托车像匹野马直往501的方向飞驰，仿佛感到自己和大自然紧密地结合在了一起。随着车速的飞奔，一种莫名的恐慌袭击着我，心跳的声音渐渐变大。在朦胧的夜色中，车子摇晃得越来越厉害，我仿佛即将告别这个世界，因为我知道如果正面来了一台车，我不知道怎么变道，很可能会直接撞上去。我只想对身边的路人喊“救救我吧”，可在飞驰的摩托车上，人家还以为这丫头片子在“飙车”呢。那一刻，仿佛时间静止，周围都是静悄悄的。在我的担心害怕、战战兢兢的拧动中，飞奔的摩托车终于停下来了。停车处正是火箭桥，离我家有三公里，我双手合十谢天谢地。我试着推回家，可是摩托车那么重啊，叫我这个小女子真的无能为力。

暮色从小山暗暗袭来，天上的星星开始出来在互相嬉戏，闪烁的小眼睛好像在嘲笑我这个大“活宝”。一个人在茫茫夜色中，空气简直像凝固了似的一丝风也没有，推得满头大汗。摩托车怎么就会有这么难推，我左瞧瞧右摸摸。正当我独自围着摩托车束手无策的时候，父亲派来的“救兵”来了。父亲发现我这么久没有回去，要满哥骑单车还带了会骑摩托车的权哥来了。我告诉权哥，摩托车推不动。权哥看了一眼说，摩托车的两边的站脚都没有打起，你说怎么推得动呢。权哥总算安全把我带回了家，那惊心动魄的场面已深刻在我的脑海，无数次在梦中被吓得号啕大哭。其实平时那条路车辆非常多，因为那条路是连接501和陆城的分厂，每天的油罐车络绎不绝，幸好那天没有遇见一台车，否则后果不堪设想……

三、跟着父亲逛长沙

转眼暑假即将过去，我要背上希望的行囊，带上愉快的心情远赴长沙求学。长沙，别称：潭州，湖南省省会，地处湖南省东部偏北。长沙是地级市。长沙有“屈贾之乡”“潇湘洙泗”之称，是首批国家历史文化名城，存有马王堆汉墓、铜官窑等历史遗迹。那天，父亲带着我登上绿皮火车，从此踏上一条新的求学之路。在岳阳火车站8点30分上车，票价两元四角钱，不到12点，“哐当、哐当”的声音戛然而止，长沙火车站到啦。在拥挤的人群里，我拉着父亲的衣角，走出车站口，我抬头看了一下长沙火车站。“哇，这么大的火车站啊！”我久久地不愿离去。父亲告诉我，长沙火车站规模宏大，位居全国第二，仅次于北京站。火车站楼顶上面的钟楼旁竖立着两个大字“长沙”。钟楼的顶端有一个红色的火炬，钟楼上的那个火炬，向着天空熊熊燃烧，寓意“星星之火，可以燎原”。我和父亲要先去湖南大学杨老师家，信中说在长沙火车站坐12路公交车到湖大站下。我和父亲出站口的右手边不远处停了几台12路车，我们背着行李上了车。售票员不停地喊“买票、买票”，我们到湖南大学每人一角三分钱。随着公交车的开动，车沿五一路驶过湘江一桥。随着一站站不停地上客，售票员用长沙普通话扯起喉咙喊：“没买票的快买票，买了票的往肚里（方言：里面）走，肚里捞空（方言：很空）的……”由于我和父亲是在起点站上车，随着上车的人数不断增加，我和父亲已被挤在公交车的最后面。随着公交车一站站地停靠，父亲问怎么还没有到湖南大学，售票员说：“现在已经到了中南工大了，湖大早就过了。”我们只好下车又坐回去，结果坐回去又坐过一站到了湖南师范大学。因为售票员不是喊的“湖大下，而是喊的岳麓公园下”，岳麓公园就是湖大站，因为公交车上人声鼎沸，加之长沙普通话很难听清楚。好在湖南师大站只过了一站，父亲说我们干脆背着东西走到湖大。不一会儿就到了杨老师家，顺利安顿。杨老师家位于岳麓山山下，岳麓山风景区位于湖南省长沙市岳麓区，是南岳衡山七十二峰的最后一峰，位于橘子洲旅游景区内，为城市山岳型风景名胜区，是中国四大赏枫胜地之一。

第二天，父亲准备带我到长沙到处走走。刚认识一天的同学何艳硬是要和我们一起去玩。父亲带我去第一站就是去拜望我的满舅公公（母亲的小舅舅），以前在家时经常听见父亲和母亲聊侃大舅公公（公公：爷爷）年轻时候进城的笑话。满舅公公在城里做“大官”，在湘潭小山村里的大舅公公（满舅公公的大哥）第一次来到满舅公公家。早晨满舅公公给大舅公公准备好牙刷、牙膏，后来大舅公公一边说还一边咽着口水对满舅公公说：“那什么膏蛮好吃，我挤一坨吃了，剩下的我带回家给你大嫂吃。”据记载，中国古代流行的洁牙方式是揩齿、漱口，在宋代的许多医书中均对刷牙与牙齿保健做过全面详细的说明，19世纪末，牙粉、牙膏也进入中国，刷牙成了“文明人”的象征。据《牙膏史》说，1922年上海的中国化学工业社生产了我国第一支管状牙膏。直到20世纪60年代，国产牙膏生产更多了，但价格还是比牙粉贵不少，所以也只有大城市人才有刷牙的习惯。作为穷乡僻壤从没有见过世面的大舅公公，就知道饭后喝口茶水，漱下口然后“咕咚、咕咚”吞进肚里。吃完早餐后，大舅公公又想出去溜达溜达，当走到大门口警卫员毕恭毕敬向大舅公公敬礼时，大舅公公连忙摇手说：“你不要给我敬礼，我穿的是我弟弟的衣服。”由于大舅公公衣裳单薄，加之城里比乡下更加冷，就披了满舅公公一件军大衣在附近走走，当时的警卫员只认识衣服上的军衔，所以大舅公公进进出出总是给他敬礼……

满舅公公在湖南省参事室工作，住在黄兴路。我的脑海里马上蹦出背得滚瓜烂熟的通信地址和他的名字：长沙市黄兴南路287号彭竟成。以前只能在信封上见到的地址，今天我和父亲脚踏实地站在这片土地上了；在湖南省会长沙当大官的收信人，我现在竟然到了他家，我生怕自己是在做梦，特意掐了掐自己的脸。

父亲带着我顺着木楼梯轻车熟路就到了满舅公公家。当我和父亲跨进门时，满舅公公正在烛光中对着一个女人的遗像泪流满面。满舅公公告诉我父亲，满舅奶奶刚刚过世。看到眼前此情此景，我们不适宜久坐，父亲安慰了一下舅公公，我和父亲走出了舅公公家。当时何艳站在外面等我们，然后父亲又带我们来到火宫殿，并告诉我20世纪50年代末期毛主席来到火宫殿，品尝小吃，说了句：“火宫殿的臭豆腐闻起来臭，吃起来香。”此事立即轰动长沙，亦成为火宫殿最为出彩的时刻。父亲边说边点了小吃，父亲没有吃，他说他吃过，就坐在旁边看我们吃得津津有味。其实我知道这次父亲送我来长沙的费用，都是父亲在亲戚朋友那里说尽好话左挪右借来的。父亲口袋里的钱不多，他要留回家的路费。只是我的那个新同学一点都不客气，吃得好开心。

吃完午餐，父亲又带我们到了长沙肺结核医院，看望正在医院治病的舅舅。父亲可能很久没有见到舅舅了，他们在一起聊了很久，父亲要我喊舅舅，我不敢走到舅舅床边去，看到病床上面色苍白骨瘦如柴的舅舅，时而一手捂着鼻子，一手捂着胸口，一阵撕心裂肺地咳嗽后，用尽力气满是欢喜地和父亲聊着。我感觉好像满病房都是肺结核的病菌，站在门口的我隔空像猫叫一样轻轻地叫了一声“舅舅”。

我老是用眼神催父亲快走，在医院出来后，父亲又带我到处看，并了解长沙一些风土人情，我感觉父亲怎么对长沙这么了解（当时我不知道父亲毕业于长沙明德中学）。

在街上我看见了一个很漂亮的背包，要父亲帮我买，父亲欲言又止，一脸的无奈和不忍。可能是我太想要那个包包了，我认为父亲是舍不得给我买，一直到杨老师家，我都没有和父亲说一句话。第二天下午，父亲准备去坐晚上7点多的车回家，我和同学一起在闹着玩，父亲留给我一个沮丧的背影。晚上，我们几个人坐在一起正聊得开心，门被推开了，竟然是我的父亲，只是手上拎着上午我要买的那个包包。我的眼泪还是“哗哗”地蹿了出来，我使劲咬紧嘴唇。我侧过脸不想让父亲看见，也不想让旁边的同学看见。父亲就三兄弟，没有姐妹，所以父亲非常希望有个女儿，母亲在连生五个哥哥后才生下我。依稀听母亲说过，外婆知道我父亲想要女儿，当外婆接生第五个哥哥那一刻，外婆很沮丧地哭着对母亲说：“唉，又一个男孩。”一直以来父亲视我为掌上明珠。其实父亲那天买好车票准备进站时，看到手中剩下的那点可怜的钱，本来就舍不得我，想到我泪眼婆娑要包包的样子更是心头一酸，搜尽身上所有钱跑到那个店铺，和老板费尽口舌才买到那个包包……

注：文章写到此，泪水让我彻底崩溃了，伏在电脑前失声痛哭，我恨自己当时的年幼无知。故此，这篇文章无法继续写下去，即使时隔一个月、一年、两年……还是没有办法写下去。

2022年7月22日

我和“军妹儿”的那点儿事

在我的第一本散文集《轻拾岁月的阳光》里，只写到了我坐解放牌货车嫁到湘阴的前后，并没有写我和先生如何从相遇到相识、从相识到相知、从相知到相爱、从相爱到相守，由于有些情节以前写过，为了防止内容上的重复，这里采取跳跃的形式来写……

一、云遇见雨，风遇见树

在英语和汉语中有三种人称代词，分别为：第一人称（我、我们），第二人称（你、你们），第三人称（他、她、它；他们、她们、它们）。第一次收到男生的小纸条，称呼竟然是“对没有称呼的人讲话”。内容二十六个字：“不知道你的芳名，过几天我就要回家，希望我们今后有书信来往。”人生有若干的“第一次”，如此没有称呼的“第一次”却是我今生唯一的一次。我们彼此只知对方姓氏，出乎意料，又在情理之中。就像是上天特意安排的遇见，就像云遇见雨，风遇见树。

那年，我应届高考落榜。我把自己禁锢在家里，大门不出二门不迈，终日以泪洗面。父亲的好朋友张叔叔在长岭炼油厂派出所工作，这位写字条的他的表哥又是当时湘阴县东风公社基建队李队长，在长岭炼油厂有多处建筑工地。作为基建队长和当地的派出所必然有一些的密切来往，正因为有张叔叔和李队长的这条纽带，所以在一个巧得不能再巧的时间里，让我在长岭炼油厂好像就是为了遇见来自外地的他。匆匆遇见后，不到两个月时间，没有称呼的我去长沙求学，“对没有称呼的人讲话”的他回家参加工作。

既然上天让我们有幸相遇，必然有它安排的理由。从开始偶尔的书信来往、互相礼貌的问候，到每周都能收到他的一封挂号信。一张张信纸，每一个字里行间浸透的尽是相思；称呼从“没有称呼的人”到“亲爱的”。那些日子，书信已成了我支撑度日的精神食粮。那时候，我的眼睛里只有邮递员，我的耳朵里只有单车的“叮铃铃”。听到有人喊我拿信，立马就来了劲，瞬间心花怒放。读信的感觉真好，躲在无人的地方，一个人迫不及待地拆开信，捧在手心里一字一句读着，连标点符号也不放过。那种奇妙的感觉只可意会，不能言传。有时候盼不到信，一整天便无精打采，看到的天空都是灰暗的，心里空洞洞的，就这样我们度过长达近三年鸿雁传情的浪漫岁月，有泪水，更多的是欢乐。

光阴荏苒，一晃，我们从相识、相知、相恋，当到谈婚论嫁时，遭到了家里人的强烈反对。父亲的好朋友张叔叔，20世纪70年代在湘阴工作过，他真正领教过湘阴的贫穷。张叔叔求爷爷拜奶奶终于脱离苦海，调回长岭炼油厂。明明有这么一个人，在这个贫穷的地方苦过、穷过、叫过、喊过，而且还绘声绘色、一五一十地告诉我的父亲，你说我父亲能够同意吗？！而且张叔叔还直接对父亲撂下一句话：“你把女儿嫁到湘阴去，就等于是把女儿扔进火坑了。”我，为了天荒地老的爱情，竟然非他不嫁。一句“吃干菜籽打汤汤也不后悔”，让全家人只能妥协。

二、我家的“军妹儿”哟

那年的初春，正月初十（公公的生日），互为对方初恋的我们十指相牵，走向了婚礼的殿堂，从此我开始了在湘阴县的人生旅途。

就这样，那个“对没有称呼的人讲话”的他成了我的先生，他就是建军。湘阴的西乡，以前是湖，20世纪50年代围湖造田，才变成了陆地，所以，湘阴人称那些地方叫“围子里”。建军家住关公潭乡（以前为东风公社），一个和土地有着密切关系的小乡村。湘江和资江像两条巨龙自南向北盘旋而踞，湘资两水绕新泉镇乡村，在临资口汇合后，然后才恋恋不舍地注入洞庭湖。

西乡新泉、南湖、洞庭三大地区所有人口，想去趟湘阴县城必须通过“临资口”轮渡和紧邻湘阴县城的“湘江”轮渡（轮渡，泛指载运人、车渡过江河湖海的轮船或船筏等交通工具）。湘阴的车渡和人渡已分开，小轮渡渡人，大轮渡就是连人带车一起渡过江，而且轮渡分早晚上下班，不是随时随地就可以喊上轮渡就上轮渡。雾大轮渡不能开、冰天雪地河水冰冻轮渡不能开，凡存在安全隐患的一律都不能够开。

先生在家最小，上有俩哥哥俩姐姐，先生当舅舅时，是我的婆婆担着箩筐去做外婆，箩筐的一头坐着两岁多的先生，一头是当外婆的“做三朝”礼品。在湘阴对小孩子有特别的称呼，叫男孩为“某妹儿”，叫女孩为“某伢崽”，所以我家先生在当地口语称呼就是“军妹儿”，当然“军妹儿”的外甥和侄儿喊他为“满舅”“满伢”（此伢为叔）。

军妹儿家所属二队。说来也巧，二队在那一年，从农历三月到十二月相继生下八个“妹儿”，在那个衣食不足的年代，各过各的苦日子，而且家里都是兄弟姐妹多，所以没有谁会联想到什么（直到他们而立之年后，才不约而同猛然想到他们是“八兄弟”）。军妹儿不到十岁时，和队上八个年龄差不多的“妹儿”组成了一个“耍龙灯”队伍。龙，由龙头、龙身两部分构成。龙头是由几个小竹子弯曲组成，竹子上扎几条红绸子，龙身是用七个“草把子”，扎绑在一条粗的麻绳上。龙珠用大铜钱挂在铁丝上，再绑上红绸子，然后将龙珠扎在木棍的顶端。七个草把子由七个妹儿手持木棍顶着，一个妹儿带龙珠，戏龙作舞，龙头随彩珠，龙身各节随龙头上下左右翻腾。还有一个妹儿手持一面“锣”，这面“锣”其实就是一个破旧的搪瓷脸盆，一敲就会发出声音。军妹儿在这支队伍中带龙珠，从大年初一到初四要进行排练。别看九个“毛桃子”（意为年纪小），每次演出都要耍出“故事”的，如“麒麟送子”“送财神”“划龙船”“金鸡报晓”“团鱼下蛋”等。

从大年初五开始，他们就“开张”。龙，是中国人民心目中的吉祥物，人们都认为龙能辟邪，在中华传统文化中，被视为吉祥的动物，把自己称为龙的传人。所以，每当龙一来，基本上家家户户都会放几个鞭炮表示“接龙”。那时候的农村，过年准备的鞭炮大多是“二五吱”，“二五吱”就是二百五十个爆竹，“二五吱”可以剪成几小段，春节期间凡来了“打土地”“送财神”“耍龙灯”……就放一小段爆竹表示迎接。军妹儿的龙队每到一户耍完“故事”后，再在禾堂将龙头对着主家行三个礼，意思就是表示正月十五不回龙。在那个物资匮乏的年代，主家一般都是打发几片“猫耳朵”、“猫屎筒筒”等副食品之类的东西，还有的“几颗红枣”“两颗糖粒子”，好点的人家给几分钱，反正最多不会超过一毛钱，这些礼品都是由那个敲“锣”的人背着一个袋子负责接收。每天晚上他们九个妹儿一起清算，就这样，一直“耍”到正月十五晚上才汇总，九个妹儿分十一天的“战利品”，正月十六大家各自背上书包回归学校。

从大年初一开始排练，到正月十五晚上“收工”。十五天时间，晚上这条“巨龙”歇在谁家也有讲究，一般是这九个妹儿中谁接就歇在谁家。因为龙在谁家，谁家就要整晚用电灯为龙点亮，基本上是在九个妹儿家轮着歇。毕竟在那个缺吃少穿的年代，一个晚上的电费也“不秀气”（不便宜）。就这样每年正月，他们九个妹儿一直是这样耍龙灯，春去秋来，他们也从儿童“耍”到了少年。

那年春节，先生母亲去长沙治病，家里就留下十五岁的军妹儿。可怜五十岁出头的先生母亲，因重病晚期，在长沙医治多天后，医生劝其回家休养。待到父亲、母亲、姐姐、哥哥在长沙一回到家，都傻眼了，家里的腊鱼腊肉等过年物资已全部一扫而空。原来先生母亲去长沙治病的几天，军妹儿就将龙灯一直歇在自己家，九个妹儿尽情地要龙灯，肆无忌惮地大吃大喝。元宵节后，辛苦了半辈子的先生母亲终因医治无效，不情愿地离开了这个世界。十五岁的军妹儿，从此成为没娘的孩子……

三、一对天生的“活宝”

公公在退休的那年，找了个老伴，比我们早一年结婚。房子是一间堂屋和两间正房，公公婆婆住一半，我们住一间。各自做饭吃，我从十二岁上中学读寄宿，在娘家基本上是在外读书，娘家的风俗习惯都不懂，来到湘阴后更是一窍不通。说出来不怕大家笑话，我竟然连哪天过年（是三十还是初一）都不知道。建军比我也好不到哪里去，我们只要把饭煮熟了，胡乱烧点菜就吃。父亲在我婚后第一次（也是最后一次）来我家，建军把苋菜和豆角冷锅冷油一起倒进锅里，再用锅铲放肆拍打，打得铁锅“嘭嘭”响，我父亲眼泪都笑出来了。

有一次，婆婆要我去邻居家借“嘎把筒”，当邻居看到岳阳来的“新媳妇”来了，左邻右舍都围过来，湘阴人本就好客，尤其看到我这个“活宝”，更是热情，请我喝了一碗又一碗芝麻豆子姜盐茶，和我聊了一个又一个的话题，只想逗我说“公公烧火，怎么啦，我嫂子炒菜我爸爸就烧火呢”之类的话，让她们“开心”一刻。我猛然记起婆婆要我借东西的事，可是我一下忘记了那个名字。我只好说：“我婆婆要我向您借那个什么嘎、嘎的东西……”莲娭毑听后哈哈大笑说：“伢崽，只有鸭子和大雁才‘嘎、嘎’，你婆婆要你来借鸭子还是借大雁啊……”我急得脸都红了，连忙用手比画着说：“就是那个把稻草卷起来的东西。”莲娭毑说：“嘎把筒。”“对，对！”我连忙接过话说。

湘阴县以湘江为界，湘江西为西乡，西乡是湖区，由于湖区没有树林，湖区人用稻草当“柴火”。而直接烧稻草火力不旺，稻草还占地方，所以聪明的祖先们就发明了“嘎把筒”。而且还可以将树叶、毛草等，只要可以燃烧的（树枝硬东西除外）都可以放在稻草里一起拧成把子。可能是因为“嘎把筒”在工作时发出的“嘎、嘎”的声音而因此得名。嘎把筒是竹制品，它由竹筒、筒芯、麻绳组成。它的制作方法：是先挑选一根“节巴”——间距约四十厘米长，约六厘米直径的楠竹，制作成一个竹筒，再用一根长约一百三十厘米宽约四厘米的楠竹条做芯，这根楠竹条的一头必须留个大点的“结巴坨”，将这根楠竹条从竹筒的另一头穿进来，正好套在那个“结巴坨”的位置，再把条子用高温加热扭弯成鱼钩形，然后用结实的麻绳连接绷紧，“嘎把筒”就大功告成了。“绞把子”必须两个人，有一次，公公不在家，婆婆对我说：“哦（怎么）得了咯，今天晚饭就没有把子烧哒，鑫爱，你来试着我帮揪几个把子应急。”婆婆一本正经坐在一堆稻草面前，双手将一把凌乱的稻草（稻草必须乱）拉成个“一”字形，我手持“嘎把筒”将顶端勾住婆婆手中的稻草，然后按顺时针边摇嘎把筒，双脚边往后退，这是“放”，手中的稻草绞到约八十厘米长度后，又要边摇边走向婆婆。我生在农村，长在农村，虽然谈不上“四体不勤，五谷不分”，但是天生有点“憨”。在家做农活时总能闹出一些笑话，让二哥送给我一个“光荣”称号——“书憨巴”。所以我根本不会随着婆婆放草我后退，婆婆拉草我就前进，而且还要边摇嘎把筒边退和进，几次手忙脚乱弄了个前翻后仰。婆婆心疼我被摔，只好停下手中的活说：“还是等你公公回来再揪吧，今天晚饭我直接烧草应付。”

四、产房惊魂

时间在爱情和欢笑中飞逝，婚后第二个月我怀孕了。从以前闻到油炸味觉得香气扑鼻，到现在闻到一点油炸味就一阵恶心从胃里往上涌，然后再开始翻江倒海地吐，吐得浑身无力，吐得直冒虚汗，吐得喉咙出血。有时候一不小心没有来得及张口吐，就从鼻孔里喷涌而出。就在强烈的妊娠反应渐渐平息后的第十九周，先生带我到湘阴县人民医院产检，检查结果是宝宝胎位为“臀位”。好心的医生便叮嘱我们要到湘阴县人民医院待产。正常的胎儿位置是胎儿的臀部在母体子宫内，头部在子宫底部，而臀位相反，是臀部在子宫下方，姿势好像坐在子宫内，俗称坐胎。医生教我双膝跪在床上，臀部上翘，然后在重力的作用下，使胎儿的臀从骨盆内出来，逐渐转成头位，一天必须这样屈膝卧位两到三次，一次持续十五到二十分钟。回家后我每天按照医生说的做，当时新泉到湘阴县城要渡江涉水，加之先生工作又忙，所以后来就干脆就近去当地医院（是当地最大的医院，不是卫生院）检查。在当地两次检查结果均是宝宝胎位已正，我认为是功夫不负有心人，肯定是通过膝胸卧位，将胎位转过来了。竟然胎位已正，我想应该在当地医院生没有问题，而且当时还有很多孕妇在家生孩子。

经过近六个月和强烈的妊娠反应的“作战”，第十个月时终于要熬到了瓜熟蒂落。母亲在我预产期前一个月就来到我家。农历十月三十日，那个大雪纷飞的傍晚，我的肚子开始痛了，此时也正是预产期已临近。先生连忙请来邻队的接生婆婆——三娭毑。三娭毑掀开被子摸了摸我的肚子，不紧不慢地说：“羊水破了，已经见红，今天晚上孩子会生下来。”可是我痛了大半个晚上，孩子还是犹抱琵琶半遮面，一直没有出来。三娭毑再次去探摸孩子并惊讶地说：“已经可以摸到孩子头了，为什么孩子的头光光的呢？”三娭毑凭自己几十年的接生经验，断定那不是孩子头，那应该是孩子的屁股，这个孩子不是顺着来的，而是坐着来的，应该是“坐胎”。那一刻，我终于知道胎位并没有转正。三娭毑严肃地说：“快送医院吧，我接了几十年的生，这个胎位我真没有办法。”

冬天是威严的、冷酷无情的，寒风呼呼地咆哮。已是冬月初一，我坐在一半垫一半盖厚厚棉被的板车上，先生和大哥、二哥、表兄等将我拖往当地医院。从家出发到胜利路再上湘益路（现为S308省道），天上飘着硕大的雪花，地上铺着一层冰雹加雪的混合物，他们硬是推着板车艰难前行。真是“夜来城外一尺雪，晓驾炭车辗冰辙”。

路边的树木，肃然默立。板车上的我几乎被棉被包裹得严严实实，可我还时不时被北风和雪花偷袭。阵阵剧痛的我，在被子里默默对天空祈求，希望自己能够有命去有命回。

我被抬进医院，经过医生诊断，可以在他们医院生产。医生并没有说是臀位，我当时还认为三娭毑到底是农村的接生婆婆，乱说是坐胎。先生和哥哥们再三问医生，如果医院没有办法，我们可以租船去湘阴县人民医院，医生还是坚持说他们这里没有问题。说是当地最大的医院，可是医院的条件比在家里好不到哪里去。没有手术设备，没有暖气设备。产房里，一张破旧的木产床，如同一个布满皱纹的老人，孤孤零零地伫立在空气里，窗户上两个黑洞，像一双双睁大的眼睛在诧异地打量着我，好像在对我说：这样的条件你还敢来生孩子！我躺在那个木制产床上，旁边放着一个炉芯直径十厘米的藕煤炉，作为产房里唯一的取暖设备。说是藕煤炉，还真只有黑乎乎的煤，那苟延残喘的丁点星火已自身难保，更别说为这个房间带来一丝暖气。“寒风吹我骨，严霜切我肌。”产床上的我一喊痛，医生就极不耐烦地说：“谁没有生过孩子，就是要忍很多痛孩子才能够出来。本来就胎位不正，而且是坐胎，再怎么痛也要忍着。”经过两天两晚的疼痛，终于在冬月初一上午11点15分，宝宝出来了，只是已经奄奄一息。医生喊要我母亲赶快去买什么强心针（当时几乎虚脱的我只是隐约听见这个名字）。可怜已五十多岁的母亲，看到几天几晚痛得死去活来的女儿，本来就精神和体力都已极度劳累，母亲还是拿着药单子踉踉跄跄跑向药房。药房说必须先交费，不知道是不是天意，母亲去交费人不在，母亲又跑到药房说先押钱，要她们先给药“救人”，药房竟然必须先交费再发药，等交完钱拿药，药房的人又不在。我在产房里明显地听到母亲在那里和她们争论……

一场大雪盖不住冬天的冷漠。产房外的雪很美，但很冷，冷到心底。就这样一来二去，再加之产房那奄奄一息的煤火，待母亲拿来药打进宝宝身体里时，那个来到这个世界不到二十分钟的小小男孩，已经不想睁开眼睛看一下这个冷漠的世界便走了。我听后突然觉得心头一紧，不听使唤的眼泪溢满眼眶，然后是巨大的寂静，静得叫人无比心酸。

作为怀有“臀位”的我，能够保住一条小命从医院出来，就已经是上天的恩赐。不久后邻居的表弟媳，也是在这个医院生产，结果孩子保住了，大人没了。

母亲目睹我在医院生产的整个过程，心有余悸地对我说：“再生孩子必须回娘家待产。”

五、终于成为“她爸”“她妈”

时间是没有声音的锉刀。转眼已是春天，我又有“喜”了，只是这次的怀孕没有一点妊娠反应，只因例假连续两个月没有来“报到”，到医院检查才知道已怀孕。遵照母亲的“指示”，怀孕三十六周的我启程回娘家，并和在长岭炼油厂职工医院妇产科的同学晶香已联系好，去她们医院待产。因为年关已近，车多人多，先生要我提前回娘家，他待单位放假后再去陪我。

我敬爱的父亲，一年前因病医治无效不到六十岁就去了天国。母亲一个人住，满哥家离母亲不到一百米。母亲给我安排好房间，给第二个宝宝做了很多衣服。头一年给第一个宝宝做的所有衣服，即使并不宽裕的母亲还是都扔了。母亲说再生宝宝要重新做，母亲准备的衣服从第二个宝宝一出生到两三岁，应有尽有，我知道母亲是从牙缝里省的钱，给宝宝添置这些衣服。有的是买的套装，有的是请裁缝师傅专做的，还有的是母亲戴着老花镜，在夜深人静的时候用那龟裂的双手，身子微微向灯前倾斜，一遍又一遍捻着线头将爱一针一线缝进宝宝的衣服。

预产期只是提醒你胎儿安全出生的时间范围，但预产期不一定那么精确。据说科学家们统计过只有百分之五左右的妇女在预产期那一天分娩，一般到了孕三十七周应随时做好分娩的准备。春节后，我就正是孕三十七周。眼看先生要回单位上班了，可是宝宝在我的肚子里拳打脚踢，却没有一点想出来的意思。元宵节那天，先生和母亲带着我，到了长岭炼油厂职工医院，找到了同学。因为是职工医院，产妇多为厂子的职工或家属，一般都是“发作”再被送医院。如果现在就住进医院，又不知道什么时候才会“发作”（方言：要生的预兆），要我最好等几天再来医院看看。先生只好回单位上班，临行前帮我买了高丽参，并叮嘱我只要肚子痛就赶快吃高丽参。在同学的帮助下，正月十九日，我办好了住院手续，14号床位。妹妹每天给我送饭，病房里有六个床位，除我挺着大肚子外，她们早已顺利生产。旁边13号床较我后进来，但她生完宝宝已出院。

正月二十二日上午8点，一阵大叫大喊的声音由远而近，原来又是一位已经“发作”的产妇。忙碌的一群人把她连抱带抬拽上13号床，可是她还是“哎哟，痛啊……”呼天喊地在床上拳打脚踢直喊痛。我定睛一看，这位产妇的先生正是我高中同学彭金林。产妇声嘶力竭的叫喊还在有增无减，这时走来几位医生和护士，医生说：“你再喊，我用绳子把你捆起来。”她仍然没有半点收敛，不管不顾继续叫着、喊着。经过医生的检查，她的宫口已开三指以上，必须进入产房待产。下午两点多，她被送回病房。

她笑声朗朗地讲述她生产的过程：被送进产房抬上产床后，她还是继续大叫大喊，医生还是那句话：“你再喊，我用绳子把你捆起来。”这时她真的看见医生手中一团好粗的麻绳，在她面前晃了晃。她立马不叫了，下午她就顺利产下一名男宝宝。当时我们同病房的人都说：“你为什么就不叫了呢？”她哈哈大笑说：“我怕医生真的把我捆起来。”看来疼痛时的叫喊有时候还是可以控制的。据悉，疼痛时的叫喊声能够吸引其他人的注意，喊叫者会在同时得到一种被人关注后觉得他人与自己通感的内心安慰，所以内心会觉得疼痛不只是我一个人在承受，而是很多人在一起帮我承受。虽然在生产过程中，产妇可以大声地喊出来，能让疼痛和焦虑有所消散，但是她过度的叫喊已经严重地影响了医生和其他孕妇乃至整个妇产科，所以医生为了让其顺利生产，只能想了一个迫不得已的办法，而且收到了想要的效果。看到她们生产后的喜笑颜开，我既羡慕又有点害怕。羡慕她们的“包袱”已卸，害怕我在产床上发出那撕心裂肺的疼痛叫声……

时间在召唤，该轮到我上阵了。正月二十三日下午，我突然感觉到肚子有点疼痛，我想应该是孩子该来报到了。我连忙起床，将先生给我准备的高丽参吃下。毕竟住在医院每天也要费用，而且在医院几天时间，任何交接班时间，医生都要来听一次胎心。特别是零点交接班，当我正睡得迷迷糊糊，敬业的医生同样掀开我的被子认真听起胎心。这时在外面买水果回来的母亲，当知道我的肚子已经开始在痛，知道我是“发作”了。母亲喜颠颠连忙跑去喊来医生，医生说宫口要开三指以上才能进入产房待产。第二天中午，医生安排我进产房待产。产房里暖气、抢救设备等应有尽有，接产医生和所有护士各就各位严阵以待。在我一声声揪心的呻吟中，于下午4点多，我的小棉袄顺利来到这个世界。护士把宝宝洗干净后包好，让我看了一眼，就把她抱进了婴儿室。我回到病房，因为新生婴儿还没有抵抗力，无菌婴儿室不许外人进入。几次想偷偷地去看看，都被护士“请回”。三天后，先生从单位赶来，喜为人父的先生多么迫切地想看看宝宝，无奈之下，只能请示医生将宝宝“借”给我们看看……

从“对没有称呼的人讲话”，到“孩子她爸”“孩子她妈”，我们正式开启了三口之家小日子之旅。

2023年3月15日

我的偶遇“婆婆”

“虽然你婆婆只早一年到你公公家，她就是在你公公床榻前站一个晚上，也是你的婆婆，你对婆婆不要有一丝一毫的其他想法，一定要孝敬公婆，尊敬老人，和睦相处……”这是那年，我出阁的头天晚上，毕业于长沙明德中学的父亲对我的谆谆教诲。我的婆婆，既不是我先生的生母（先生十五岁时生母因病离世），也不是我先生的养母，她是我公公退休后明媒正娶的妻子。婆婆勤劳、贤惠、善良，虽然她与我们一家三口没有丝毫血缘关系，但我们在骨子里都把对方当成了亲人，我们在一起相处近二十年。自我公公离世后，我婆婆那边的儿媳将我婆婆接回去了，在我的心里，不管她在哪都是我生命中的婆婆。

2015年2月，我的婆婆不幸离开了我们。

一、与婆婆的偶遇

2016年2月，一个阳光明媚的周末，这天是我婆婆的周年忌日。我一个人在小区里散散步，小区花木已变得绿绿的、嫩嫩的，沉默了一个冬天的围墙在阳光照射下也在闪闪发光。我听到站在枝头上的鸟儿，叽叽喳喳地叫个不停，不知道它们在欢快地聊着什么；当我抬头看看流云，云朵也时不时低头看我一眼。突然，一个熟悉的背影映入我的眼帘，我慢下脚步，转头一看，是我的“婆婆”，那身高、那衣服、那走路的姿势、那……我的眼泪“砰”的一下就出来了，我三步并作两步跑了过去……

老太太和我素味平生，而且面对我这种有点不合常理的热情，瞬间皱起眉头，脸上写满了迷惘，一下子就愣住了。原来老人家也住在我们小区，姓柳。柳娭毑个子偏高，不胖不瘦。她身穿酱红毛呢上衣、黑色的裤子，脚上穿一双油亮亮的平底皮鞋，头上没有一丝乱发，走起路来像脚下生了风，根本不像一位老太太。一双眼睛炯炯有神，充满了慈爱，活脱脱是我婆婆的翻版。自公公离世后，婆婆每年都有抚恤金可领。这一年以来，我电脑桌左边抽屉里放着我婆婆生前的一张照片。社保站要求必须拿当年挂历拍照交社保站，方可领次年的钱。抽屉里放着的是婆婆拿着2014年6月挂历拍的照片，当时我还没有来得及交给社保站，婆婆就走了。我一直收藏着这张照片，当我想婆婆的时候，就会拿出婆婆的照片，进入声情并茂的回忆，然后一个人静静地把日子翻来覆去……

当柳娭毑知道自己酷似我婆婆时，她用手连连拢了拢我那凌乱的披肩发，爱怜地对我说：“好儿媳呀，还在想念你婆婆呀。你再想你婆婆时，就来找我呀。”我犹如喝了一罐蜜糖似的，顿生莫大的宽慰与欣喜，我喜融融、乐滋滋地给了柳娭毑一个深情的大拥抱。柳娭毑笑了笑说：“你就把我当你的婆婆吧，只是不知我是否能够当得称职。”

就这样我和柳娭毑彼此好像已经认识很久，仿佛前世相识，今天才得以相见。慢慢地我和柳娭毑聊起了家常：“柳娭毑，您今年多大年纪？”“我今年七十二岁，有一儿一女。”然后补充一句，“我还有两个娘，一个婆婆，一个母亲。”“您……您还有两个娘……娘啊！”此时的我。“啊”字后面惊叹号足有一尺长还难以表达。柳娭毑告诉我，她婆婆今年九十二岁，母亲今年九十四岁，柳嗲嗲（柳娭毑的老公）去年因病撒手人寰。柳嗲嗲三兄弟，大弟弟也追随柳嗲嗲而去，只剩下体弱多病的老三，柳娭毑还在赡养婆婆，负担婆婆的生活费。柳娭毑的母亲由柳娭毑的妹妹在照顾，柳娭毑每月同样要出钱以及买些生活用品。柳嗲嗲是一位转业军人，柳娭毑没有正式工作靠微薄的退休金儿媳的责，尽女儿的孝。真可谓百善孝为先。眼前的“婆婆”，更让我心生敬意。

于我来说有了失而复得的“婆婆”，给我平添许多生趣。我在小区散步的次数更加多了，而且会经常和柳娭毑“偶遇”。每次遇见彼此都只差拥抱，那种开心和亲切溢于言表……

2017年的一天，柳娭毑告诉我，她九十三岁的婆婆已仙逝，七十三岁的柳娭毑以长媳的身份，将婆婆送上山。我知道柳娭毑还有自己的老母亲要赡养，接下来的日子只要见到柳娭毑时，我就会问：“老柳娭毑身体还好吧？”柳娭毑每次哈哈大笑：“我娘老子还健旺呢，一餐还要吃一大碗饭，比我吃得还多。”

一眨眼，时光就溜到了2020年春节。当我再见到柳娭毑时，我还是同样问老柳娭毑安好。柳娭毑告诉我，老柳娭毑2020年1月11日发病，柳娭毑即刻赶回乡下在病床前悉心照顾。五天后老柳娭毑寿终正寝。柳娭毑微笑地说：“嘿嘿，七十六岁终于完成了做儿媳和做女儿的使命。”我调侃说：“这下您就跷着个二郎腿坐在家中指手画脚一本正经做婆婆，做母亲啦。”“是啊，是啊。”柳娭毑笑得和颜悦色，五官都聚在了一起。

二、“婆婆”的大“变脸”

逝水东流，落叶纷纷。时间的脚步是无声的，它在不经意间流逝。由于每天忙于“爬格子”，猛然记起有很长一段时间没有看见柳娭毑。时间已到了2020年国庆，当我看见久违的柳娭毑，我亲切地大喊：“柳娭毑，好久不见。”面无表情的柳娭毑，把脸一转理也不理，径直往前走，莫不是因为我没有称呼“婆婆”？我连忙转身追了上去：“亲爱的婆婆，您老人家还好吧！”还是不理我。我想柳娭毑可能心里有什么事，不想和我搭话，也没有怎么多想。后来我一次次地遇见她，一次次地跟她打招呼，她还是面无表情，不理我。我什么时候得罪了老人家呢，我这个人天性喜欢自我检讨。我日思夜想，却怎么也想不出有过一丝一毫的对柳娭毑的冒犯或者不敬。当我再遇见柳娭毑时，我只能掩面绕路而走。只是心里千万次问了自己，我对柳娭毑真没有什么过分之处。

2021年4月，当我走到小区11栋楼处时，小车喇叭一声长叫，我猛然一抬头，我和柳娭毑近在咫尺，再绕道已经来不及。就在我正纠结怎么办时，柳娭毑对我大喊："乖乖崽，好久没有看见你啦！"我欣喜若狂对着柳娭毑大喊："您这几个月到底怎么啦？一直不理我。"柳娭毑说："不会吧，我怎么会不理你呢？"后来我才知道2020年国庆前，柳娭毑五十一岁的女婿出差广东，不幸掉入海中……女婿是独子，家有八旬双亲和正在读研究生的儿子，家庭的重担落在柳娭毑的女儿肩上。可能是忧伤过度，柳娭毑又被查出了脑梗，那段时间根本就不认识人，怪不得柳娭毑那段时间就是不理我。我只好使出浑身解数放肆安慰柳娭毑："人已经去天堂了，活着的人还是要继续，您照顾好自己的身体，就是给您女儿最好的安慰……"

接下来的日子，我时不时陪柳娭毑在小区花园中心聊聊天。柳娭毑告诉我：柳嗲嗲年轻的时候在青岛参军，1964年柳嗲嗲从部队回家探亲，介绍人将正在田间插秧的柳娭毑喊上来去相亲，柳娭毑就是两脚互相擦拭了一下泥水，光着脚跟着介绍人去了。竟然相亲成功，只是苦苦等了八年，那时候农村二十八岁的姑娘没有结婚，走出去老被人在背后指指点点。幸好柳嗲嗲没有辜负柳娭毑的痴心苦等，于1972年从部队转业到地方，两人携手走进结婚礼堂。

三、愿"婆婆"安好

当今社会，陌生人之间的信任度变得越来越低，我不想让柳娭毑的子女有误会。我一直也没有问过柳娭毑的电话，我和柳娭毑的见面纯粹是心有灵犀的遇见。我们走着、聊着，柳姨驰告诉我，女儿给她买的治脑梗的药吃了效果蛮好，我在心里暗暗地祝福老人家。由于我忙于“码字”，有时候为了赶稿子懒得出去。今年有几个月没有见到柳姨驰，我有点担心，就故意抽时间去小区溜达想“偶遇”，但多次让我失望而归。这下我那颗忐忑不安的心越跳越快，我不敢往下想了。无奈的我只好找到以前经常和柳姨驰散步的张姨驰，张姨驰告诉我：“由于身体原因，柳姨驰已去儿子家住了。”前几天我竟然看见那个让我牵肠挂肚的柳姨驰又在小区散步，只是旁边多了一位搀扶她的人，是柳姨驰儿子为老人家请的保姆。

我们小区绕一个圈有一千零五十米，早晚散步几乎成了我们小区不成文的规定。散步时的每一丝呼吸都会让人感到清新而惬意，散步时的一举一动都会让人感到简便而愉悦。走着走着遇见熟人或朋友，便迈着整齐的步伐一起谈天说地，感叹人生。

人若重感情了，感情就会深深地长在心里，从此成为一生的牵挂。现在的我每天都会找个时间，一个人在小区里漫无目的地转来转去，单元门口、楼梯间、楼群之间的小道小巷，我都不放过。为了能够偶遇柳姨驰，不管多长时间，一个月、半年、一年……不管多少年只要能够遇见，哪怕是远远看见柳姨驰的背影……

2021 年 9 月 15 日

走，扫二维码去

一个冬天的早晨。

天公还揉着惺忪的眼睛，我正在暖和的被窝里酣睡，五岁的外孙女小苹果就“开始广播啦”！

小苹果问：“奶奶，今天星期几？”

我睡眼惺忪，挠挠乱乱的头发，伸个懒腰，呵欠连连说：“今天星期六，你不用上幼儿园。”

小苹果说：“今天下午要去学画画呀，我没有玩的时间呢。”

“你上幼儿园不就是玩吗？！”

“幼儿园不是玩，是上课，要在游乐场才是玩！”

“游乐场才是玩！”这是一位小孩子对玩的认知。确实，在大人看来，幼儿园就是老师带着小朋友玩，对我们这代人来说，那可是人间天堂。当然比起我们的父辈，我们已经很幸福。虽然我们上学的时候没有学前班，没有幼儿园；没有衣服穿，没有饱饭吃，但是我们可以坐在教室里听老师传道授业解惑、可以参加高考“跳出农门”。那时候的我们就像超人，到了入学年龄就直奔一年级教室。

小苹果从出生我就一直在惊讶，现在小孩子为什么智力惊人地超前。其实仔细一想，他们有胎教、有早教、有幼儿园、有海量的玩具、有精湛的动画片……

半年前的一天，小苹果突然对我说："奶奶，我不要长大！"

"为什么不要长大呀？"

"因为我长大，你和爷爷就老了，我不要你们老！"

前几天小苹果从幼儿园回家又说："我长大要当科学家，可以不让爷爷奶奶死！"

…………

不到五岁的孩子，就怎么会有如此多的想法呢？当然，现在我和小苹果讲解人生的生老病死是自然规律，那是对牛弹琴。

我们小时候，全部是吃菜园里长的菜。哥哥在水田里抓了几条泥鳅回来炖了，就已经是餐桌上最好的美食了。我五岁的时候流着鼻涕一天到晚只会玩泥巴坨，看看小苹果的玩具，开个中型儿童玩具店绰绰有余。

有一天下着雨，去幼儿园的路正在扩建，坑坑洼洼。

小苹果喋喋不休地说着"不好走"，我告诉小苹果："奶奶小时候走的路比这更差，一脚踩下去就陷进泥巴里了。我们没有雨鞋穿，没有雨伞，更没有雨衣。记得你这段时间学的《江雪》里面有句'孤舟蓑笠翁'的'蓑'字吗？我们连蓑衣都没得穿，蓑衣只有大人在田间里劳作才能穿。我们上学如遇大雨，最多就是双手顶一块破旧粘着泥巴的塑料薄膜。"

小苹果问："蓑衣就是奶奶现在穿的皮草吗？"

"小苹果好棒呀，蓑衣确实是'皮草'，只是以前的'皮草'是山上树的皮，现在的皮草是动物的皮……"

对于小苹果，我不知道该怎么比画这具有时代感的物品。改革开放以来，中国从温饱不足到小康再到富裕水平，人民生活发生翻天覆地的变化。中国农机发展更是大变迁，农业机械化事业取得了令人瞩目的成就。现在几乎看不见蓑衣了，我只能凭小时候的记忆回想它的样子。

小苹果接着说："奶奶，你不知道坐校车呀？"

"我们那时候没有校车。"

"那你要老爹开车送你呀！"

“我们只有人拖的板车，饭都吃不饱，哪有车呀？”

“你要老嗲去买呀！”

“没有钱呀。”

“你要老嗲扫二维码，刷——卡撒！”

…………

“走，扫二维码去！”面对好问又半懂的小天使，真可谓“祖孙牵手相视笑，天伦之乐尽逍遥”，我们赶紧起床去肯德基抢占停车位和座位，去吃每周六的午餐，这是雷打不动的“节目”。

2020年12月8日

注：文中“老嗲”为我的爸爸妈妈。小苹果的妈妈是独生女，称外婆为“奶奶”，称外公为“爷爷”。

拾起童年的记忆

一、捡烟蒂

三毛曾说："岁月极美，在于它必然的流逝。"一转身又是一年烟叶丰收季！秋天是成熟的季节、收获的季节、充实的季节，更是容易勾起人回忆的季节。

那年，我十二岁。一天，母亲要我去菜园摘"甜菜"。我只知道甜菜的叶子很大，绿得出油。我跑到菜园，三下五除二就摘满了一篮子。我喜滋滋地跑回家大喊甜菜摘回来啦，母亲正在灶屋（厨房）忙着，又是烧火又是切猪草，连忙说："你去井边把菜洗了。"井就是家门前水田东南角上挖的一口圆井，这口井负责我家和邻居神哥家近二十人的生活用水。我把甜菜洗干净后，一节一节揪碎，等下母亲就可以直接下锅炒。听到母亲在喊："锅烧红了，菜洗好了吗？"我三步并作两步跑向灶屋，将篮子里的菜直接倒进已烧得红彤彤的锅里。母亲用锅铲翻来覆去地炒，边炒边说："这怎么不像甜菜啊。"母亲用锅铲挑了一点，跑到灶屋门外一看大呼："这是什么甜菜啊？"边说边揪了一点点菜叶子放进嘴里轻轻地舔了舔，"哇哇"往地上直吐。连说："这是什么甜菜？这是你爸爸栽的烟叶吧？"后来父亲知道后跑到菜园一看，早晨还长势正盛的烟叶，被我揪得光秃秃横七竖八躺在那里。父亲喜欢抽烟，又没有钱买烟。父亲就每年3月左右开始栽烟苗，仲秋时候就可以收烟叶了。由于我家自留地不多，基本上要用于种菜以满足一家七口人的生活。但父亲还是千方百计挤出来那小块地用来栽烟，以解决父亲抽烟的燃眉之急。那时候买的一盒烟叫“香烟”，一般人家是买不起的，买不起“香烟”的只能抽“喇叭筒”。“喇叭筒”就是父亲种的烟叶，到了秋天就把一片片叶子摘回来，洗干净、晒干。一般要十二斤左右的新鲜烟叶，才可以晒成一斤左右的干烟叶。平时我总看见父亲弯着背、眯着眼睛（父亲是近视眼），将一片片摆放得整整齐齐的烟叶切成很细很细的烟丝，再将书纸（没有钱买纸，有什么纸就什么纸）裁成约中指长、拇指宽的纸条，然后抓一小撮烟丝放在纸条上，将纸条滚成筒，就成了“滚纸烟”，也就是“喇叭筒”。父亲没有其他爱好，就喜欢抽烟，而且“烟瘾”很大。眼看烟叶丰收在即，现在我把父亲辛辛苦苦栽的烟叶“一锅端”了，接下来父亲抽烟怎么办呢。虽然家里还有点库存烟丝，眼看就要抽完了。父亲想抽烟，又没有钱去买，怎么办呢？

一天，我在放学的路上，看见大队部刚刚开完大会的晒坪上好多烟蒂巴。我一个个捡在书包里，心想或许能够解决父亲一下的烟瘾。以前的烟没有海绵嘴，夹手指那截还有烟丝。当我捂着书包跑回家，掀开给父亲一看，父亲竟然高兴得拍了拍我的头说“乖乖”。父亲迫不及待找来我那些没有用的作业本，裁成纸条，我连忙帮父亲将一个个烟蒂小心撕开，卷了十几根“喇叭筒”。父亲又连忙用火柴点燃一根，猛吸了一口，悠悠地吐了出来，烟圈儿在父亲的连连“香，香”声中，在宁静的小山村里打着旋儿缓缓上升。

从此以后我又多了门“副业”，没事的时候就去捡烟蒂，不但我捡，我还带着妹妹捡。只是那时候确实有钱买“香烟”的人少之又少，所以捡烟蒂也很难很难。但是我和妹妹不放过每一次机会，只要哪里有开会或有什么红白喜事，我们都会偷偷地捡烟蒂。有些人，为了防火，喜欢把烟蒂放在土墙缝隙里，那可要挑半天才能挑出来；最“可恨”的是有些人把烟蒂往地上一扔，然后用脚踩上去鞋底来回一搓，烟蒂就粉身碎骨了。所以有时候，一天很难捡到一个烟蒂；偶尔只捡到一两个烟蒂，又不能够卷成一个“喇叭筒”，父亲只好直接点燃烟蒂慢慢地抽。我看到父亲被烟蒂烫着的手明显颤抖了一下，可是父亲还是舍不得扔掉……

随着生活水平的不断提高，我家从未断过香烟。从几十元一包到上百元一包，一包包、一条条，就这样留着，月月年年在不断地更新。虽然父亲离开我们三十八年了，先生也不抽烟，可我就喜欢这样将烟留着、看着、想着、念着……

2022年10月19日

二、那年，那学费

盛夏，阳光在恣意地照着。曾经威武挺拔的香樟树也在没精打采地垂着枝条，碧绿的叶子甘拜下风地卷曲着。小区大门口有一家冷饮店，冰激凌、雪糕等冷品琳琅满目，总是时不时在挑逗我。知了站在树枝上，仿佛对着若有所思的我叫着：“知了，知了。”你知了什么，你知道我这么多年为什么一直不吃冷饮吗？你知道我和冰棒有什么不解之缘吗？

那年，也是这样一个盛夏的7月。我上小学三年级，期末考试后就要放暑假，只是我学费还一直欠着，那时候一学期学费是一元五角钱。从开学父亲和班主任说尽了好话，谁知道一直到期末考试那一元五角钱还一直没交，班主任已经告知几次不交学费不许参加期末考试。

一元五角钱，对于年年都是大额超支户的我家来说，是一个多么巨大的数字啊！家里没有什么可以变钱的，父母和哥哥想尽办法，能借的都借了一遍，还有旧账欠着，那时候借钱不但借不到而且还要看人脸色，不谙世事还喜欢哭的我每天就像个蜜蜂一样“嗡”个不停……

中午，闷热无风，我家小黄狗鼻子上冒出豆大的汗珠，它趴在地上伸长舌头喘个不休。7月早稻成熟收割后，得立即插上晚稻。抢收抢种，故称“双抢”。正在房间里噘起小嘴，眼里泪花不停地打着转的我，根本不知道在努力挣工分的父母和哥哥，正在“双抢”中饱受酷暑煎熬。

突然听见满哥气喘吁吁跑进家门对我说：快去学校交学费。边说边将手中的一把钱数给我，一张5角纸币、6张1角纸币、3个5分硬币、8个2分硬币、9个1分硬币，不多不少刚好一元五角钱，我抓着那汗渍渍的钱破涕而笑，直奔学校……

后来才知道满哥那一元五角钱的来源，那天“扮禾”（方言：人工脱粒），人的单脚一上一下踩脱粒机，双手紧紧握住稻把，摁在滚轮上用力转动，谷粒夹着汗珠唱着欢快的歌，离开稻草飞入禾桶中……

那天上午，太阳直晒，无风无云，稻田就像蒸笼般热气滚滚，担丘田（我们队上最大的一丘田，古时单位：一担田约为四亩）男男女女有七八个，几位妇女“嚓嚓嚓嚓”地割稻，满哥他们流着黑汗踩得脱粒机“嗡嗡嗡嗡……”拼着命地叫。已是临近午时，混着水和泥巴的稻谷拿在手里，汗水湿透全身，其难受程度可想而知。这时听见有人“卖冰棒哦”，队上的彭娭毑背着个箱子，冰棒放在箱子里面，盖上厚厚的棉被。大家喉咙里像伸出了手都想吃，可是口袋都是破布挨着窟窿。满哥随口说了句这一箱子冰棒我一个人都吃得完。珍叔（方言：珍婶，当地称女性也为叔）对我满哥说：“我赌你吃三十根一次吃完，吃完我付冰棒钱，还奖你一元五角钱，如果你没有吃完，你只出冰棒钱，我不赢你的钱（也许善良的珍叔知道我们家的困境，只要求满哥出冰棒钱）。

当时冰棒五分钱一根，三十根就是一元五角钱，满哥想到吃完三十根冰棒可以给我赚到学费钱，必须豁出去，立马答应：“一言为定。”珍叔家在队上本来就算富裕户，加上树叔（珍叔的老公）又是大队广播员，所以这几元钱她还是拿得出的。就这样，满哥人生第一次吃冰棒，一口气就吃完了三十根，给我赚到了一元五角钱的学费。只是现在的满哥落下了严重的胃病，因为那时候的冰棒其实就是用井水烧开再放点糖精冷冻而成。

“老婆，今天气温太高，吃杯冰激淋吧。”我接过先生递过来的冰激淋，顿时，一阵凉爽又清香扑鼻而来。先生知道我和冰激淋有着不解的情结，今天特意在冷饮店买了杯最贵的。三十八元一杯的冰激淋啊！我拿起小勺子，一小口一小口含在嘴里，那清凉的甜奶香入脾、入心……

一杯冰激淋竟然要三十八元，先生却说：“这不贵，长沙还有一百多元一杯的呢，哪天我们去长沙吃。”

随着我国经济发展和人民生活水平的不断提高，人们吃冰激淋，已经成了一种休闲和享受。虽然苦难的日子一去不复返，但是我们那一代人的记忆永远不会褪色。

2022年7月9日

三、露天电影

好个“芒果经典巨幕影城”，就好像故意跟我对着干，近近地，近近地，近得就坐落在小区对面、我每天必进的超市楼上。那电子屏来回滚动最近即将上映的新电影片名，总时不时在挑战我的那根观影神经；那一张张电影海报，摆出各种姿势，呈现出最美的视觉形象好似在引诱我……进电影院要花钱，而且价格不菲。难不成在电影院看电影，观众可以跑到电影里去。我，就是过门不入，偏偏不吃这一套。

随着互联网的迅猛发展和广泛应用，对于我们这代人来说，能够坐在家看电视就是一种不错的享受，而且现在的网络电视剧种类很多，想怎么看就怎么看，没有必要去浪费那份钱。上周末，我家小棉袄竟然买了两张电影票，说要我和她爸爸去电影院，享受一场21世纪的视觉盛宴。女儿说这是最新上映的电影，而且票价不低。我问女儿票可否退，女儿说不能够退。没有办法，不能够浪费，那我们必须去看。

近二十年我第一次进电影院，我在忙碌着。手提袋里装满了苹果、香蕉、牛奶、茶杯……先生不耐烦地说：“是去看电影还是去当小贩啊？一个多小时电影背这么多零食。”我说保证不要你背，先生也没有办法。怀着激动的心情我走进电影院，金碧辉煌的墙壁，赏心悦目的装饰，富有艺术气息的空间设计。大厅里的人奔流不息、人声鼎沸，人们排着长长的队在购买爆米花等零食，好像不要钱似的。我和先生在大厅坐了一会儿，随着工作人员的引进，工作人员给每个观众发了一副眼镜。我心想看电影还戴墨镜啊。走进8号影厅，里面黑漆漆的一片，伸手不见五指，唯有大屏幕上在发出些光芒，我们找到自己的位置。随着放映时间越来越近，此时的电影院人影憧憧，挨个地往里挤，找寻着自己的座位。那喧嚣声此起彼伏，真像我家液化气灶上那把开水壶，水一沸腾就在那里扑哧扑哧地叫嚣。我和先生是紧邻的8、9号座位，横纵都在正中间。坐在柔软舒适的靠背椅子上，右边扶手专用放茶杯的圆孔，零食袋子妥妥地挂在左扶手上，凝望着星空一样漂亮的天花板，全身放松半躺在靠背椅上。此时，回忆乘隙而入，记忆的舷窗被轻叩，在奔跑、在追忆……

在那个缺吃少穿的时代，看一场电影是多么奢侈的精神会餐啊。那时候只有公社才有放映队，每年放映队到全公社各大队轮流放电影，我们公社十四个大队，每个大队一个月却只能轮一次，一年就那么难得的几次。不过有时候会在“双抢”结束后，“慰劳”一下社员，奖励一次放电影，这样算起来一年也就有那么几场电影可看。“今天晚上大队部放电影”，只要有一人得到了小道消息，大家就奔走相告，传遍整个小山村。有的同学放学连晚饭都不回家吃，在大队部禾堂里占位置等着放映人员的到来。一般晚饭前，放映队的工作人员就在大队部禾堂上，用绳子一头系在电线杆上，再一头系在竖起的竹竿上，把一块白色的幕布四角牢牢地固定好，将放映机放在几张课桌上，再调好距离。这也是一个无声的广告，确定今天晚上有电影。这时，总有几位好奇的细伢子趁放映员不注意，偷偷地溜到放映机前，左摸摸右瞧瞧，边摸边好奇地说：“这么多人就住在盒子里不吃饭啊？他们在哪里尿尿、在哪里拉屎呢？那炮、那枪藏在哪里呀……”放映员看见了就会严肃地说：“快别摸，里面的枪一看见细伢子就走火……”细伢子吓得双手抱头，边跑边喊“不得了，枪……枪……真的‘砰砰’啦……”

我家距大队部不到五百米，只要站在自家禾堂边踮起脚，看见大队部已挂好幕布，就知道前面的位置已经不多了。我和妹妹就赶快搬小椅子、蛤蟆凳（方言：小凳子）跑去尽量占前面一点的位置。在电影即将放映时，就会发现四面八方一群群人，有的打火把，有的提马灯，有的时不时划根火柴向大队部陆续赶来。像这样的人群一般都是在生产队出工的社员，不顾一天的疲劳，拖着沉重的双腿来享受这难得的、奢侈的精神晚宴。当大队部禾堂上人头攒动时，在细伢子“快放电影啊”的喊声中，放映员就会对着话筒先是“咳咳”两声后，然后开始发话：“喂，喂，大家好！电影马上开始了，请大家不要喧哗，前面的人尽量不要站起来，让后面的人也能看到。”说罢，放映机“吱吱咯咯”地滚动着胶片进行放映。只要幕布上出现“上海电影制片厂”或者“潇湘电影制片厂”，大家就特别激动，知道这个电影肯定好看，因为这两个厂一般都是战斗片，如《智取威虎山》《小兵张嘎》《英雄儿女》《地雷战》等。离大队部远的社员，难得来回搬凳子，没有凳子就只能站在后边或两边，凡能看得到的空隙就凑过去将就一下。有时候刮风了，风大点幕布就飘来飘去，那里面的人物也跟着幕布来回飘，大家就哈哈大笑；风小点幕布一会儿凹进去，一会儿凸起来，里面的人物跟着变形，大家还是笑声一片，丝毫都不会受影响，都是津津有味地看。直到银幕出现“剧终”二字，大家才会起身恋恋不舍边走边回头。有时候电影放到一半下小雨，盼星星盼月亮好不容易盼来一场电影，大家都忍着不走，放映员只得给机器打着伞继续放，然而雨越下越大，观众眼睛都打不开只能走人，放映员只得停机。

那个时代的人们，看过的电影都可以重复看，只要听说附近哪个大队放电影，哪怕路程有点远，也不会因为一天出工的劳累，硬是兴致勃勃地赶去。有一次，傍晚听说钢铁大队（一条小河之隔的邻公社）要放映电影，我们简单地匆忙扒了几口晚饭，父亲和队上几位叔叔带着我们大大小小十二人先用小划子船将人一批批地从小河渡过去，然后步行八里多路前往钢铁大队。夜色中听见迎面传来叽叽喳喳的声音，走近才知道也是去看电影的，原来他们到了钢铁大队部，那里根本没有放映电影，说是在酱港大队放映电影。我们只好折回和他们一起赶往酱港大队，不一会儿，又遇上在酱港大队部打回转的人说是在青山湖桥那里放电影。一大群人还是干劲十足逢山爬山、逢水蹚水，雄赳赳气昂昂奔赴青山湖桥。走在弯弯窄窄的田埂上，我一不小心脚踩偏了，“扑通”一声摔进了水田里。没有手电筒，我大喊：“我在这里，在这里呢……”还是父亲摸到我的手把我拉上来。我爬上来后，父亲在旁边扯了把干稻草给我，我胡乱擦了几下，不顾裤脚边还在滴着的泥水，手上提着两只已成泥巴坨的鞋子，跟着大家一起继续跑。当我们上气不接下气跑到青山湖桥时，得知发电机坏了……农村的白天是以太阳的移动来判断时间的，夜晚根据移动的月光来判断时间。待我们回到家也不知道什么时间，反正月亮和星星都“下班”了，我们折腾了大半个晚上，连幕布都没有看见一块……

“嘭”“嘭”“嘭”，三声猛烈的枪响将我从露天电影的回忆里拉了回来。先生要我戴上眼镜，并告诉我这不是墨镜，这是3D眼镜。我戴上眼镜，睁大眼睛盯着银幕。突然，一架飞机直向我冲来。我不由自主地“啊”了一声，本能地躲了一下。先生哈哈大笑：“戴3D眼镜看电影要的就是这个效果，不信你摘掉眼镜再看看。”还真是，摘掉眼镜和平时看电影一样。先生告诉我：“现在都是立体3D电影，戴上专业的3D眼镜会有更加完美的观影体验，可以体验与角色零距离互动的快感，体验身临其境的惊险与刺激，让自己更好地融入电影情节。”怪不得屏幕上的马好像直接冲到我面前；枪直接对着我的头打；崩塌的雪向我压来……

我们的祖国越来越强大，科学技术越来越发达，居然可以让电影中的人和物如此栩栩如生，与观众无限靠近。仿佛电影中的一切都让观众触手可及，我聚精会神地继续观看，沉浸在精彩的影像中……

2022年10月9日

四、第一次照相

那年，我十二岁，我的身高却高出同龄人一头。那天，为了挣那点工分，我被队长安排和大人去叹坡岭（地名）锄地，和比我大三岁的燕子分在一组。由于是荒山加上久日无雨，地面坚硬得像石头一样，一锄头挖下去，“嚓”的一声，火光一闪，只留下了一道道白色的痕迹。一天下来，我和燕子看着两人手上磨出来的血泡，商量明天我们请假。燕子请假的事由是来了例假，可我连例假是什么都不知道。燕子说：“没事，你就说肚子痛，反正队长不知道。”接着告诉说：“听大人们谈论金家桥可以照相，我们明天干脆上街去照相。”燕子是过继到姑姑家做女儿的，她姑父的父亲是老党员、老队长，在队上好有权威呢，表哥又是民办老师，家里就两兄妹，所以家底殷实。我们家本来家底薄，加之七张嘴巴吃饭，年年都是大额超支户，所以年底分红与我们家半文钱关系都没有。我找母亲“哼”了半天，母亲翻遍那布挨布的口袋，总算凑足了一元钱给我。

第二天，我和燕子早早起床，我第一次身上有这么大一笔“巨款”（一元钱）很是开心，那时候一分钱可以买两颗糖。我们边走边玩，太阳快到我们的头顶，才到了金家桥，走了近十一里路。金家桥是一条很长很长的街，找了好久，终于“照相馆”三个字让我们眼前一亮。我们俩手牵手走进照相馆，照相馆的师傅是位四十来岁叔叔（后来才知道他姓钱），中等身材，四方脸庞，身体微微发胖。虽然脸上有几粒麻子，但是人蛮和气。钱师傅问我们：“想照多大的相片？”“啊？！”我惊讶地张大了嘴巴，只能迷惑地摇摇头，钱师傅说：“我是问你们想照几寸的？”照片到底是用几尺几寸作单位啊？！那一瞬间，即使我的脑子快速地飞转也找不到答案。幸亏桌子上的玻璃下面放了很多样照，我指着有两个女生的合影告诉他："就照这个。"钱师傅说："一元三角。"我和燕子两人又在旁边细细密密数了半天，不多不少每人六角五分钱。交完钱，我不知道燕子身上还有多少钱，反正我只剩下那可怜的三角五分钱。那照片的背景是海南岛，还有两棵椰子树（当时我们不知道那叫椰子树）。我坐在一个凳子上，燕子比我矮一点就站在我旁边，把手搭在我的肩上。我们就像个木偶人一切听钱师傅摆弄，只是心里那个紧张啊，心都快蹦出来了。直到把我们肢体摆弄好，钱师傅又跑到那个四周罩着黑布的匣子前，喊我们向前看，"笑点，笑点"，"啪"的一声竟然就照好了，我还没感觉呢！钱师傅说："十天后可以来取照片。"

从照相馆出来，也不知道是什么时候了，反正太阳已经过了我们头顶，路边有人在吃午饭。我们的肚子确实在唱"空城计"，我和燕子走着、忍着，走过了501（长岭炼油厂）走到了新桥，已是走了近五里路。到了新桥街上实在是走不动了，肚子饿得恨不得能吃下一头牛。可是光头面条要两毛钱一碗，肉丝面更贵，而且还要粮票，我们根本吃不起，只能咽咽口水。我们每人花五分钱买了一个法饼，慰劳一下"咕咕"乱叫的肚子。正是长身体的时候，此时的我们仿佛可以吃下整个世界，一个法饼放在我肚子里只是冰山一角。我们是第一次上街，就像刘姥姥进了大观园。我们又蹦又跳这里看看，那里摸摸，一下又跑到新桥供销社。哇，这街上的供销社比我们李家畈供销社要大得多。我们在柜台前面走来走去，柜台里面的东西好多啊，有些东西我们以前见都没有见过。突然，柜台里面一个红红的大苹果，水灵灵像一盏小红灯笼似的，我咽了口口水，目不转睛地盯着苹果。和燕子商量即使回家挨骂、挨打也要买得尝尝，决定两个人合伙买一个。苹果标价：四角六分。我和燕子一人出二角三分。当我们把钱一分一角数好，大喊："营业员，买东西！"一位女营业员走过来说："买什么？"我和燕子几乎同时用手指了指，玻璃里面那个肆意挑逗我们的苹果。营业员说："这个不能吃。""为什么？我们就要买这个吃，我们有钱。”边说还边扬了扬我们手中的钱。营业员还是坚持说这个苹果不能吃，看到我们俩今天不吃到苹果决不罢休的样子，营业员把头一扭：“这是塑料苹果，你们吃得下去吗？”这可能吗？明明那就是个红里透黄、娇艳欲滴的苹果，肯定是营业员欺负我们小，故意这样说。就这样纠缠了大半个小时，口水不知道咽了多少，那苹果还是“坐”在玻璃柜台里纹丝未动，也只能无可奈何目送我们俩最后被逐出供销社……

2022年5月9日

第四辑

珍藏友情

Disiji Zhencang Youqing

红网网友岳阳行

一、接通知参会

步入3月，春魂一曲，让人心怀美丽。正在西安抚摸城墙、触摸一块块青石砖的我，在岳阳市网络协会微信群里看到群公告：岳阳市网络文化协会2022年会暨网络文化推进会于3月25日下午3点在协会办公室召开。我自2019年春加入市网络文化协会后，多次参加“我看小镇新变化”“脱贫攻坚走访”等活动，写了多篇文章，其中有的文章在2019年还被协会评为年度优秀奖。对于这次活动，我是很渴望参加的。

3月20日上午，接到红网（国内重点新闻网站之一）三湘四水版面版主屹林的电话，特邀我以“相约世界，情怀天下”微社区群主的身份去参加会议。屹林，是我在湖南红网论坛认识的第一位版主。2007年，正是我在腾讯论坛春风得意的时候，我所有圈子里好像没有一个湖南人。当时担任岳阳版面版主的屹林和我在帖中交流，屹林对待我这位新朋友如春风拂面，让我不得不停下匆忙的脚步留在红网论坛。后来屹林调到红网论坛三湘四水版面任版主，再后来屹林又创建“相约世界，情怀天下”微社区。虽然认识屹林整整十六年，却一直未曾谋面，用他的话说，这次可以真正见到“活”的屹林（以前只见照片）。所以屹林邀请我非去不可，而且屹林还告诉我佳作天地版面首任版主彭银华也参加。

于我来说“玩”论坛“玩”的是心情，“玩”的是情义。屹林告诉我这次受邀参加活动，还有湘潭和衡阳两地的红网网友，这让我更加激动不已。在红网论坛这么多年以来，除了在岳阳网络文化协会里见过几位红网网友，其他地方的网友从未见过。而且让我心中窃喜的是：衡阳是我的老家，是我丢“胞衣罐子”的地方；湘潭是我母亲“丢胞衣罐子”的地方。

23日，当我得知彭银华确实因为工作太忙不能来时，我给她微信留言：“永远的蝴蝶，你曾说没有见过我，我特意跑去让你‘见’，结果你不来。是屹林版主和冯扬剑版主说你去我才去的呢，你不是说一直没见过我吗？”其实我知道彭银华也非常想见我，肯定是手中有事无法脱身。毕竟在我看来，彭银华现在应该是红网最忙、最红的版主之一。我相信来日方长，有缘我们一定会见面。

二、天下网友一家亲

岳阳，古称巴陵，又名岳州，这里人文深厚，风景秀丽，集名山、名水、名楼、名人、名文于一体，是中华文化重要的始源地之一，亦是海内外闻名的旅游胜地。

虽然我娘家就在岳阳云溪，先生还是坚决不许我一个人开车去岳阳，主要是他不放心我的车技。原本中午可以随湘阴县网信办杨建军主任的车一同前往岳阳，后来想还是不要麻烦杨主任，上午我坐商务车前往岳阳。下车后，我远远地看到屹林在对面向我招手，看到屹林第一感觉就是比照片中更帅，屹林连忙接过我的行李箱，带我步入会场。会场布置得庄严而隆重，主席台上的电子屏滚动播放着岳阳的好山好水，四周墙面全都贴上整齐的红色标语“弘扬网络文化，共筑网络安全”“举好‘网旗’，抓牢‘网宣’，做实‘网信’，建强‘网军’”等，桌面上整齐地放好嘉宾座位牌，我深感会场布置的细心和周到。我看到正在忙前忙后的会长巴山、常务副会长冯卫国、副会长屹林、岳阳周、山竹等。我站在会场中心，对着他们忙碌的背影，发自内心地说：“你们辛苦啦！”

我见到来自湘潭的劲松主席、娄石、彭大将军、湘潭云中雾、湘军解脱、矛戈等六位红网资深网友。我的母亲是湘潭人，虽然在岳阳近五十年，母亲的乡音一直未改。母亲于三年前扔下我们去了天国，一句久违的湘潭话让我瞬间有一种莫名的亲切感。当娄石版主问我母亲是湘潭哪里人时，我说：“湘潭花石。”娄石版主告诉我劲松主席就是花石人，我母亲姓胡，而劲松主席也姓胡，那一刻，我的泪水夺眶而出。小时候我和母亲去长岭炼油厂，那时候炼油厂有个湘潭建筑公司，母亲在拥挤的菜市场，只要听到说湘潭话的人总会循声跑过去和他打招呼，也许是乡音连起的是一方乡情，乡音一出口，人与人之间的陌生感瞬间消融。就这样，在长炼的湘潭建筑公司，我有好多的“外公”“外婆”“舅舅”“小姨”，这都是因为他们是湘潭人，而且姓胡。如果母亲还健在，看到家乡胡姓劲松主席，我想母亲肯定会把劲松主席搂在怀里直呼：“我的崽呀！”然后再一顿痛哭流涕，细数家乡的物、家乡的人、家乡的那片热土……

下午3点，会场里座无虚席。参加此次活动的有岳阳市网管办领导、岳阳市民政局领导、各县市区网信办主任、知名作家、学者、各战线的网络人士代表，来自长沙、湘潭等兄弟城市的网友以及协会会员等共一百二十余人。

岳阳市网协党支部书记、会长巴山（尹明伟）在会议报告中指出，2022年市网协深入学习贯彻党的二十大精神，紧扣“文化强市网络先行”这一任务，充分发挥协会网络与新媒体的宣传作用，坚持正确舆论导向和价值取向，关注民生热点问题，关心岳阳和谐发展，积极宣传好人好事，正确引导网络舆情、传播正能量等，开展了一系列的线上工作和线下活动。

岳阳市委网信办副主任赵泉充分肯定了市网协工作所取得的成效。他在大会中强调，网协要举好“网旗”，抓牢“网宣”，做实“网信”，建强“网军”，紧跟新时代要求，要切实加强党对网络新媒体工作的全面领导，充分发挥党委政府联系网友的桥梁纽带作用，加强会员思想道德和法治教育，刷新网协工作发展新思路，树立新形象，开创新局面，争取新辉煌，作出新贡献。

随着时代的发展和进步，网络文化成为一种新兴的文化形式。我自2005年接触网络文化以来，至今已经整整十九个年头了。从腾讯论坛，到国内多家大型论坛，到“定居”红网论坛，再到岳阳市网络文化协会，我一直在网络文化这块园地里不知疲倦地寻找自我，我深深感受到网络文化的魅力。

岳阳市网络文化协会成立至今刚好十周年，正因为有一大批热心的领导者和组织者，这么多年以来每次的活动都是成功的、隆重的。为讲好岳阳文化故事，宣传岳阳城市形象，扩大岳阳知名度，岳阳网络文化协会在巴山会长的带领下，每一位会员都在追梦路上孜孜不倦，勇毅前行。我坚信岳阳的网络文化必将走出湖南，走向全中国。

三、缘分与情义同在

晚餐后，准备陪同湘潭、衡阳、长沙三地的红网网友，去看看我们的大美岳阳。当我们说“走，带你们看岳阳的夜景去”时，这下犯难了！连我在内十一人，三台车，有两位没有喝酒可以开车，剩下八人用他们的话说是“没有喝酒的不会开车，会开车的喝了酒”。三台车还差一个司机，因为晚上要在君山住宿，准备找代驾又不怎么方便。屹林说：“馨岚（我的网名），你就上吧。”说实在话，我还真的晚上很少开车。尤其在灯火璀璨、人头攒动下的岳阳城，我真有点不敢。车主彭大将军（微信名）走路东倒西歪，一股难闻的酒味扑鼻而来，一屁股就坐在副驾驶座位上。他把车钥匙向我一扔，然后结结巴巴说："你……你开，车好……好开得很，你加油车就会走，不加油车不走。"此时的我，只好赶鸭子上架，连座位和后视镜都没来得及调，硬着头皮一脚油门踩下去追着前面两台车直往岳阳楼开去。彭大将军竟然说："对，就……就这样开。"

一条古色古香的汴河街，我们漫步在灯光环绕的岳阳楼南北方向的主街道上，脚下是麻石铺成的约三米宽的石板路，街道两侧是一个个大大小小的店铺，有茶楼、客栈、酒楼、小吃摊、酒吧、纪念品店、地方特产店，等等。刚刚从西安不夜城旅游回来的我，穿行在这条美丽而幽深的街道，让我仿佛置身在西安不夜城。享受了一场视觉晚宴后，我们回到岳阳楼正门的停车场，我还是要继续当司机开往君山。

第二天上午，我们一行前往八百里洞庭湖中的君山岛。君山岛又名爱情岛，这里有惊天地、泣鬼神的爱情见证——斑竹、二妃墓、柳毅井，有秦始皇的封山印、汉武帝的射蛟台等。君山岛的美，在历代文人墨客的笔下，最传神的应该是刘禹锡的《望洞庭》：湖光秋月两相和，潭面无风镜未磨。遥望洞陵山水翠，白银盘里一青螺。有朋自远方来，我们从君山岛到岳阳楼，再到岳阳城的每条大街和小巷。三地网友一声又一声的"啧啧"赞叹声，无不流露出他们对岳阳情有独钟。下午四点左右，长沙余新辉和衡阳文匠因要去赶高铁打道回府，我们只能就此别过，挥手再见，期待下一次相遇。

晚餐由岳阳洞庭湖湿地环保促进会刘阳春（网名钱江潮）先生做东，餐桌上彭大将军坚决拒绝酒杯。真可谓是天下文友是一家，大家在享受岳阳美味的同时，伴着欢声笑语，愉快地结束了晚餐。临行前，劲松主席对岳阳市东洞庭生态保护协会会长何大明以及在座的热心人士说："东洞庭湖独特的生态环境孕育了丰富自然资源，你们一定要尽最大的努力保护东洞庭湖生态环境，加强全社会对洞庭湖生态的认知及保护的参与度。守护一江碧水，改善洞庭湖生态环境。”劲松主席边说边掏出一千元人民币给会长何大明：“这是我给岳阳市东洞庭生态保护协会的一点心意。”劲松主席本名胡劲松，为红网湘潭资深网友、湘潭市委党校副校长，荣获过“湖南省最美志愿者”“湖南慈善奖最具爱心慈善楷模”“湖南省助残先进个人”等称号。

已是晚8点半，重情重义的彭大将军担心我在高速路上下车找不到南北，说将我送下湘阴高速路口。虽然他将导航定在湘潭，我信誓旦旦说到了湘阴六塘我就知道方向了。彭大将军令人惊讶的车技，可不是一般人能企及的。我调侃彭大将军：“昨天晚上我开车，没有把‘您老人家’急得岔气吧。”他说：“还好！还好！”车在高速路上飞奔，按这样的车速，还没过岳阳县，我就迫不及待给先生打电话在高速路口接我。眼看窗外的屈子祠、屈原出口一闪而过，湘阴东服务区离我们越来越近。彭大将军对我说：“到了地方一定要记得喊，过了就麻烦了。”当彭大将军远远地看见湘阴东服务区时，我说：“靠右准备下高速。”时间已过晚上9点，仿佛稳操胜券的我对彭大将军说：“我马上下车了，祝你们一路平安，期待下次再聚。”我边说边喊：“到了，到了。”彭大将军一脚油门，我们“下高速”了。隐约中平时下高速是一条单行线，旁边怎么会有车在“嗖、嗖”地上高速呢，彭大将军也说：“这不对啊，不像下高速路啊，倒是像还在走高速啊。”车还是在飞奔，夜色中，我看见：离下一个出口湘阴北三公里。我连忙打电话给先生：“我们怎么会往湘阴北走啊？”先生说：“那你们是上了平益互通，赶快在湘阴北出口下。”说话间我们就在湘阴北出口下了，平时号称“湘阴通”的我，在夜色中分不清东南西北，竟然在离家不到一点五公里的地方用起了导航，需要找到芙蓉北路，因为我家就在芙蓉北路旁边。谁知道出口一下来就是芙蓉北路。彭大将军要我再三确定好，才放心让我下车。我告诉彭大将军：“你们沿芙蓉北路直走，不远就是湘阴南。”彭大将军连连说：“好呢好呢，只要你能够安全到家。”言下之意应该是“我服了你这个‘湘阴通’，到了自家门口分不清东南西北，还得依靠导航”。

这次活动，能够和认识近三十年却未曾谋面的各地红网网友相聚，那种感觉溢于言表。世事如棋，人海茫茫。冥冥之中，自有一种说法或叫缘分的东西。感恩红网，让我们网络相识；祝福红网，更红更火；祝福红网网友，生命之树更加丰盈，生命之花更加绚烂，生命的故事更加精彩。

让我们不离不弃，直到永远！

2023年5月6日

出书花絮

伟大的艺术家雷诺说过这样一段话：“假如你没有别人聪明，也没有什么特殊的能力，那么勤奋将会弥补你的不足；假如你拥有明确的目标，做事的方法也很恰当，那么勤奋将助你获得成功。”我，就是那个既不怎么聪明也没有什么特殊能力的人。所以我只能靠日子里的一砖一瓦，生命里的一呼一吸，词语里的一字一句，不知疲惫地行走在文学路上。

一、好事多磨

有人说写作的女人是幸运的，因为拥有了有温度的文字陪伴，她们可以让自己的心灵得救，让自己的精神成长。在跌跌撞撞的人生路上，唯有文字与我不离不弃，成为我的灵魂知己。我期望有一天，能如马尔克斯那样突然获得时间的启示，把好多积存的素材变成佳作。就这样，我每天除了“码字”还是“码字”，周边的朋友都知道我喜欢“码字”，十几年前就有朋友郑重其事地说：“出书吧！”“写了这么多年也该出书了，这样才能对得起自己！”

我把朋友的鼓励当耳边风一吹而过。在我看来，著书立说，是专家学者或者是作家们的事情。要我著书立说，那还遥遥无期。

由于我喜欢投稿，见征稿邮箱就投，漫漫投稿路，一投就是近三十年。2018年山东有位作家吴老师，看过我的多篇散文。有一次，吴老师突然告诉我，准备八十篇散文，每篇一千二百字至一千五百字，他负责免费帮我出版。出版方本来是吴老师的朋友，想免费帮吴老师出书。吴老师当时正在赶写一部四十万字的长篇小说，没有时间整理散文，好心的吴老师就想把这个机会给我。说实在话，那一刻我没有心动肯定是假的。这么多年以来，我一直只知道埋头写作，不知道到底写了多少篇文章。出了多部书还得过冰心散文奖的吴老师教我出书最好分成五辑，以及序言、后记等，编出来就漂亮些。心动不如行动，我开始整理自己的文章，只是我的散文字数基本上是从一千字到八千字不等。如果要将我的长文删成短文，在我看来失去了我的原汁原味。苦于字数的原因，所以就不了了之。只是我想出书的那颗心再也按捺不住了，毕竟我的文字全部是真实记录我的人生。

2006年，我在腾讯论坛“青春中国”任首席版主时，也是我涉足互联网写作最疯狂的时期。散文、诗歌、心情随笔等，几乎每天都要发表作品。在网络上发作品有一个好处，那就是有首发时间，能有效预防手脚不干净的“文抄公”。2007年，腾讯论坛改版，官方通知所有发表在腾讯论坛的文字需网友自行保存，就这样我在腾讯论坛所发的作品全部失去了“首发”这一层保障。当时，我的文字在腾讯论坛蛮受网友喜欢，多次我寅时发表，卯时就被人转走了。有素养的人会打上“转载”，有些没有素养的人公然点上“原创”。一旦被我发现，我会毫不留情地将文章“要”回来，毕竟我有“首发时间”为证。腾讯论坛的改版，对于我这种多次被人“偷”走文章的作者来说，是毁灭性的打击，因为别人转发在其他论坛的时间，已成为他的首发时间，我只能是哑巴吃黄连——有苦说不出。为此事，我不知暗暗抹了多少眼泪，所以出书是保留自己作品的最好方法。

确切地说，我写了多少文字，心里还真没有数。经过了多个论坛，用了上百个网络名，只要是国内大型论坛，都会有我的身影、我的文字。

我开始到各大网站寻找我的文章，还有些压在箱底的手稿。经过一年多时间的整理、分门别类，我准备了五辑，每辑约四万字，终于整理好近二十万字。这些文章的写作时间跨度接近二十八年之久。

经朋友介绍，我终于找到湖南读书会会长张立云帮忙出书。张立云是一位土生土长的安化人，和他打了几次电话后感觉比较靠谱。后来证明我的选择真没有错。当时，看到张立云为我的散文集出版很是用心的负责，我发个小小的红包要他买杯咖啡，他竟然拒收了，并说他们不会额外收取任何费用。在这个物欲横流的社会，有些人只会嫌红包少了。但是，他仍坚守初心，拒绝额外收费。这种拒绝是一种品德，是对自己诚信的坚守。这种坚持让人感动，也让社会更加美好。诚实是一种品质，更是一种精神。在商业社会中，诚信是最宝贵的财富。我们应该珍惜这样的人，因为他们让我们相信，诚信和真诚仍然存在，没有贪念就是一个人修身的宝贵品质。我和出了近二十本书的著名儿童文学家曹阿娣在一起闲聊现在风起云涌的出版商，张立云在出版事业上可以做得如此出色，少不了一个重要的因素——没有贪念。所以我的第二本散文集，毫不犹豫地选择张立云。

2020年5月15日，我将书稿发给张立云，经过两个月的审核，初审已经通过。2020年8月15日，我和先生前往长沙签订出版合同，出版社为国际文化出版公司。出版时间为2020年12月，最迟不超过2021年2月（自签订合同起不超过六个月）。

也许真的是好事多磨，当日历翻到2022年5月时，我对出书已几乎失去了信心，此时距我交书稿时间正好两年整。张立云再次告诉我，书稿已经过终审，只是删掉了我多篇散文，很是遗憾。我出书的这些文字，只为了留下一个美好回忆。我只是在记录我的人生点滴，待到白发苍苍时，能够抚摸文字寻找记忆……

据悉，现在咱们国家特别注重出版这一块的业务，致力于打造图书精品，做到求精不求量，所以出版的每一项流程都变得格外严格细致。

二、出书之后

关于出书，除了我先生，湘阴几乎没有人知道，就连我的女儿都不知道。在湖南，也只有我和先生以及张立云三人知道。行事不张扬，这是我的习惯，也是我的本性。在我看来，想做的事情，还没有做成功之前，不要先说出来，默默地按计划进行，能成功最好，即使没有成功，别人也不知道。因为我一旦说出来，而这件事假如没有成功，就成了说大话。我的人生注定与“说大话”没有缘，一是不喜欢说，二是不能够说，而且我还有严重的“承诺恐惧症”。在我看来，我们都是宇宙中的一颗尘埃，渺小到不入法眼的我，只能对“大话”敬而远之。

2022年9月1日，当湖南读书会官网发出我的新书荐书信息以及该书即将在当当、京东、新华书店等各大平台上市发行的消息时，我才诚惶诚恐将链接转发至朋友圈。好友菲菲看到荐书链接，立马转账三百元钱预订我的书，当时我的新书还在印刷厂印刷。

9月29日，样书乘着追风逐电的物流，唱着自然的颤音，一路向北，向我奔赴而来。收到书后，我发至朋友圈，远在重庆的同事汤光华先生第一时间发红包跟我预订。后来出书消息被转发至作协群，当时作协群里大家都特别赞同一句话，那就是“出书，瞒得跟铁桶似的”。微信好友、亲人朋友、作协一些朋友等，发的订书的红包像天女散花，令我既感动又兴奋。说实在话，订购书的红包是小事，只是对作者的一个认可。现在科技发达，我们买东西一般都是发微信红包，作协有些朋友就直接发在群里，我不敢怠慢每一个红包。那小小的红包，承载了满满的爱。我一一签好名，并记好外地朋友的邮寄地址。

作协会员王顶，我喜欢喊他“丁页”。话说2020年10月24日《湘阴文学》创刊座谈会在佰嘉丽景酒店举行，每个人都有座位牌，“王丁页”的座位牌是那么耀眼，其实他叫“王顶”，坐姿端正稳如山岳，胖嘟嘟的脸上一双大眼睛闪烁着纯朴的光芒。就这样，“丁页”的名声传开了。其实，他只是一位风里来雨里去的优秀的外卖员，本着诚实守信的美德，以不赚昧心钱、童叟无欺的诚信服务，在外卖圈子里赢得了众多顾客的赞誉。

哥们儿朱大帅将我出书的消息发到游泳协会群，热情开朗的吴闯先生带头买书，让我感动的是群内天鹅山大学科技城的刘瑞东、陶陶乐等，我和他们素昧平生，他们却买我的书。特别是刘瑞东自己订购读后，又加购四本送朋友，就连湘阴县的领导竟然也自己掏钱买了一本。

其实，不管是谁，只要打电话给我：“我想看你的书，能送一本给我读不？”我保证会送。关键是有些人不看书，你送书给他，相当于扔到了垃圾箱，这是对我的书的莫大耻辱。于我来说，出书只是为了记录人生。当然，朋友们能订购我的书，是对我写作的尊重。大家对我的好，我都会铭记于心。人生，总有一段故事等你来读，总有一抹情怀在你心中深种，感恩在文学路上一直默默鼓励和关爱我的亲朋好友。

订书的过程中也闹过一些笑话：坪上书院喻红春同学珍惜同学情，找我订购一本书。他比我小，一直尊称我为“姐”。他要我将书送到他妹妹家，我按红包统一签好名，几次想送，因他妹妹工作忙一直没有送去。半个月后，当我再去他的微信里找他妹妹的电话时，发现他的红包已经退回。当时红包太多忘记了收，按微信平台的规则，红包二十四小时未收就直接退回。因为是同学，我毫不客气给他微信留言提示：“你发给我的红包已退回。”他笑呵呵地马上又补发红包，而且还凑了个整数。

还有邮寄书的过程中也闹了不少笑话。连续邮寄了近二十天都没有出现差错，有一天邮寄了三本，我再三交代女儿要快递员别放错。其实寄签名书真的非常简单，按里面的名字和邮寄的名字寄，不可能有错。偏偏粗心的快递员将寄给岳阳言先生的书，寄给了上海的刘先生，将刘先生的书寄给了岳阳的余先生，将余先生的书寄给了言先生，真是一错再错。当他们各自拿到一本邮寄人是别人名字的书时，那是什么感觉，只能说“好尴尬呀”。这种啼笑皆非的乌龙事，既让我哭笑不得又令我十分难受。

10月15日，晚饭后我照例漫步在新世纪大道上，恰遇好友鹤，她要去李清明主席的家（住我家对面）商量岳阳市作协主席团10月29日来湘阴座谈一事。我陪鹤一同前往。两位主席商讨的时候，李清明主席诚恳地对我说：“馨岚（我的笔名），你的新书刚好出版，干脆将座谈会和你的新书发布会一起开，而且名字我都想好了，叫‘岳阳市作协主席团座谈会暨蒋鑫爱散文集《轻拾岁月的阳光》新书发布会’。”我思考了一会儿后，感激地说：“谢谢您的好意，那还是不要吧。”李清明主席继续说：“你不管啊，你只要上台发个言就行，其他的事由我来办。”我是一个喜欢安静的人，默默无闻的我也不想太过张扬。最后，因为我自己的原因，尽管座谈会没有举行我的新书发布仪式，但我还是对李清明主席心存感恩。

10月25日，红网《湘阴手机报》发布了我的书讯。26日早晨女儿打电话告诉我，她上班的时候遇见了水利系统的夏副局长，夏副局长在手机报上看到我出书的消息，并特意要女儿转达对我出书的祝贺。我天生喜欢感恩，哪怕是一句感动的话语，都能深入我的心扉，让我永记在心。我几经周折问到了夏副局长的电话，特意致电感谢他。夏副局长鼓励我说：“你的大作出版，有力地说明了咱们水利人不是泥腿子，水利人同样有笔杆子。”

读者对书的反响也比较好，上到耄耋老人，下到青少年，都有我的书迷。2022年10月8日下午，正当我在电脑前聚精会神地“码字”时，微信好友王三发来我的散文集封面图片并兴奋地说：“爱叔，你的散文让我读得热血沸腾……”王三在湘阴工作，老家也是土地山二队（和我婆家同队），按辈分我是叔辈。他在别人那里看到我的书。还有某单位刚刚从党建办退二线的一位领导，感慨地对我说：“姊妹银（湘阴方言：‘银’同‘人’），要是去年我还在管党建工作，一定要请你去上堂党史课，你那《此间曾著星星火——湘阴‘湖南省委旧址’巡礼》《勿忘国耻，珍爱和平》，是两篇活生生的党史课材料。”还有很多朋友给我留言，说《千层鞋，慈母爱》和《有一种生活叫“吃红薯”》两篇文章看哭了很多有相似经历的人……作为一个文学爱好者，如果读者喜欢你的文字，真的是一件令人感动的事。

2023年5月11日，我又惊喜地收到一本样刊，是湖南省文艺评论家协会名誉主席、岳阳市文联主席余三定先生给我写的书评，在《工农文学》2023年第1期发表。

正如张晓风写的：“至于所有的花，已交给蝴蝶去点数；所有的蕊，交给蜜蜂去编册；所有的树，交给风去纵宠。”我身边生活的点滴，就交给我手继续写吧，写出自己眼中所见、心间所感，把最真实的生活写下来。

2023年6月15日

姜凤龙，用爱心撑起一片艳阳天

“姐姐，我现在在湖南，离你家不远了，我想去看看姐姐。”我开心地说：“好呀，好呀，你到了湖南哪里呢？”“是河南，不是湖南。”他快速更正，电话中不太标准的普通话，让我把“河南”听成了“湖南”。“河南离我们多远啊，我还没有去过河南呢。”他，姜凤龙，一位和我没有一点儿血缘关系、未曾谋过面的弟弟。

一、与《奉天诗刊》之缘

一见到“奉天诗刊”四个字，我脑子里立马跳出“奉天承运”四个字。顺治十四年（1657），清朝以“奉天承运”之意在沈阳设奉天府，沈阳又名“奉天”。不言而喻，姜凤龙就是沈阳人。

2018年，受好友之邀，我进了一个文学群，群里有位微信名为“奉天诗刊”的网友，我喜欢“奉天承运”，所以添加他为好友。当时正是《奉天诗刊》创刊之际，他向微信好友组稿，我给他投了两首诗。随着《奉天诗刊》成功创刊，《奉天诗刊》同题创作群也应运而生。诗友来自全国各省市区，不同的职业，不同的年龄，大家都有一个共同的爱好——诗歌写作。群内有位微信名为“踏雪寻梅”的网友，是河北唐山的一位退休检察官，本名张凤来，现已八十三岁。张奶奶的父母在1976

年唐山大地震中不幸遇难，当时张奶奶是在“唐山地震遇难者名单”中找到自己父母的名字的。老人家现已是耄耋之年，在她的诗里总能够读到她对父母深深的思念。群内还有一位微信名为“迦南”的网友，本名陈雅灵，中国作协会员。陈老师酷爱读书、写作，研究方向有中外语言文化探索、汉字的追溯与探讨等。还有……恕不能够一一列举。

《奉天诗刊》同题创作群，由姜凤龙出题，一个月三次。大家在群里自行接龙，每月逢1出题，逢0尾数截稿。时间一不小心就到了2019年，时代在进步，文学也必须与时俱进。姜凤龙又开始安排对同题诗写点评，因为喜欢读诗的人，更加喜欢看诗歌写点评。首先由几位诗友轮着写，当然我也位列其中，慢慢地成了我一个人写。诗歌点评看似简单，实则也要费心费神，要读懂诗才能下笔。吹捧过度，别人说你不懂诗还有可能会遭骂；蜻蜓点水应付一下，既对不起诗友也对不起神圣的诗歌；指出别人的不足，又打击了初学者的积极性。毕竟同一个诗歌群的群友水平参差不齐，而且文学路上，应该是多些鼓励，互相学习共同进步。其实诗越好、点评越好写，我写了整整三年点评。有时候，偶尔也会在点评下面附上一段话作为评后感。

三年以来，每期点评就像老师上课，期期都是“诗歌朴实自然，直抒胸臆”“诗句简洁，却写得深情”“诗歌朴实自然，读来让人回味无穷”之类照本宣科的评语，加之我写散文也要时间磨，所以我和姜凤龙商量干脆不写点评了。禁不住我的再三请求，他同意了。同题诗由之前的每月三次改为每月两次，还是由我负责每期在红网推出。《奉天诗刊》纸刊也由开始的双月刊改为季刊。

二、诗友姐弟情

姜凤龙比我小，我成了名正言顺的姐姐。我从小家里有五个哥哥，习惯当妹妹。虽然我是姐姐，感觉不比当妹妹差。有人说：“没有血缘关系还对你特别好的人，一定是上天送给你的最好的礼物。”我绝对相信这句话的真实性，这个弟弟真是上天送给我最好的礼物。女人不管到了什么年龄，她的骨子里永远都是个小女生。所以对于我偶尔的任性，他都可以完全彻底原谅。有时候，我们也会因为一些文学上的事情发生争吵，当我们扯不清楚的时候，他就会说：“你要姐夫（我先生）来评评……”或者会说：“我要你弟媳（他夫人）和你微信说……”

记得刚认识姜凤龙的时候，有位山东文学界的朋友好心提醒我：“东三省的人不太好相处。”其实“不太好相处”，可能是因为说一方水土养一方人，南北方人由于环境、风俗、习惯、语言等不同。所以性格也会不同，比如北方的人一般比较豪爽，南方的人偏细腻。我问朋友：“东三省是哪三省呀？”朋友笑着说：“你连东三省都不知道？黑龙江、吉林和辽宁被称为东三省。”于我来说：“喜欢文学的人，不会刻意去交什么朋友。”在我的人生字典里，不会因为利益去结交朋友，那样带着目的相互利用的关系根本不算朋友，我一般都会敬而远之。而且我的宗旨是：我写自己的作品，与任何人没有关系，所以根本用不着去结交，抑或讨好一些人。

姜凤龙是山东人，定居在辽宁。山东素有“孔孟之乡，礼仪之邦”的美誉。山东人又以豪爽、热情、大方的性格特征在国内享有较高的知名度。我和姜凤龙相识近十年，他确实把山东人的性格体现得淋漓尽致。有时候，因为诗歌群里的一些问题，我们必须电话联系。一年和他有难得几次电话，但是电话中基本上传来“我在照顾老丈人（岳父）……”有时候在医院、有时候在丈母娘（岳母）家。后来才知道姜凤龙和老丈人、丈母娘同住一个小区，小舅子又在外地工作，二老岁数大了，不是这里不舒服就是那里痛。特别是他老丈人严重缺B12，引起很多老年病，都说久病床前无孝子，但这两位老人家久病床前却有孝婿呢。

姜凤龙的老母亲住在山东老家，每每从他的诗行里读出他的孤独和思念。我就知道他无时不在想念自己的故乡，想念自己的老母亲。离家的经历和思念，也会化为岁月的沉淀，变成他人生旅途中最珍贵的财富。

有人说金子是纯美的，但比金子更美的是人的心灵。他除了爱好诗文，做公益就是他的“健康生活习惯”。《奉天诗刊》自2018年创刊以来，保持线上有微信公众平台，线下有《奉天诗刊》纸刊，活动有“奉天诗歌奖”及社会公益助教等活动。他先后向广西大学、河北省医科大学、驻疆部队、各地图书馆等地如期赠阅。2021年6月10日，姜凤龙在了解到喜良小学的实际情况后，心灵受到了深深的触动，与辽宁文学院《文学少年》杂志社盖艳恒主编沟通，获得了文学院和杂志社的大力支持，联合向学校捐赠了三十多套两年的杂志。同时个人募集了皮筋、篮球、象棋、长绳、短绳、毽子和其他图书杂志等价值约一万五千元的物资。2022年9月27日，姜凤龙与辽宁省通俗文艺研究会副会长兼党支部书记程云海等人，一同来到于洪区老边村于洪区特殊教育学校，开展“让爱成长，秋日爱心”公益活动，为在这里生活的孩子们送来了健身器材、图书等爱心物资，以表达对特殊孩子的关爱。做公益，他一直在路上。

没有朋友，世界就会成为荒野。不管昨天、今天、明天，能豁然开朗就是美好的一天。不管亲情、友情、爱情，能永远珍惜就是好心情。我记得一位哲人曾经说过：“友情是船上的帆，是独木舟中的桨。”正所谓，“有朋自远方来，不亦乐乎”。一个挚友，一个诤友，一个弟弟，此生足矣。用一首发表在2019年第7期《山东诗歌》的小诗《知遇》，致敬我们的姐弟之情，也祝福所有朋友亲情、友情，情情相伴。

某年六月　我
独坐夏初的渡口
疼痛在文字里横冲直撞
将诗行涂抹成红色
“姐姐”，来自灵魂的呼唤
穿越千山和万水

没有血缘的亲情盈满了笔尖
温暖了岁月，温柔了季节的苍凉
静守一份知遇
在流年的枝头静静绽放

2023年7月5日

有一种幸福叫有人惦记

有人说，6月是一场残酷的角斗，确实有一定的道理。时而万里无云朝阳如血，时而倾盆大雨哗啦啦下个不停。

6月的上中旬，在骄阳似火中度过。6月21日下午4点许，此时，窗外却是雨的世界。正在电脑前“码字”的我，突然接到顺丰快递的电话，说我有个快递，我自言自语说这几天我没有下顺丰快递的单呀。疑惑中，我还是迫不及待跑到33栋楼的菜鸟驿站，当看到一个大大的纸盒子时，凭手感猜测那不是水果。我更加纳闷这到底是什么东西呢！肯定是我家“小棉袄”买的。我立马打电话给“小棉袄”，确定她没有寄快递给我。我又认真仔细查看，不会拿错快递了吧，可是箱子上电话是我的，名字是“蒋鑫爱姐姐”。只是没有寄件人的电话和地址，这是谁寄的呢？连我家门牌号都写得那么详细。回到家拆开第一层包装，一盒嫩绿精美的外包装，“哦，原来是一盒化妆品，”先生在旁边目不转睛地看着，不紧不慢地说：“这是谁给你买的化妆品呢？”言语中似乎带着几分奇怪的味道，明显是酸溜溜的。是啊，谁会给我买化妆品呢？我自己也在问自己。打开“化妆品”盒，原来是粽子，里面只有“你最重要”字样，没有任何的联系方式。我又查看这粽子的产地，是深圳。我搜遍记忆的仓库，在我的潜意识里，迫不及待在近千个电话中找到“菲菲”的电话，当电话拨通的那一刻，“姐姐，明天端午节，寄盒燕窝粽子给你尝尝。”电话那头传来菲菲甜美的声音，那种久违的亲切感油然而生。真是远在深圳的菲菲妹妹，激动之情溢于言表。总以为自己在这个被人遗忘的角落里，没有人会记得我。这不是一盒粽子，这是一盒满满的爱。

“人生路上何须惆怅，天涯海角总有知音。”菲菲是位“九〇后”，我和菲菲应该称为忘年交。菲菲是杨林寨人。杨林寨乡是一个移民乡，杨林寨乡原是洞庭湖淤洲，存有黄土、太合、东合等几个废垸。20世纪50年代，为响应当时政府号召，由新化县集体移民至此，进行洞庭湖围垦工作。建为杨林寨农场，隶属湖南省农垦局。1969年移交给湘阴县。1969年接收新化县柘溪水库一点五万移民，改为公社建制，1984年改为乡。杨林寨乡，隶属于湖南省岳阳市湘阴县，北靠洞庭湖，行政区域面积三十五平方公里，辖一个社区、十四个行政村。菲菲家有三兄妹，菲菲排行老二，上有哥哥，下有弟弟。菲菲大学毕业时，准备前往男朋友的城市就业，恰逢菲菲的奶奶中风。菲菲从小就是一个体贴人的孩子，孝顺又乖巧。为了奶奶，菲菲只好选择回到奶奶的身边。为了照顾奶奶，菲菲和异地恋的男朋友感情随之也越来越淡，感觉双方的投入都没有以前多了，最后只能分手。

古语有云：“白头于新，倾盖如故。”意思是说，有的人交往一生，连头发都白了，你仍然觉得像刚刚认识一样，而有的人只是萍水相逢，你却得到一见倾心，似乎相交多年一般。在人际关系日益“商品化”的今天，人们的精神似乎麻木了，友情似乎也成了儿戏，我和菲菲从相遇、相识到成为好朋友，已经快十年了但我们之间没有任何商业利益。有人说：“朋”字是两弯清朗的月，因为彼此明亮，才成为“朋友”。人生在世，可以没有功业，但不可以没有友情。真正的友情就像一棵成长缓慢的小树，需要两人互相浇灌，才能使这棵友谊之树茁壮成长。

一直以来，我只要听到哪里有不错的单身男生就想给菲菲做介绍，在我看来菲菲不但温柔、善良还非常有内涵，值得一位超级优秀的男生追求。前几天，和菲菲通电话，惊喜地得知菲菲已经找了男朋友。当时我的心里就像喝了蜜一样甜滋滋的，我为菲菲祝福，为菲菲欢笑。祝菲菲和她的先生百年好合，幸福永远！

2023年6月25日

走进红网佳作天地的线上和线下

一、线上的红网佳作天地

“凭我多年的论坛管理经验，此人任版主应该不会让管理员和版友失望！只可惜那时我做管理员时很难遇见这样优秀的版友。”这是2016年9月在红网论坛事务版公开竞聘版主时，我在彭银华的版主申请帖里的留言。

彭银华微信名为“永远的蝴蝶”，中国微型小说学会会员，湖南省作家协会会员，湖南红网佳作天地论坛首席版主。其多篇作品被《小说选刊》《作家文摘》《长篇小说选刊》等刊物转载。其中《六叔》荣获“远进书法杯”中国第五届微篇小说大赛金奖，散文《老家的那盏煤油灯》荣获“家庭教育导读”文学大赛一等奖，小小说《父与子》荣获株洲市第九届“炎帝文艺奖”三等奖。其还获得2022年度“湖湘好网民”和“中国微篇小说新锐作家”等荣誉，任《全国大学生文学大赛获奖作品选集》编委，现系《佳作天地》微刊主编。

我和彭银华相识于红网“时势广场”版面，当时我们同为这个版面的特约评论员，后来我们又同进衡阳微社区。在彭银华的身上，那种激情、那种情怀、那种执着……我仿佛看到当年我在腾讯论坛上忙碌的身影，自2004年起，我连续多年在腾讯论坛、2010年上海世博会、中国游戏论坛……多家论坛任版主、官方版主、管理员。我和彭银华没有私聊过（不是微信好友），只在帖中的相遇，交流。曾经的我也数次被多位管理员邀请做版主，后来我做管理员又多次去寻找优秀版主，所以凭我多年论坛经验，彭银华必将是红网论坛不可多得的人才。

这几年以来，虽然我在专心编辑自己的散文集，但我对红网一直是不离不弃。纵然历经国内多家论坛，唯有红网已成为我人生旅途学习和生活的精神伴侣。我没有“定居”在佳作天地版（原小说天地版），但版面的动向我一直在默默关注，每天打开红网文学艺术，那佳作天地版圆括号里遥遥领先的大红数字就在告诉网友，当年的馨岚（我的网名）真没有“胡说八道”。一般佳作天地版有什么大型活动，我尽量抽时间发帖支持（并注明友情帖，不参与评奖）。

今年3月，我参加岳阳市网络文化协会推进会，彭银华确实由于工作太忙，实在抽不出身，便派文匠版主、特评员余新辉先生参会。文匠身背的黑色挎包，装着他的相机和佳作天地版版旗，到哪儿都不离身，在哪儿拍照他都要将版旗拿出来。文匠说：“这是彭版主交代的，也是作为一位佳作天地版的版主应尽的职责。”

在岳阳活动结束后，我特意去佳作天地版认真浏览一遍，并在佳作天地版发了一篇帖，在第一时间里就得到了版主、特评员的回复。当时给我的感觉，就好像去这家做客，得到了主人全家热情的款待。其实无论是谁，他发的帖都是耗费上网时间一个字一个字敲打出来的，因此在发帖之后都希望能得到他人的浏览和回应。

细读佳作天地版，从2017年主题“青春”、2018年主题“家”、2019年主题“创造之路”、2020年主题“小康时代”、2021年主题“振兴带头人”、2022年主题“向往的家园”、2023年《写未来故事，话乡村新貌！》“向未来出发”主题全国网络文学大赛，到《好好评》栏目等，都做得风生水起。该版面不但没有一篇零回复，而且每篇帖都有上百字的精彩点评。当一篇“佳作天地版版务团队人员名单与值班表”映入我的眼帘时，我被彻底惊呆了。他们没有工资，只是默默无闻为版面付出，这是一个怎样的团队呢！

二、线下的红网佳作天地

如果说前几年佳作天地版面的活动，我只是发帖友情支持，而2023年《写未来故事，话乡村新貌！》“向未来出发”主题全国网络文学大赛征文活动，我正式取消了多年以来的“友情支持”，而是确确实实参与了。正因为有这次的参与，我才有机会真正地走近佳作天地版，走近这个优秀的团队。

由佳作天地版举办的2023年《写未来故事，话乡村新貌！》“向未来出发”主题全国文学大赛征文颁奖及采风活动，在美丽的益阳举行。9月15日下午，来自不同地域、不同年龄、不同职业，唯一相同的就是来自红网论坛佳作天地版，大家相聚在益阳海天大酒店。

9月16日上午8点30分，一台公交车满载我们一行四十余人，车上，年轻的让年纪大的坐，男生让女生坐。这是虚拟世界里曾经素未谋面的网友吗？我怎么越看越像相敬相爱的一大家子呢。一个优秀的团队绝对有一位优秀的掌舵人，佳作天地版这位掌舵人就是彭银华。

我和彭银华坐在公交车靠前相对的两排位置，眼前的她，一头乌黑亮丽的长发，一条白色吊带短裙外加一件白色小短装，恰到好处地衬托出她完美的身形，更给人一种精练能干的感觉。用弘版主的话说：“彭银华，每天除睡觉的几个小时外，其余时间就是在红网上。”她的随手提包里就是佳作天地版版旗，用她的话说：“什么都可以忘记带，唯有版旗不能忘。”

公交车上华子身旁位置本来是弘版主的，可她却“流动”着坐，因为她在利用坐车的时间教特评员怎么上红网、怎么用手机在红网发帖……

弘扬剑，本名冯卫国，佳作天地版版主，自2010年开始担任红网文化坛版主至今，是一位可以把红网当成自己终身事业的版主。曾经身为一个又一个版面首席版主的他，自己主动让贤，培养一个又一个优秀的红网版主，彭银华就是其中之一。冯卫国，现为岳阳市网络文化协会常务副会长，今年3月，他为了筹备岳阳市网络文化协会推进会，累得直接去医院输液。

这位老版主真可谓“三句不离本行”，15日晚餐前“见面座谈会”上，弘版主仍在兢兢业业地教新网友在红网怎样发帖：主帖一般最好只放三张图片，其他图片均以回帖的形式回复，有多少张就回复多少张，一举两得……

屹林，红网三湘四水版面版主，是我认识的湖南红网论坛第一位版主。冯版主对屹林的评价是“红网论坛爱心大使”，这个称号，我非常赞同。在红网论坛，不管是城市论坛版面还是文化论坛版面，哪里有活动哪里就有屹林。

文匠，本名刘耀平，一位身强力壮的中年汉子。16日，他竟然随着公交车的颠簸呕吐不已。原来文匠前段时间因肠胃大出血引发贫血症，使得他这段时间一直觉得头晕、喘息。一件事若不想做，会找出千万个理由拒绝；若想做，就会绞尽脑汁去做。文匠完全可以有理由请假不参加这次活动，可是他从衡阳经过几次转车来到益阳。这是一种怎样的情怀，我只能说他可敬可佩。

呐喊的呼声，本名肖延清，法律界专业人士，业内有“怪才”之称。中国自媒体前沿主编，湖南红网影像直播版面版主，荣获红网论坛“十大优秀版主”“中国好网民”称号。传统文化艺术传播创新者，专业法律顾问，红网时刻新闻观察员……二十多年来，他在人民网、新华网、新浪网、红网、《人民日报》、《湖南日报》、《祖国》杂志等媒体上发表文章三千多篇。我和呐版主在红网相识多年，一直未曾谋面。这次，在颁奖会终于见到“活的”本人。那份情谊，宛如哥们儿，真挚而纯粹。愿岁月静好，友谊长存。

秋翁，本名苏大林，一位近九十岁的老人家。苏老思维敏捷，耳聪目明，座谈会上，老人家再三说：“在红网我还是位小学生，是来向大家学习的！”

9月14日，冯版主和屹林版主在群里报告“岳阳四人”（冯版主、屹林版主、馨岚、开车师傅），后又听冯版主说先到岳阳火车站，接从武汉赶来参加活动的艳子（微信名）。红网的魔力真大呀，竟然有人从湖北武汉赶来参加活动，激动之心油然而生。屹林版主告诉我，艳子是岳阳华容人。原本我已准备给岳阳三位朋友每人一本书，那当然也不能够少艳子一本，我连忙添加艳子的微信，日后寄给她一本。

艳子，本名陈映辉。我见到艳子的第一眼，让我倍感亲切和温暖。我和艳子“叽叽喳喳”的声音，伴随车轮滚滚一路向南。我们仿佛前世有缘，今生才见。

版主宝岛阿华、坐观垂钓者、浣心，特评员艳子、汝城邱从仁、高文虎、周浩波、何平、谢曙红、610325（刘坚）、爱海、银城杨丽等，时间太仓促，我还没来得及一一认识。

与我同获二等奖的姜满珍，湖南省散文学会副秘书长，株洲市作家协会副主席，渌口区作家协会主席，已出版散文集《推开门推开窗》《花语草韵》，于2023年9月12日加入中国作家协会。

祝福红网，祝福佳作天地版，祝福生命中的所有遇见！

2023年9月26日

小爱见大爱

第五辑

红色文化

Diwuji Hongse Wenhua

传承红色基因，重走红色故地

阳春三月，春意盎然。伴随春天的脚步，一年一度的“三八”妇女节如期而至。湘阴县湖湘红色文化推广协会，深入学习宣传贯彻党的二十大精神，庆祝第一百一十三个国际三八妇女节的到来。3月5日，在会长王剑的带领下，组织会员一百六十余人，开展以“铭记历史，传承血脉，开启新的逐梦征程”“用行动告慰英烈，将精神薪火相传”为主题，传承红色基因，重走红色故地——彭德怀纪念馆。

一、百战垂青史，忠诚铸丰碑

3月的天气，给点儿阳光就灿烂；3月的风，在阳光下传播微笑。不到两个小时的车程，三台大巴顺利到达。彭德怀的铜像屹立在广场中心，庄严肃穆，仿佛在向我们诉说着那段峥嵘岁月。今天，恰逢全国第六十个“学雷锋纪念日”。来自各地的人群不断从入口涌进，巍巍矗立的彭德怀铜像前的人越聚越多，摩肩接踵。彭德怀铜像高高矗立于中央，两旁青树耸立，像士兵般守护着彭德怀元帅。铜像高五点一米，基座高八点一米，寓意彭德怀元帅是我军的缔造者之一，基座为花岗岩山峰状造型，寓意彭老总与山河同在，与故土相连，又以花岗岩凹凸不平的外形，寓意彭老总坎坷的一生。铜像威武挺立，面容凝重慈祥，生动地再现了彭老总作为一个功勋卓著的军事统帅的光辉形象，“彭德怀同志”五个烫金大字镌刻在铜像基座上。献花的团体排队有序，我们排在第三。我们一百六十余人站在彭德怀铜像前，随着主持人“一鞠躬”“二鞠躬”“三鞠躬”，每鞠一躬，大家都把腰弯成九十度。当主持人发出“敬献花篮”时，伴随着激昂的乐曲声，两位仪仗军人稳稳地抬起花篮迈着铿锵有力的步伐，将花篮摆放在铜像基座上，大家缓步走向彭德怀铜像。此时广场上笼罩着庄严肃穆的气氛，芬芳吐蕊的花篮寄托着我们对彭德怀元帅的深切缅怀和崇高敬意。

依次绕铜像一周后，大家怀着无比崇敬的心情参观纪念馆。玲珑别致的彭德怀纪念馆坐落在翠绿的乌石峰麓，淋漓地展示了自然美与人文美的和谐统一。仔细聆听讲解员讲述彭德怀光辉战斗的生平事迹，讲述彭德怀如何从一个农村苦孩子成长为无产阶级革命家的不平凡历程，为中国革命和建设事业作出巨大的贡献和历史功勋。随着陈列的件件物品和照片影像映入眼帘，我顿时感觉可以触摸到一件件物品背后的温度和热血。

我伫立在这些物品前久久不愿离开，我含着泪默默地说：“彭嗲嗲，您知道吗？您曾经做堤工的湘阴县，现在已成为湖南省会的‘北花园’，西林围子已经通高速了，西林还设置了互通呢……”

二、温暖中国魂，鲜艳中国红

午餐后，我们前往彭德怀故居。彭德怀故居位于湖南省湘潭县乌石镇乌石村彭家围子，背面依拔地而起的乌石峰，与彭德怀纪念馆和彭德怀铜像遥相呼应。故居一直由其胞弟金华、荣华居住，故名“三华堂”。走进这座青砖碧瓦的普通农家小院，院内两边各生长着一棵枝繁叶茂、绿树如荫的柚子树，上面有“彭总栽的柚子树”，是1961年彭德怀回故乡时亲手栽下的。我抬头凝望眼前这棵高大的柚子树，以及才在门前见到的“彭总带头开垦的稻田”，伟人已逝，风范长存。我为伟人的逝去而唏嘘，虽然您的躯体早已离我们而去，但您的精神将永远在中华儿女身上传承，我们要为伟人精神的传承而骄傲。

红色之旅，重温革命历史，感受红色经典，领悟革命传统。下午在彭德怀铜像前，由湘阴县湖湘红色文化推广协会准备的“红色歌曲唱起来，红色文化活起来，红色舞蹈跳起来”的活动，在主持人刘岳副会长深情洋溢的开场白中正式拉开了帷幕。“没有共产党就没有新中国”“和谐中国”以舞蹈、旗袍秀、独唱等形式，表达新时代的女性“巾帼心向党，奋斗新征程”的行动。

温暖中国魂，鲜艳中国红。铜像前我们会员高举的那面五星红旗在歌舞声中，在蓝天的映衬下显得格外鲜艳。革命先烈为了新中国的解放而冲锋陷阵、视死如归、奋不顾身献出了宝贵的生命，鲜血染红了每一寸土地。先烈们的英雄事迹激励着一代又一代中国共产党人汲取力量，奋勇前行。

让我们用心，将忠诚，铭刻！

2023年3月8日

点燃老百姓的“精神火炬”

3月，播种梦想，一切努力都会开花结果；3月，凡事努力，用心去感受，拥抱新的生活。3月，为增强广大干部群众学习党的二十大精神和全国“两会”知识的积极性和主动性，湘阴县湖湘红色文化推广协会，在中共湘阴县委宣传部、湘阴县文旅局、湘阴县鹤龙湖镇党委政府的指导下，在会长王剑和协会主要负责人的组织和带领下，经过近一个月的精心准备，湘阴县2023“湖南公共文化进村入户”鹤龙湖镇文化惠民演出活动，于3月30日在浩河口集贸市场举行。

湘阴县鹤龙湖镇是素有湘阴“西大门”之称闻名遐迩的“蟹虾特色小镇”，鹤龙湖是湘阴境内的天然湖泊，号称万亩荷花湖，气势磅礴，雄伟壮观。这里有荷花公园，可以乘船在荷花中穿越划行，也可以在旁边品尝鹤龙湖大闸蟹。鹤龙湖镇党委政府高度重视乡村发展，利用地域资源优势，做好“水”的文章，带动地方产业。浩河社区“两委”抓住机遇，以产业兴农，以“文”兴社的发展历程获得了成功的经验，是全县地方社区综合发展的典范。下午两点，丰富多彩的节目在主持人刘青热情洋溢的致辞中，在西城舞蹈队气势磅礴的歌舞《盛世中华》中拉开了序幕。由浩河社区支部书记张金波作活动主题讲话、湘阴县湖湘红色文化推广协会鹤龙湖镇活动中心主任甘孟良致辞。

台下群众热情，现场人头攒动。台上宽大的背景图是一望无际栩栩如生的荷花，看着看着仿佛一股清香淡雅的花香扑面而来。两边写有“江山就是人民，人民就是江山”的气吞山河般的十二个大字，每一笔都铿锵有力。人民是铜墙铁壁，人民是钢铁长城，只有人民才是创造世界历史的真正动力。

精彩的节目一个接着一个紧紧抓住观众的眼球，《走进新时代》《中国牛起来》《一起红红火火》等一首首歌曲振奋人心。演员们倾情演出，用丰富多彩的文艺节目，将党的声音和关怀传递给群众。让群众在家门口就能欣赏到高水准的精彩文艺演出，切实让群众在党的文化惠民政策中获得精神食粮。时代的琴弦，弹奏出时代的旋律。时代的歌曲，唱响了新时代的美好，唱出了人们精彩的生活、祖国的灿烂辉煌。为了祖国，我们破浪前进，驶向光辉的彼岸。复兴征途路漫漫，如今铿锵再启程，不负历史使命，实现中国之梦的歌词，字字句句戳中老百姓的心窝窝。

歌舞中贯穿着张爱民先生的深情，一首《口碑》唱得深情高亢，雄厚的嗓音唱出了深度。字字句句深入人心，唱出了老百姓的心声。湘阴县城南书法诗联文艺协会会长蔡炳章先生，现场挥毫泼墨，一气呵成写出“鹤立湖湘”四个大字，寄托了书法家对鹤龙湖美好明天的祝福和期望，赢得了现场群众的连连赞叹。浩河社区支部书记张金波接过书法作品时，表示感谢，他认真欣赏作品的每一个字。他接住了今天的祝福，接住了对明天的开拓的期望。有了今天的憧憬，希望会在明天的原野上飞腾。更有李洪刚先生用最朴实的语言、最诚恳的声音，宣读党的二十大精神。把党的声音及时准确传达到基层、传播到群众中去，鲜活生动的解读让党的声音飞入“寻常百姓家”。演出节目新颖，演员演出精彩，现场氛围热烈。随着现场的掌声此起彼伏，每一位观众脸上都挂满了开心的笑容，这些节目确实为老百姓带来了一场视觉和精神的盛宴。要想点燃老百姓的“精神火炬”，精彩纷呈的送文化下乡活动是较为有效的途径。文化是民族的血脉，是人民的精神家园；文化是一个国家和民族的灵魂，也是乡村振兴的根和魂。相信在湘阴县委、县政府的正确领导下，在各级主管部门的指导下，在湘阴县湖湘红色文化推广协会广大会员的努力下，美好的左公故里，不仅会生态宜居，生活富裕，而且会传承文化，引领精神，让群众文化生活更加丰富多彩，让先进文化在农村扎根、生长，更有力地推动农业升级、农村发展，谱写新时代乡村振兴的新篇章。

2023年3月31日

创全国文明城市，建设美好大湘阴

2022年，湘阴县发出创建全国文明城市“动员令”，在全县上下掀起了一轮又一轮创建高潮。2023年是湘阴县创建全国文明城市的关键之年、攻坚之年。3月17日，湘阴县创建全国文明城市工作2023年攻坚大会召开。

在“五一”国际劳动节来临之际，湘阴县文星街道党工委、办事处，特举办“三大促一提”第一阶段工作表彰暨“同心争创文明城市，携手共建美好文星”主题活动晚会。

三井头社区位于湘阴县文星街道西侧，域内三井头（地名）古时为县城繁华的商业中心，由原城东居委会、城南居委会、城西居委会合并，东临东湖生态公园，南边以福鑫市场为界，西靠湘江，北至江东西路，占地面积1.36平方公里。三井头社区是一个老城区，是文星地区文化发源地。此地为丰厚街、衙正街、西正街、十字街、东正街交会处。辖区内有文庙、岳州窑遗址、郭嵩焘故居、翰林院、中共湖南省委旧址等景点。

即将到来的5月，是花开的季节、劳动的季节、挚爱的季节、感恩的季节。4月28日傍晚，即使任性的雨把天、地、夜色紧织在一起，不到7点，三井头社区湘江风光带上的滨江广场还是人头攒动一片欢声笑语。7点30分，晚会在主持人陈泽文、黄俊璐热情洋溢的开场白后，在湘阴县湖湘红色文化推广协会《爱我中华》的气势恢宏震撼全场的开场鼓中拉开序幕。三井头社区总支书记瞿佳为创建全国文明城市文艺晚会致辞。文星街道党工委委员、政协联络办主任刘波为这次活动作主题讲话。

此次晚会，把创建全国文明城市宣传融合贯穿在群众喜闻乐见的文艺节目中。《左公柳回湘赋》《绣红旗》《治世功臣，为官清廉——夏原吉》配音诗朗诵、《赞美湘阴》快板等十二个节目，中间还表彰“三大促一提”第一阶段工作中的最美志愿者、最美保洁员、最美巡逻员。县委常委、人大、政协、县创文指挥部等相关领导上台为他们颁发证书，并和他们一起合影留念。现场观众在享受节目的同时，学习到了创建全国文明城市的相关知识，还学习到了身边的典型。精彩的节目一个接一个随之而来，现场歌声、笑声、掌声不断，气氛热烈。歌舞、快板、诗朗诵等节目纷纷精彩上演，为现场观众献上一场视听盛宴。

《左公柳回湘赋》由国务院参事室、中央文史研究馆中华诗词研究院原常务副院长蔡世平先生，为纪念左宗棠诞辰二百一十周年妙笔赋词，扬左公之浩气，感湘阴之骄傲，赞民族之荣光。左宗棠在收复新疆过程中，面对西边大漠，“严令以种树为急务”。三千里戈壁古驿道从此杨柳葱茏，碧波闪耀，后人谓之“左公柳”。左宗棠部下杨昌濬（湖南湘阴人）赋诗：“大将筹边尚未还，湖湘子弟满天山，新栽杨柳三千里，引得春风度玉关。”盛赞左宗棠率军收复新疆、绿染戈壁壮举。

《治世功臣，为官清廉——夏原吉》，夏原吉，明朝初年重臣，他是明代历官五朝，清廉贤明，朝廷倚为砥柱的湘阴人。《明史》称赞夏原吉为“股肱之任”“蔚为宗臣”，称他的一生可“树人之效”，并以《尚书》中的话来赞誉夏原吉，即“敷求哲人，俾辅于尔后嗣”。

文庙，是城市历史文化的一种象征。如果说一座城市有文庙的话，那么这一定是一座有文化的城市。湘阴文庙始建于1048年，现有建筑为1744年重建，由“玉振金声”冲天坊、泮池、状元桥、“太和元气”坊、大成门、大成殿及厢房组成，坐落在有着悠久历史和深厚文化底蕴的三井头社区。文庙是中华民族宝贵的文化遗产，也是中华文化精神的载体之一。一个地域有丰富的物产、独特的人文和氤氲的文气，必然能孕育出优秀的人才。湘阴素来人杰地灵，人才辈出。从古至今，涌现了有周式、夏原吉、左宗棠、郭嵩焘、范氏二杰：范源镰和范旭东、陈毅安、高建成等英雄人物，他们把国家和民族的尊严放在最高位置上，把个人和国家的命运紧密相连。他们，已成为湘阴最为持久、影响最为深远的辉煌名片。

一直到晚会落幕，雨依然还在不依不饶。4月的雨，是为了带来5月的花。意犹未尽的居民杨先生说："这个晚会办得好啊，特别是以快板、歌舞等我们老百姓喜欢的文艺节目，让我们在娱乐中得到教育和熏陶，既丰富了老百姓的精神文化生活，又提升了群众的创建文明意识。"一旁的李女士抢过话题笑眯眯地说："哎哟哟，观看了今晚的晚会，我才知道湘阴县是在创建全国文明城市，这两年以来我几乎天天看见那些戴袖章的工作人员在街上搞文明劝导，我以为是创湖南省的文明城市。今天的晚会我确实受教育了，今后我不但自己要做好，如果看到不文明的行为，我必须去进行制止、劝导等，我要为湘阴县在创建全国文明城市中贡献自己的一份力量。"

汉代王符说："大鹏之动，非一羽之轻也；骐骥之速，非一足之力也。"大鹏冲上天飞翔，不是靠它一根羽毛的轻盈；骏马急速奔跑，不是靠它一只脚的力量。湘阴县创建全国文明城市，必须靠几十万湘阴人民从我做起，从点滴做起。让我们积极行动起来，扎实践行"党建+网格+协会"工作和"一社三会五员"自治模式，为建设文明、和谐、美丽文星增光添彩，为湘阴成功创建全国文明城市贡献自己的一份力量。

2023年5月3日

最美杨林寨，唱响新时代

在湘阴县有这么一个乡，原是洞庭湖淤洲，存有黄土、太合、东合等几个废垸。它，就是湘阴县杨林寨乡。杨林寨乡扼南洞庭湖横岭湖，自古为交通要塞。位于湘、资两大江交汇注入南洞庭湖尾间处，四面环水。据传，因南宋杨幺在此“伐木为船，垒土成寨”，故称此地为杨林寨。也有说法是因周边杨柳成林，所以叫杨林寨。

一、五星红旗飘起来

即将到来的7月，宛若一部鸿篇的巨制，作者正是华夏儿女。6月28日以“最美杨林寨，唱响新时代”为主题，庆祝建党一百零二周年暨湘阴县湖湘红色文化推广协会杨林寨乡活动中心成立挂牌庆典仪式、表彰专题文艺演出活动，在杨林寨乡宽敞气派的银河大酒店盛大举行。

在主持人罗贞富、廖晓丽的一声声祝福中，活动缓缓拉开帷幕。首先由湘阴县湖湘红色文化推广协会党支部书记王剑宣读杨林寨乡活动中心成立的通知。湖湘红色文化推广协会杨林寨乡活动中心会长孟满云女士发表了热情洋溢的欢迎词。由杨林寨乡李俊林副乡长为此次活动致贺词，李俊林副乡长代表杨林寨乡党委、政府，对活动中心的成立表示热烈祝贺的同时，他表示：分会的成立，为广大红色文化爱好者搭建了学习交流的平台，让红色文化在杨林寨的大地上永续传承、世代发扬，对加快推进我乡党史学习教育和红色文化建设具有重要的社会价值和现实意义。李副乡长提出三点希望：一是要突出“时代性”，传承好红色基因，发扬好红色传统，传播好红色精神，结合家风建设激活红色文化生命力；二是突出“创新性”，培养斗争精神，壮大主流舆论，增强红色文化感召力；三是突出“持续性”，组织开展形式多样的红色文化活动，提升红色文化延续力；努力把红色文化转化为推动全乡经济社会高质量发展的新引擎，在新时代展现新担当、体现新作为、作出新贡献。李副乡长充满激情的贺词，引起大家热烈的反响，全场响起一阵雷鸣般的掌声。

一支振奋人心的开场舞——《爱我中华》拉开了本次活动的序幕。舞蹈《祖国你好》《五星红旗飘起来》活泼轻快的舞姿，大方流畅的舞步，舞出了人们内心的感恩，反映出人们内心热爱美好的生活，热爱我们伟大的祖国，热爱为人民服务的共产党。

随着《五星红旗迎风飘扬》音乐响起，整齐的舞蹈队伍里，有一位老奶奶特别吸引人眼球。她的每一个动作都非常认真，她身手敏捷，动作标准、熟练，无论是什么动作都做得那么到位，引得大家阵阵喝彩，好奇心不得不让我移步前往打听。

原来老人家就是孟满云会长的婆婆——八十五岁的卿嫔驰。卿嫔驰可谓辛苦劳碌了大半辈子。随着农村物质条件的逐步改善，天更蓝了，水更清了，环境越来越好，人们的健康意识也与日俱增，广场舞犹如一阵春风也吹进卿嫔驰的心里。广场舞不再是城里人的专属，早已成为农村人闲暇时的重要娱乐活动，这就是全面建成小康社会带来的变化。

一首鼓舞斗志的歌曲《万里长城永不倒》，唱出了国人的骄傲与自豪，唱出了中华儿女的心声。袁辉带领一群孩子精彩的武术表演，把中国武术的刚与力量完美演绎，令人赞叹，将活动推向了高潮，赢得了在场观众的热烈掌声。是啊，我中华有着上下五千多年的悠久历史及文化遗产，而中华武术更是博大精深，它是由我们中华儿女用智慧和汗水凝聚而成的一座“万里长城”。

少年强则国强。中国的少年，是中国的未来，是实现第二个百年奋斗目标，建设强大中国的生力军。杨林寨乡是武术之乡，我从袁辉那里打听到：杨林寨武术培训班最大十一岁，最小五岁，星期六、星期天由袁辉免费为孩子们训练。从今年4月份，已有学生近七十人。精彩的节目一个接一个随之而来，五大队表演的花鼓戏《补锅》、配音朗诵诗《我心中最美的杨林寨》等节目令人印象深刻。

在党的阳光照耀下，杨林寨人民用勤劳建设着自己的家园，更用智慧守护着自己的文化。

二、勤劳的杨林寨人民

从银河大酒店出来，车渐渐在远离。一条又长又平坦的柏油马路在车轮下敞开胸怀，一路欢歌热情地迎进送出。微风拂过，一股扑鼻的田园清香挤窗而入。车窗外起伏的村舍好像镶嵌在绵延的绿色之中，田野翠绿吐鲜，如同一幅幅流动的油画从眼前闪过。田垄上站着的玉米秆在释放着自己生命的最后底色，那叶蔓茂密的瓜田地里满地都是圆滚翠绿的西瓜，那既可遮风挡雨又可坐着等车、外观靓丽的公交站台一个接着一个，将村民的满足与自豪展露无遗。大路两边精致的乡村小院、一湖一水、一树一花，还有在地里辛勤劳作的杨林寨人民，仿佛在向我热情问好。虽然这是我第一次来杨林寨，但是杨林寨这个名字对我来说可不陌生，不仅我家餐桌上从没有少过杨林寨人民种的瓜果蔬菜，而且我家附近门面上就有几家都是杨林寨基地菜专卖店。电力局旁边还有个小小的农贸市场我认识一位杨林寨乡一大队的何移初，他每天早晨用三轮车，从家里拖着一车新鲜瓜果蔬菜来到农贸市场，他的菜除新鲜、价格比较公道外，他的人也特别热情厚道，所以他的回头客特多。他每天早晨都是满满一车菜，不到半上午就卖得空空如也。杨林寨乡距湘阴县城近二十公里，骑三轮车最少也要四十分钟。他开心地说：“感谢党、感谢政府，现在市场里给我们的摊位是免费的，我可以安心在这里卖菜。”

近年来，湘阴县委、县政府高度重视杨林寨乡的发展和移民的生产生活，将乡村振兴会议开到杨林寨乡，“量身制定”乡村振兴方案，聚焦产业发展、生态发展，以发展促稳定，走出高质量发展之路。据悉，近五年以来，湘阴县整合移民后扶资金等一点三亿元，用于建设乡村基础设施和提升人居环境。已完成临寨路和全乡约三十七公里的“四好农村路”建设，道路两边全部实现绿化和亮化。在沿湖风光带建设杨林寨的乡村文化和产业展示长廊，展示杨林寨乡移民风采。大力推进“厕所革命”、黑臭水体治理、完善生活垃圾处理设施；集中力量打好污染防治歼灭战，巩固禁捕退捕、湖州禁牧等工作成效。拆除治安路沿线棚亭，安装统一标识标牌，拆除空心房，整治马路市场、清零连体危房。加强河湖水域环境的保护和治理，完成白洋湖、王家河水域生态环境整治，完成牧羊港渠和东合港渠沿江风光带建设。

2018年，国家实施长江流域十年全面禁渔，杨林寨乡养殖户只能“退出江湖”。他们很快就加入了特色农业产业的行列。2019年，杨林寨乡（蔬菜）入选第九批全国“一村一品”示范村镇。怪不得有人说湘阴县城的蔬菜，有百分之四十来源于杨林寨乡。目前，杨林寨乡具有一定规模的农业龙头企业三家，农民专业合作社一百一十三家，家庭农场三百四十五家。通过深入开展“湘商回归”和“迎老乡、回故乡、建家乡”活动，成立杨林寨乡镇商会，为乡村振兴助力赋能。

望着车窗外的风景，万千思绪在我脑海中流淌，我的车在减速、减速，几次驻车将这诗情画意的田园美景用手机“收纳于囊中”……

三、幸福家园

此时，“流连忘返”这个成语被我演绎得淋漓尽致。猛一抬头，“杨林寨乡中学”六个遒劲洒脱的烫金大字显得那么精神，那么引人注目。我一定要进去目睹它的尊容。走进校园，眼前一片开阔，首先映入眼帘的是那面高高飘扬的五星红旗，在阳光的照耀下，闪闪发光，是那么的神圣。左手边是巍峨壮观的教学楼，右手边是排列有序的教师宿舍和学生宿舍，中间是操场、球场、跑道。足球场穿着“嫩绿衣服”，在烈日炎炎下尽职尽责地坚守岗位；田径场穿着“砖红衣服”，顶着酷暑奔向两边……

在我的“啧啧”赞叹声中，我在想：这么一所出色的学校，跟一个出色的校长应该联系在一起。功夫不负有心人，我见到了杨林寨乡中学的校长。他，刘庆军，一位爱岗敬业、求真务实的校长，把教书育人作为人生的事业追求。2021年，在县教育局机关工作的刘庆军，被县教育局党组委任命为杨林寨乡中学校长。刘庆军一上任就着重加强师德师风建设，学校与乡党委、政府密切联系，每个学年度组织开展一些相关的评优选好活动，推选出一批工作认真、业务精湛、师德高尚的“最美教师”和先进工作者、安边乐教先进个人、学科带头人等，树立榜样，打造一支政治强、情怀深、思维新、视野广、自律严、人格正的教师队伍。以制度管理人，以制度约束人，以制度塑造人，在原有相关制度基础上进一步修改完善一系列工作奖罚措施以提高教师工作的积极性，让教师的“德、能、勤、绩”与评优晋级挂钩，让那些思想意识超前、教育理念先进、精力充沛、敢作敢为的中青年教师在经济上得到好处、事业上得到发展。

刘庆军全力打造师生“生态、书香、温馨、制度、数字、平安”的幸福校园。即生态校园：坚持“绿色建校、生态立园”，植树栽花、种草披绿，建设“校在景中，园在林中”的优美宜人校园；书香校园：丰富图书室、阅览室，打造走廊文化、楼梯文化和班级文化，培育“劝学善学映眼帘，书香飘溢润心田”的校园文化；温馨校园：创建“温馨提示”，倡导文明用语，师生共建生动活泼、温暖如家的育人氛围；制度校园：严格学校管理、教师管理、班级管理、宿舍和食堂管理等各项制度，以制度立校，以制度管人，以制度管事；数字校园：完善信息化现代装备，利用信息技术提升教学水平；平安校园：抓好校舍、校车、消防、食品卫生等方面的建设管理，保障师生安全。他紧紧围绕“校园，让学习更快乐”这一主旨，把学校打造成为老师宜教、学生乐学的幸福校园。

当我上车准备打道回府时，我翘首看了看天空，此时阳光正好！

天道酬勤，我从心底里由衷地祝福杨林寨人民！

2023年7月1日

小爱见大爱

附录

FuLu

感受日常生活中的诗意

——评《轻拾岁月的阳光》

◎ 余三定

蒋鑫爱的散文集《轻拾岁月的阳光》(国际文化出版公司，2022年8月)所写全部是作者的日常生活和亲身经历，由于作者真正热爱生活，热爱人生，感情细腻，心灵敏感，具有“审美的眼睛”，所以她总能从日常生活中提炼出诗意和温馨、美好，我们阅读时总是被深深地感染和感动。

具象地、细致地描写自己的亲身经历，真实地回望、还原自己过往生活的细节，是这部书的突出特点。《那个寒冷的冬天》一篇写作者在乡中学读初一时，条件极为艰苦，每餐吃的菜就是“周末回家后‘秘制’的，以豆豉炒辣椒为主”。寒冷冬天的某一天，作者获知嫂子生了小孩，于是请假赶回家去看，作品写道：“我像一匹脱缰的野马，朝家的方向飞奔。”碰巧遇上了拖拉机，“那司机人真好，停下来让我上了车，车也正好顺路。我美滋滋地搭上了顺风车，那感觉不亚于现在开着劳斯莱斯的炫酷。北风呼呼，寒风凛冽，树上挂满了冰晶。我穿着单衣薄裤站在拖拉机上竟然没有感到冷，大概是享受着搭上了顺风车的畅快。”我们在这里看到，人在极度贫困的境况下，要想获得畅快、美好的感觉，只要条件稍微获得小小的改善就可以了。从这里可以看出，人有时候是很容易满足的。《烛光里的妈妈》一篇写作者由岳阳嫁到湘阴后，由于那时候交通极为不方便，所以与娘家人聚少离多。那年冬天，为给母亲过生日，作者早晨5点起床，坐上大巴，约7点大巴到了临资口，要过轮渡，由于起雾轮渡停航，中午12点才过轮渡，傍晚6点才终于回到娘家，一百五十公里的路程耗费了十二个小时。作品接着写道："这期间，母亲把饭菜热了又热，看到我，仿佛喜从天降，一把把我搂在怀里，絮絮叨叨地说：'回来了就好，回来了就好……'"现在的年轻人如果不看这段描写，根本就不了解当时交通不便的具体状况，那时候真是回一趟家都不容易。《生死劫》一篇写作者的先生2017年1月10日遭遇车祸，在医院重症监护室抢救到1月16日上午，终于转危为安，转入了普通病室，作品接着写道："先生瘦了一圈，头发和胡子像一丛乱蓬蓬的茅草。现在的他基本上脱离了危险，但还得小心谨慎。先生只能平躺，要借助外力翻身，需经常擦洗身子，以防生褥疮。我帮他梳洗，给他擦身子，隔会儿给他按摩一次，还让他用细细的皮管子吸点儿汤和水。在普通病房里，我们可以不分昼夜地守候在病床前，终于可以看得见摸得着了。有时候，幸福就是这么简单，哪怕只是守在病床前，再苦再累也是我们的幸福！"作者对受伤亲人的关切、疼爱、帮助，在这里表现得非常真切、非常感人。

作者自觉走在时代的前列，紧跟时代的步伐，对当今的互联网及网络世界非常了解、熟悉，并且倾力投入其中、融入其中，书中有一辑题为"'网事'，并不如烟"，专门描写当今的网络发展和网络生活和网络文化，给我们以耳目一新之感。《春天的谎言》一篇写作者2007年任腾讯论坛版主时，网友"68"单相思深深地爱上了女网友"莲心"，"莲心"为了不给"68"带来太大的痛苦，二十多天没有上网，二十多天后才由"莲心的姐姐"在网上告知，"莲心"因患白血病逝世了。最后作者获知，"莲心"患白血病离世其实是一个善意的谎言，而"莲心的姐姐"其实就是莲心自己扮的。这个"春天的谎言"是一个善意的谎言，甚至可以说是一个美丽的谎言。《你的她找到了吗》一篇写获知网友"阿累"因为女朋友人间蒸发而痛心疾首后，作者出于同情心而在网上劝慰，结果自己又被“阿累”缠上，作品写道：“谁知接下来的日子，阿累竟天天要和我视频，他哭着、喊着、叫着、跳着，就像个‘疯子’。于是，阿累在我的QQ里刚好待了二十天，便被我删除了。”这里写出了网络世界的复杂性，写出了网络世界带给自己的烦心事，写出了真实的网络世界。《红网十年》的一名写作者截至2018年8月25日，在红网论坛坚守已整整十年。作者这样描写自己的感受和体会：“红网已成为我生活中必不可少的一部分，上红网论坛是我的习惯，是我人生旅途的精神伴侣。我像一条鱼儿，遨游在红网论坛的海洋里。水是活的，层层波浪随风而起，伴着阳光跳跃，伴着我的心，在追逐嬉戏。在湖南官网的论坛园地里，我在不知疲倦地寻找自我，既获得了知识，又开阔了自己的视野。”这段话将叙事、抒情、议论融为一体，富有诗意，让人回味。

作者是旅游爱好者，书中有一辑文章专门记录作者的国内外旅游经历，既叙事又抒情。《“新马”纪行》一篇写作者的新加坡和马来西亚两国游，文章对乘机、住旅馆、游览等都写得非常真切、细致而生动。在该文的结尾处，作者深情地抒发了自己的感触和感悟：“几天的国际旅游让我感触很深，生活的步履在于踏实，生活的乐趣在于追求，生活的安乐在于平淡。一次呼吸吐故纳新，一次远眺摇曳欢欣。此番，我体验了一座座城市的新奇，聆听了一段段故事的精彩，留下了一路欢声笑语。这是我生命旅途中的风景，也是我幸福快乐生活的一环。”作者这次旅游的快乐是渗入了作者生命深处的深层次的体验。《四川之旅》一篇写作者2015年9月8日下午参观“5·12”汶川大地震的中心映秀镇，作品写道：“乘车前往汶川映秀镇，天空下着小雨，仿佛还在为那些遇难的同胞流泪。听着导游的讲解，我们离映秀镇的距离越来越近，心情也越来越沉重。我们到达汶川映秀镇漩口中学附近下了车。映秀镇漩口中学是‘5·12’汶川大地震的中心。”在细致地描写了参观过程后，作品接着写道：“一路走来，我的心情更加沉重。我平时最喜欢拍照，在这里没有一丝摄影的欲望，除拍些风景照外，人物照片一张也没有拍。我想无论在何处拍摄，哪怕有一丝笑容，或者摆一点造型，都是对遇难同胞极大的不尊重。”作者对遇难同胞的悲伤、怀念、尊重，作者真诚的人道精神溢于言表。《香港之行》写作者2013年的香港之行，文中除了写香港的物质繁华，更着力描述香港同胞，作品的结尾写道：“香港之行，让我感受颇深的是他们的生活讲秩序，不管是等公交还是等地铁，只要人多，他们都会自觉排队。人们等红绿灯、过斑马线也都是有条不紊。我还留意到，香港人在车上是不吃食物的。”说明作者是在自觉地向高层次的人学习并提升自我素质和人生境界。

从艺术描写的角度看，作品还有很多可圈可点之处，比如作品有很出色的景物和环境描写，有很精彩的情节描写，有不少恰当的抒情和议论等，都很值得肯定。

（原载《工农文学》2023年第1期）

作家蒋鑫爱：身边所有人都是我的菜

◎ 邹当荣

近日，湘阴县水利系统夏副局长逛新华书店的时候，意外发现新书推荐榜上的散文集《轻拾岁月的阳光》作者蒋鑫爱这个名字似曾相识。他好奇地翻开书，看了看内容，还真是自己水利系统的职工——蒋鑫爱。他感叹道："谁说水利人是泥腿子，水利人同样有笔杆子。"

其实，蒋鑫爱早已在《安徽文学》《中国文艺家》《作家天地》等刊物上发表文章一百多万字，2019年被选为红网专栏作家，很多文章在网上点击率高达十万人次，甚至单篇文章阅读量超五十万人次。为此，她被中国散文学会、中国诗歌学会、湖南省作家协会等正式吸收为会员。

一、坐解放牌货车出嫁，不后悔没嫁到有包子卖的地方

蒋鑫爱出身书香门第。她的父亲是一名教师，毕业于长沙市明德中学，当过《湖南日报》通讯员，是农村少有的知识分子。受父亲的影响，她从小就喜欢读书看报。可惜乡里条件有限，家里五个哥哥、一个妹妹，一家人吃饱穿暖都难以保障，哪里有钱订阅书报。父女俩阅读的书报，多是商店里用来包装副食品的旧报纸。父亲走亲访友时常问："我不喝酒，你们家有旧书或者报纸吗？找来给我看看就行。"有时候出门在外，

看到地上有别人丢弃的废报纸，父亲也会视若珍宝地捡起来，用手指掸掉上面的尘土，拿回家跟子女们分享阅读的乐趣。

在父亲的言传身教下，蒋鑫爱从小就迷上了写作。光是她写的日记，就有十多本。十七岁那年，她开始投稿。从《洞庭之声》报“一句话剧评”起步，到1994年正式在《今日女报》发表第一篇散文，她终于在熟人面前博得了才女的美誉。

一家有女百家求。很多媒婆找上门来，抢着给才貌双全的蒋鑫爱介绍对象。可她谁都不爱，坚定不移要嫁给湘阴县的一位帅哥，因为他俩都是彼此的初恋，而不是别人介绍的对象。那时候，她父亲的工作关系已经从农村调到了长岭炼油厂这边，家境也改善了不少，亲朋好友都反对这门亲事。但蒋鑫爱不顾一切地坚持要嫁给爱情。亲戚朋友只能顺从她的意愿，成全这对被爱情“冲昏了头脑”的年轻人。送亲队伍十六人从岳阳坐绿皮火车到白水火车站，再乘坐接亲的解放牌货车到临资口，开车上摆渡轮船到南阳渡，然后集体下车，乘坐小划子过江，来到四面环水的新郎家——西乡围子里的一处泥巴茅草屋。

两家相距一百五十公里，送亲队伍上午7点多出发，多次变换交通工具，下午3点半才到达目的地。一名陪同过来的闺蜜晕船，吐得一塌糊涂，上岸后发誓这辈子再也不来这个穷地方了。七岁的小侄女童言无忌：“姑姑，这个地方连包子都没得买，你要嫁也该嫁一个有包子卖的地方呀！”

二、写身边熟悉的人和事，靠真情实感打动读者

她像大多数女青年一样，婚后第二年就完成了生孩子的重任。这时候，她才真正感受到生活的艰难：老公忙着上班，女儿既没有奶吃，也没有奶奶照顾，外婆家又离得远，她力不从心。有一次，蒋鑫爱左手抱着女儿，右手泡着牛奶，一不留神，奶瓶落在地上，女儿被吓得号啕大哭。她抱着女儿直奔门外，哄不住，劝不听，也急得跟着哭。有位过路

的好心人开导她："你看这孩子哭得这么厉害，你抱起来送给她妈妈呀！"她抹着眼泪打着哭腔回答："送什么送，我就是她的妈妈。"

如果光是带孩子，倒也不算什么，问题是住在四面环水的围子里还有生命危险。1998年洪水肆虐，她和其他村民一起，被湘阴救灾办安置在临时避难的帐篷里。白天青壮年去抢收稻子，用手扶拖拉机或板车将稻谷运到大堤上堆放，晚上男女老少挤在帐篷里，天气炎热，蚊子又多，简直度日如年。抗洪救灾两个月，乡亲们总算保住了家园。

有人说"一孕傻三年"，蒋鑫爱却是个例外。每天在生活中发生的各种有趣的事情，她都写到日记中；听到别人随口说的有趣的句子，她也随时记录下来。久而久之，这些都成了她写作的素材。但她还是很困惑，不知道该怎么表达。她突然想起父亲的教导："吃稀饭都有师傅，先从上面吃，不容易被烫到……"

拜师！蒋鑫爱打定主意后，先后报名参加了《故事会》文学创作班、《岳阳晚报》文学创作班和四川广汉文秘函授班。名师指导，文友交流，果然很有收获。她以身边熟悉的人和事为素材，写出了一篇又一篇文章。可是，写着写着，她又遇到了新问题：这些文章投给报社后，鲜有发表。通过跟文友交流，她逐渐摸到了投稿的门道。几年下来，竟然在《海南日报》《山东散文》《千岛日报》《鸭绿江》《西南文学》《唐山文学》等报刊上发表散文一百多篇，甚至有不少散文、诗歌在全国各种征文大赛中获奖。

三、笑对人生的磨难，轻拾岁月的阳光

随着互联网的飞速发展，一个偶然的机会，她发现把文章发到网上，更利于与读者交流。看到读者的留言评论，她能及时知道自己的不足，对不满意的文章重新修改后再上传。由于她写的文章真实、生动，很多读者都鼓励她及时更新。随后，腾讯论坛邀请她当版主，红网邀请她担任专栏作家，她十年磨一剑，终于成了小有名气的网络作家。

然而，生活给了她更大的考验。短短几年里，蒋鑫爱先后失去了父亲和大哥。亲人的离去令她痛彻心扉，而她减轻痛苦的唯一办法就是写作。每天晚上，辅导完女儿做作业，她就挑灯夜战，在文学的海洋里遨游。丈夫对她的写作事业很支持，有空也帮她分担一些家务，一家人的生活逐渐好了起来。

2017年1月10日，噩耗从天而降，令蒋鑫爱猝不及防——她丈夫在上班途中遭遇车祸，导致脾脏破裂，肝、脾、肺内出血，胸椎、脊椎骨折数根（交警出具的交通事故责任鉴定书为对方全责），必须从湘阴县人民医院转院到长沙湘雅医院抢救，否则就有性命之忧。她坐在120急救车上，看到昏迷不醒的丈夫，感觉自己的世界坍塌了。一路上，她撕心裂肺，泪如雨下。

好不容易到了湘雅医院红灯一区抢救室，医护人员迅速开始抢救。按照常识，车祸病人只有熬过了二十四小时，保命的希望才会增加一倍。医生说，病人没有脱离危险，随时都有可能出现意外。蒋鑫爱无助地瘫坐在医院的走廊里，祈祷丈夫一定要挺过来，因为他的生命不只属于自己，还属于所有爱他和他爱的人。

她每隔几分钟就看一下手机，第一次觉得时间过得太慢，恨不得马上就过完这人生中最煎熬的二十四小时。终于，二十四小时过去了，丈夫各项指标稳定，获救的希望增加了一倍。之后，又得看接下来的二十四小时。只有熬过了四十八小时，病人脱离危险的希望才能再增加一倍。

还好，四十八小时后，一位教授走过来，告诉蒋鑫爱："病人必须尽快进ICU。"她悬着的心终于放下来，随即又有了新的担忧：住院费每天七千元，上不封顶，她既要担心亲戚朋友凑不齐接下来的治疗费用，又要担心ICU病房里尚未脱离危险的丈夫。更焦心的是，所有家属只能每天下午5点在探访室视频探视病人，听医生讲解病情。她很想守在这里，哪怕是只能望着一墙之隔的丈夫，起码夫妻俩的心能靠得更近一些。然而，这也是奢望，视频探视的时间一到，保安就软硬兼施地把她"请"出了探视室。在这里，她学会了坚强：当你特别想哭的时候，不妨抬头仰望天空，这样可以让泪水慢点落下来。然而，无论她怎么坚强，想到丈夫在ICU里生命垂危，想起甜蜜的过往，她还是忍不住泪如泉涌。

经过二十七天生死博弈，蒋鑫爱终于在医护人员的帮助下，把丈夫从鬼门关拽回来了。丈夫伤势基本稳定，从长沙湘雅医院转回湘阴人民医院继续治疗。

这段揪心的经历，被蒋鑫爱写成长达六千余字的散文《生死劫》，发表后入选《2019湖南报告文学年选》。她剥开自己结痂的伤口，只为告诉人们：当你遇到拉响了警报的120急救车时，请一定要想办法让行；也许你一个小小的举动，就能够挽救一个生死攸关的生命。同时，她也呼吁所有的司机朋友一定要遵纪守法，养成良好的驾驶习惯，这是对自己负责，对家人负责，对他人负责，对社会负责。

这篇散文的成功，使蒋鑫爱找准了未来的写作方向：在写自己身边的人和事时，加入对社会和人生的思考，通过小爱写大爱，更能令人产生共鸣。开窍之后，她发表文章的数量和频率大幅提升，获奖的次数也越来越多。2019年，她的散文《坐解放牌货车嫁湘阴的新娘》获红网论坛"我与祖国"征文二等奖；2020年，她写的散文《春天的痛》获得了2020年岳阳市抗疫征文一等奖；2021年，她的散文《此间曾著星星火》获岳阳市文联庆祝建党一百周年征文优秀奖……

2022年8月，蒋鑫爱散文集《轻拾岁月的阳光》由国际文化出版公司正式出版。湖南省作家协会副主席余艳、印度尼西亚《千岛日报》编辑叶竹、辽宁本溪孔子书院院长程洪军等给予了高度评价。余艳说："女作家蒋鑫爱的散文写的全是真事，抒的都是真情，就像她的人一样，待人除了真诚，就不会再有其他。这样的人被我们喜欢着，这样的创作值得我们推崇！"

（该文于2023年1月12日红网发表后，先后被搜狐、百度等网站转载）

后 记

“散文是思想的美丽容器”，我深深地铭记作家周涛的创作感悟。写作于我来说，就是人生道路上的虔诚修行。一路走来，风风雨雨几十年，文字成了我人生路上的精神伴侣。

20世纪90年代的我，被冠以投稿“专业户”“退稿专家”的光荣称号。时过境迁，我还是江山易改，本性难移。我总喜欢盲投，好像投出去的是一种希望，等待的又是一种美丽，收获的更是一种惊喜。虽然这个过程非常艰难，我还特别享受这个过程。我有五个QQ邮箱，有五个新浪邮箱。有段时间，因为有过疯狂式的投稿，新浪系统自动识别误认为我是发广告，便将我的五个邮箱封锁了二十天。

文学大师梁晓声在2022年中国散文年会上，语重心长地告诫大家：“写散文的最好状态，就是要没有想到拿去发表。”我终于知道自己已经到了写散文的最好状态。在我看来，写作就是一种自我“救赎”。投稿，对我来说，更是一种爱好。我的口头语是“投不投（稿）是我的事，用不用（稿）是编辑的事”。这本书中的散文几乎都是长散文，都是从过去投稿中选择的或者节选性的。其中有多篇在国家、省、市级刊物上发表或得奖，均没有加以备注。如《巴陵工匠黄厚仁用信念铸就灵魂》《冯根良默默耕耘在这片领域》《曹阿娣的文学路》入选2023年岳阳市纪委、岳阳市监委、岳阳市文联联合主办的“忆初心、感党恩、颂清廉”岳阳市廉洁文艺优秀文学作品，《湘阴，我的深情回眸》获湖南红网“向未来出发”主题全国网络文学大赛二等奖……

写作近四十年，我一直相信写作有灵感。比如《那一年，二胎连续三次敲开我家的门》，写这篇散文源于我女儿的一句话“你们不生二胎，为什么要我生二胎”。当时，我含泪写下了这篇文章。我就想写给和我女儿一样有着同样想法的年轻人看看。我们的祖国越来越强大，从生一个孩子，领“独生子女父母光荣证”，有奖励到现在鼓励、奖励生二孩三孩。好羡慕现在的三孩政策，虽然我们这代人没有享受到二孩政策，但是我们看到开放的三孩政策，仿佛看到太阳在冉冉升起。“十四五”时期，我国人口老龄化进入快速发展阶段，为了应对人口老龄化，国家出台相应政策：鼓励生育三孩。三孩政策让社会有了更多劳动力，一个人创造一份价值，十个人就创造十份价值。时代在进步，人民生活也要进步。为了美好的明天，大家共同努力，让世界看到我们的目标，明天会更美好。

这篇文章写好后，自我感觉蛮好。我喜欢盲投（公共邮箱投稿），当时连续投了几家刊物，不知道是编辑太忙，邮箱爆满没有来得及打开，还是其他原因，总之稿件如泥牛入海。后来正好在朋友圈看到朋友有作品在《海外文摘》上刊，所以找朋友要来邮箱。不久后，收到用稿通知。在此，感谢中国好编辑、著名作家、《海外文摘》执行主编蒋建伟，感谢副主编黄艳秋。

写《曹阿娣的文学路》一文，源于我家先生的一句话：“你看曹妈妈不声不响又出书啦!”也许是我十七岁就开始写新闻的缘故，人家不经意的一句话，可能触碰到我写作的灵感。正如余三定主席所言:“……从题材上看似乎不是直接写‘我的人生’，却是写与‘我的人生’紧密相连，甚至可以说是已经融为一体的东西……”我惊讶于余主席的洞察秋毫，看透了我的心思。乡贤们是我生命中最温暖的一部分，他们用智慧和汗水浇灌着这片土地，他们的身影在我心中犹如一道亮丽的风景。他们教会我坚韧与担当，让我明白人生的价值在于奉献。在这片熟悉的土地上，他们也让我学会了感恩与敬畏。于是，才有了本书中“最美乡贤”这一辑的文章。

“我从头到尾拜读了此文一遍两遍，作者蒋鑫爱用心用情，没有半句‘花言巧语’，满腔父爱，跃然纸上。如此扣动读者心弦，特别是能够扣动不易动情的高龄老人心弦的作品，必然是久久令人回味的精品佳作。”这是岳阳市政协文史委员会原调研员、抗日战争研究专家、红网佳作天地特评员，八十六岁的唐华元老先生为我的散文《父亲带我第一次走读长沙》写的评论。有人说:“写出的作品，有两个人看，就够本儿了。”我的作品不但有人看了，还把唐老嗲嗲看哭了，而且还帮我写了评论，当时我感动得也要哭了。我和他没有一点私交，一没有老人家的微信，二没有老人家的电话，仅仅就是老人家看文评文。怎不叫我感激万分呢。

自第一本散文集《轻拾岁月的阳光》在全国发行后，有不同年代的读者给我留言说喜欢看我的文字，某篇文章让他们落泪了。也许是这些文章触动到了他们内心深处最柔软的地方，让他们情不自禁。我只想用手中的这支笔，我手写我心，记录亲情、爱情、友情，记录人生的历程、社会的进步、世界的美好。正如著名作家乔叶老师在北京为我们授课时所言:“写作在某种意义上就是一种修行。”

第一本散文集写作时间跨度比较大，有些作品相距三十余年。这本散文集就是近几年所写，有很多朋友问，为什么几十年前的细节记得那么详细。其实有时候，我也惊讶于自己的记忆力。当灵感一来，多年前那些人、那些物、那些话，仿佛就像放电影一样在我脑海中重现。当然，也有细节模糊的时候，遇上这种情况，我会花一个晚上甚至几个晚上的时间，一个人努力去回味、去咀嚼，直到确定细节。

冰心说过："你的感情只要有一点儿不真实，读者一下子就会念得出来，所以要对自己真实，要把自己的真情实感写出来。"作品中的细节真的能说话，我想无愧于文，必须先无愧于心。

关于写作的笔调，面对的读者不一样，写法肯定不一样。就像我今年5月和蔡世平老师闲聊文学时，我毫不掩饰地说："蔡老师，您是写给专家、教授、学者看，我是写给普通读者看。"曾经有位大家读了我的散文后说："不要模仿名家的文章去写。"上天可以作证，我从来没有想去模仿谁的文章写。如果要我去模仿别人的文章写，就已经失去了自我，那写作还有什么意义呢？文学正因为允许百花齐放，所以才有这么多人去写，才有这么多人去读，才有了丰富多彩的作品和阅读的乐趣。每个人都有自己独特的观点和风格，写作应该是展现自己的思想和情感，而不是刻意模仿他人。散文，贵在抒发真情实感。在智慧之海，现在的读者目光如炬，洞察秋毫。当你的文字有掺假时，读者一眼就会读出来。所以，我一直也只读真实的散文，特别是记录人生的散文。

当然多读多写，是提升写作能力的重要途径。只有通过大量阅读，才能积累丰富的语言和思维素材，让自己的大脑充满灵感和想法。记忆中有位老师曾经在授课中说："只有多读，读得你脑子里装不下了，读得你想吐出来了，这时候，你自然而然就会写了。"当我读得满脑子都是文字时，文字便会在我的脑海里翩翩起舞，如流水般自由地奔流而出。阅读让我的思绪更加开阔，也让我的文字更加生动有趣。阅读，成了我每天的必修课；文字，成了我的灵魂之友，是我表达思想的最佳方式。我坚信，读万卷书还要行万里路，在旅途中，能够领略不同地域的风土人情，感受到不同文化的魅力，这些都让我受益匪浅。

写作对我来说是一种享受，也是一种思维的锻炼。在写作过程中，我能够思维开阔，灵感迸发，通过自己的独特视角去观察世界，去思考人生。写作路上，其实还有一个光荣称号，那就是“老改犯”。我写作的习惯一般是开始要打腹稿，每天走路也想、睡觉也想……在脑海里基本有个大概才开始动笔。我写作很慢，即使初稿完成，然后就是无休止地修改。文档挂在电脑上，“处女座”加“轻微（闺蜜调侃我，这么严重还轻微呀）强迫症”的我，只要一打开电脑就开始改。而且每一次修改都是对自己思维的反思和完善。我不喜欢别人修改我的文章，因为每个人都有自己的独立思维。我控制自己不修改的唯一办法，就是投到邮箱。当然，可以接受编辑在刊发时作些轻微的调整。所以说，我的文章第一读者基本上是打开邮箱的编辑老师，或者是出版社的编辑，再就是红网网友。

我喜欢写散文，因为散文能够表达我内心深处的情感和思考，让我有机会将心中的感悟和体会通过文字传达给读者。写作不仅是我的习惯，更是我的热爱。我坚持写作，不仅是因为喜欢，更是因为写作让我学会了思考，学会了表达，学会了倾听内心的声音，让我更加深刻地理解这个世界，更加理性地看待一些问题，让我的生活充实而快乐。

关于散文集的书名，我看到大多散文集是用书中某篇散文的标题作为书名。我的第一本散文集也是自己另想的书名，当时想了十来个书名，后来敲定《轻拾岁月的阳光》。这本散文集《小爱见大爱》，灵感一来就已敲定。大爱是一种胸怀，小爱是一种行为。从小父亲就教育我，称呼有“尊称”“敬称”“谦称”……一般自己要用“谦称”。所以书名“小爱”就是我的谦称，“大爱”就是我生命中所有遇见的人和事。

写作，是我永远的好朋友。无论贫穷还是富有，它都不会背弃我。写作，不但让我明理，还让我懂得感恩，更让我学会了宽容。写一本书，就像孕育一个孩子；一本书出版，就如同看着自己的孩子嘤嘤啼哭地降临世间。写作，是我生活中的灵魂伴侣，陪伴我走过人生的每一个阶段。

在此，我要特别感谢湖南省作协副主席、省网络作协主席、著名女作家余艳主席对我的人生和文字的肯定和鼓励。

远方很远，步履不停；路在脚下，砥砺奋进。感恩一直以来关注和鼓励我的亲人和朋友！感恩生命中的所有遇见。

写作和感恩就像虔诚修行，我一直在路上。

2024年5月9日